BIANCA™

AF274828

ABBY GREEN

LEYENDA DE PASIÓN

Editado por Harlequin Ibérica.
Una división de HarperCollins Ibérica, S.A.
Avenida de Burgos, 8B - Planta 18
28036 Madrid
www.harlequiniberica.com

© 2025 Harlequin Ibérica, una división de HarperCollins Ibérica, S.A.
N.º 508 - 21.11.25

© 2012 Abby Green
Leyenda de pasión
Título original: The Legend of de Marco

© 2012 Abby Green
Una sola noche contigo
Título original: One Night With The Enemy
Publicadas originalmente por Harlequin Enterprises, Ltd.
Estos títulos fueron publicados originalmente en español en 2012

I.S.B.N.: 979-13-7000-582-5
Depósito legal: M-18020-2025
Impreso en España por Liber Digital
Fecha impresión Argentina: 20.5.26
Distribuidor exclusivo para España: LOGISTA
Distribuidores para Argentina: Interior, DGP, S.A. Pienovi 211 - Avellaneda
Cap. Fed./Buenos Aires y Gran Buenos Aires, VACCARO HNOS.

Capítulo 1

ROCCO de Marco miró a su alrededor y se sintió contento. Estaba en una habitación preciosa, en un museo muy prestigioso, en el centro de Londres. Había sido diseñado por un famoso arquitecto Art Deco en los años veinte y recibía la visita de millones de turistas que querían admirar sus espectaculares vidrieras.

La multitud también era exclusiva; políticos de alto rango, comentaristas de los medios de comunicación, celebridades de todo tipo y filántropos millonarios que controlaban los mercados de todo el mundo con solo levantar un dedo o arquear una ceja. Rocco, a sus treinta y dos años de edad, estaba en esa última categoría y por ello era el objetivo de todas las miradas. Un silencio especulativo se cernía sobre él; todos se preguntaban cómo había llegado a ser intocable en tan poco tiempo.

De repente se fijó en una rubia alta y elegante que estaba al otro lado del salón. Llevaba el pelo recogido en un moño clásico y sus ojos eran tan azules como altivos. Sin embargo, su expresión se suavizaba bajo la mirada de Rocco. Llevaba las mejillas cuidadosamente teñidas de colorete, pero el auténtico rubor no llegaba hasta ellas. Llevaba un rutilante vestido negro y, de alguna manera, Rocco sabía que era tan dura como los diamantes que brillaban sobre su pecho y en sus orejas. Ella sonrió y levantó su copa, mirándolo.

Una sensación triunfal recorrió a Rocco de pies a cabeza. Levantó su copa y la saludó también. La idea de cortejar a la distinguida señorita Honora Winthrop corría por sus venas como un delicioso néctar. Ese era el momento. Por fin estaba en lo más alto, por fin había llegado adonde siempre había querido estar, después de tanto esfuerzo. Nunca hubiera podido imaginar que se encontraría en esa situación; desempeñando el papel de anfitrión para una multitud como esa, formando parte de ella.

Por fin estaba lo bastante lejos de aquella infancia marginal vivida en una ciudad italiana; lejos de aquel niño salvaje, de la calle. Aquel niño no tenía salida. Su propio padre le había escupido en la calle y sus medias hermanas habían pasado por su lado sin siquiera mirarlo. Pero él se había abierto camino con uñas y dientes hasta llegar arriba, con agallas, determinación y una inteligencia avispada. Y hasta ese momento nadie conocía su verdadero pasado.

Dejó su copa vacía encima de la bandeja que sostenía un camarero, pero no la reemplazó por otra llena. Mantener la cabeza fresca era su primera regla de oro. De pronto recordó aquel burdo tatuaje que había llevado durante años y que se había quitado. Había sido unas de las primeras cosas que había hecho al llegar a Londres casi quince años antes. Con solo pensar en ello, sintió un extraño cosquilleo en la piel.

Ahuyentó esos pensamientos y se dirigió con decisión hacia la señorita Honora Winthrop. Durante un breve instante sintió una claustrofobia repentina, pero consiguió controlarla. Estaba donde quería estar, en el sitio al que tanto le había costado llegar.

Se esforzó por poner su mejor cara. ¿Por qué tenía que esforzarse aún?

Rocco se molestó consigo mismo...

De repente reparó en una joven solitaria. Era evidente que no era tan llamativa o glamurosa como las otras mujeres. El vestido no le quedaba muy bien y su cabello era una masa vibrante de pelo rojo. Había algo indomable e irreverente en ella, algo que le llamaba poderosamente la atención.

Rocco olvidó su propósito inicial casi sin darse cuenta. No podía apartar la vista de aquella joven misteriosa. Antes de saber lo que estaba haciendo cambió de rumbo y se dirigió hacia ella.

Gracie O'Brien trataba de comportarse con indiferencia y desparpajo, como si estuviera acostumbrada a ser invitada a las fiestas más glamurosas en Londres. Pero era difícil... sobre todo para una camarera de bar. Ella estaba acostumbrada a la clase de sitios en los que los hombres le pellizcaban el trasero y le decían cosas desagradables. Apretó la mandíbula casi inconscientemente. Una licenciatura en Bellas Artes no servía para mucho en un mundo dominado por la economía, pero ella tenía un sueño. Sin embargo, por desgracia, para financiarse ese sueño tenía que ganarse la vida, comer y sobrevivir; algo difícil con un trabajo precario.

Gracie salió de esas reflexiones nocivas sacudiendo

la cabeza. Podía arreglárselas con esos trabajos precarios. Podía mantenerse a flote y afrontar esa situación. Apretó con fuerza el bolso de fiesta contra el abdomen. ¿Adónde había ido Steven? Le había acompañado para hacerle un favor... Apretó los labios. La tensión se la comía en un entorno como ese... Y la preocupación que sentía por él también.

Hizo un esfuerzo por relajarse... La fiesta benéfica la organizaba todos los años la empresa para la que trabajaba su hermano, y se había convertido en un gran acontecimiento para él... De ahí sus cambios de humor y ese nerviosismo... Ambos tenían veinticuatro años y Gracie ya no podía seguir sintiéndose responsable de él... Ya no podía seguir cuidándole como había hecho toda la vida. Todavía llevaba las cicatrices de las peleas en las que se había metido para defenderle de algún matón... para proteger a su hermano pequeño, al que solo le llevaba veinte minutos.

Antes de abandonarles, su madre siempre le había recordado muy bien que su querido hijo había estado a punto de morir, mientras que ella, Gracie, había tenido la osadía de crecer más sana y fuerte que un roble.

«Me lo llevaría conmigo si pudiera. Él ha sido el único al que siempre quise. Pero está demasiado apegado a ti y no puedo hacerme cargo de un chiquillo malcriado».

Gracie reprimió la ola de emoción que la embargó de repente, la que siempre la invadía cuando recordaba aquel día. Suspiró al ver a su hermano a lo lejos. Su corazón se llenó de amor por él. Habían pasado muchas cosas desde aquel día, pero siempre habían velado el uno por el otro. La debilidad de Steven había sido tan grande que ni siquiera ella había logrado salvarle durante unos años, pero las cosas habían cambiado. Él había vuelto a la carga.

«Por favor, Gracie, de verdad quiero que me acompañes... Todos van a traer a sus esposas. No puedo desentonar. ¿Sabes lo importante que es haber conseguido un trabajo en De Marco International?...».

Y después había vuelto a ofrecerle el discurso de siempre acerca del magnífico Rocco de Marco; tanto así, que Gracie no había tenido más remedio que escucharle alabar a esa persona que no podía ser humana porque era demasiado perfecta. Y también le había escuchado porque había visto lo ansioso que estaba, y porque sabía lo mucho que había trabajado para lograr una oportunidad. Largas horas en la cárcel, estudiando, para sacarse el graduado y poder acceder a la universidad en cuanto saliera... El miedo constante de que pudiera recaer en las drogas...

Pero eso no había ocurrido. Por fin, su talento extraordinario y su inteligencia estaban sirviendo para algo. Estaba hablando con otro hombre. Mirándolo, nadie hubiera dicho que era su hermano. Steven era alto y delgado. Gracie medía poco más de metro y medio y su figura infantil siempre la había avergonzado. Era pelirroja, con pecas, ojos marrones; había salido a su padre irlandés. Otra razón por la que su madre la odiaba...

Hizo una mueca al ver que el vestido se le bajaba un poco más por el pecho, dejando al descubierto un centímetro más de piel en el escote... Nada del otro mundo. Se había comprado aquel vestido esa misma tarde en una tienda de segunda mano y ni siquiera se había molestado en probárselo. Un gran error... El vestido era por lo menos dos tallas más grande y le sobraba por todas partes.

Se cansó de esperar a Steven. Debía de estar demasiado ocupado. Le dio la espalda a la multitud y se subió el vestido. Se fijó en una mesa repleta de deliciosos platos llenos de canapés. De repente tuvo una idea.

Fue hacia aquellos exquisitos manjares... Y entonces sintió una voz a su lado.

—La comida no se va a acabar, ¿sabes? La mayoría de la gente que hay por aquí no ha comido en años.

Aquella cínica observación flotó en el aire por encima de Gracie. La joven se sonrojó violentamente y asió con fuerza el canapé que acababa de envolver en una servilleta para guardar en el bolso. Ya era el cuarto. Miró a su izquierda, de donde provenía la voz. Se topó con una inmaculada camisa blanca, una pajarita... Y entonces vio al hombre más apuesto que jamás había visto en su vida. El canapé se le cayó de la mano y fue a parar directamente al bolso. Se quedó embelesada, hipnotizada. Unos ojos oscuros brillaban en aquel rostro salvajemente hermoso. Gracie casi tuvo ganas de hacer una reverencia... Aquel desconocido desprendía un carisma escandalosamente sexual.

—Yo... —no podía hablar.

Se hizo el silencio.

—¿Tú...? —él arqueó una ceja, esbozó una media sonrisa.

La mirada de Gracie fue a parar a esos labios perfectos... Había algo tan provocadoramente sensual en aquella boca, como si estuviera hecha para besar, y solo para besar. Cualquier otra cosa hubiera sido un desperdicio.

Con la cara ardiendo de vergüenza, Gracie levantó la vista de nuevo hacia esos ojos negros. Era consciente de que aquel hombre era altísimo, el ancho de su espalda casi intimidaba. Tenía el pelo grueso y negro, con un mechón rizado que le caía sobre la frente. Le daba un aire travieso que no hacía más que mejorar aquellos rasgos duros y altivos. Aquel desconocido tenía un porte soberbio, regio. Llevaba las manos metidas en los bolsillos con desparpajo...

Gracia logró bajar los ojos por fin.

–La comida no es para mí. Es para...

Buscó una excusa desesperadamente y entonces pensó en qué diría Steven si la echaban de allí por ello. A lo mejor se había confundido del todo con aquel hombre... Volvió a mirarlo.

–¿Es de la seguridad? –le preguntó con prudencia.

Casi al mismo tiempo que las palabras salían de su boca, Gracie supo que debería haber guardado silencio. Transcurrió una fracción de segundo y él se echó a reír. El golpe de la vergüenza, saber que todo aquello le quedaba demasiado grande, la hizo responder con contundencia.

–Tampoco es para tanto. ¿Cómo iba a saber quién es?

El hombre dejó de reírse, pero sus ojos brillaron con un gesto divertido, despertando la ira de Gracie. Ella sabía que estaba reaccionando a ese efecto tan peculiar que él estaba teniendo en su cuerpo. Nunca se había sentido así antes. A pesar del calor que había en el salón, tenía la piel de gallina. Sus sentidos estaban más despiertos que nunca. Podía oír su propio corazón, latiendo estruendosamente... Y tenía calor, como si le estuvieran prendiendo fuego por dentro.

–¿No sabes quién soy?

Una gran incredulidad se dibujó en el rostro perfecto del desconocido... aunque en realidad, no lo era tanto. Gracie se fijó con más atención y se dio cuenta de que tenía la nariz ligeramente torcida, como si se la hubieran roto, y tenía diminutas cicatrices por una mejilla. También tenía otra cicatriz que iba desde la mandíbula hasta la sien, en el otro lado de la cara.

Gracie se estremeció un poco, como si hubiera reconocido algo de aquel hombre a un nivel muy primario e instintivo, como si compartieran algo... Absurdo. La única cosa que podía compartir con un hombre como él era el aire que respiraban. La pregunta de él la devolvió a la Tierra.

Levantó la barbilla.

–Bueno, no soy adivina. Y usted no lleva una etiqueta con el nombre puesto, así que ¿cómo voy a saber quién es?

Él cerró la boca y apretó los labios, como si intentara reprimir una risotada. Gracie, por su parte, tuvo que reprimir las ganas de darle un puñetazo.

–¿Quién es, si es que es tan importante que todo el mundo debería conocerlo?

Él sacudió la cabeza y se puso serio de repente. Gracie volvió a temblar. Había un brillo especulativo en su mirada. Detrás de aquel encanto sencillo se escondía algo mucho menos benévolo, algo oscuro, calculador...

–¿Por qué no me dices quién eres tú?

Gracie abrió la boca, pero en ese momento un hombre se interpuso entre ellos y se dirigió hacia el desconocido misterioso, ignorando a Gracie completamente.

–Señor De Marco, ya están listos para escuchar su discurso.

Gracie se quedó perpleja. ¿Señor De Marco? El hombre con el que acababa de hablar era Rocco de Marco... Tal y como Steven se lo había descrito, siempre se había imaginado a alguien muchísimo mayor, de estatura pequeña, gordo, siempre fumando un puro... Pero el hombre que tenía ante ella debía de tener treinta y pocos...

Cuando el que los había interrumpido se marchó, Rocco de Marco se acercó a Gracie. Su aroma la golpeó de inmediato; era almizclada, y muy masculina. Él extendió una mano y, todavía sorprendida, ella levantó la suya. Sin dejar de mirarla ni un segundo, él se inclinó y le dio un beso en el dorso de la mano... Nada más sentir el roce de sus labios en la mano, Gracie sintió que el corazón le daba un vuelco; la sangre empezó a correr más rápido por sus venas...

Él se incorporó y le soltó la mano. Ya no estaba especulando. Estaba siendo seductor, insinuante.

–No te vayas, ¿quieres? Todavía no me has dicho quién eres.

Y entonces, después de dedicarle una mirada abrasadora, dio media vuelta y se perdió entre la multitud. En ese momento Gracie pudo respirar de nuevo; le observó desde lejos. Era más alto que la mayoría y la gente se echaba a un lado a su paso para facilitarle el camino. Espaldas anchas, caderas estrechas... Perfección.

Era Rocco de Marco, hombre de negocios, millonario, una leyenda viviente... Algunos lo llamaban genio... Buscó a su hermano con la mirada y le encontró. Steven miraba a Rocco como si estuviera hipnotizado... Sin saber muy bien por qué era tan importante salir de allí, Gracie supo que tenía que marcharse. La idea de volver a vérselas con aquel hombre resultaba de lo más turbadora. Su falta de aplomo la avergonzaba. La piel enrojecida de las manos le picaba... Todo la gente que estaba en esa sala debía de saber quién era él; todos menos ella. Las joyas que llevaban las mujeres eran de verdad, no como las suyas, que eran poco menos que de plástico. Ese no era su lugar.

Pensó en lo que había ocurrido un rato antes. El hombre más importante de todos le había visto robando canapés y guardándoselos en el bolso. De repente se imaginó a su hermano Steven, presentándoselo... Se quedó blanca como la leche con solo pensarlo. Steven se iba a morir de vergüenza si Rocco de Marco decía algo. A lo mejor incluso tenía problemas. El sentido de la responsabilidad se apoderó de ella y entonces hizo lo único que podía hacer.

Huyó.

Rocco de Marco examinó el artículo que le habían dedicado en el suplemento de economía del periódico e hizo una mueca. La caricatura de su cara le hacía más masculino y siniestro. Pero cuando vio su foto junto a la bellísima Honora Winthrop, sintió una descarga de satisfacción. Sabía que hacían buena pareja, blanco y negro... La instantánea había sido tomada en la fiesta benéfica organizada por su empresa en el London Museum, la semana anterior. Aquella noche se había embarcado en una campaña con la que pretendía consagrar su lugar en la alta sociedad de forma permanente. Y eso solo se conseguía a base de seducción...

Su sonrisa se volvió dura y despiadada al recordar el entusiasmo de la señorita Winthrop; fácilmente hubiera podido llevársela a la cama... Pero hasta ese momento se había resistido a sus encantos. Esa noche había decidido que su objetivo sería casarse con ella y el sexo no podía arruinarle el plan. Su sonrisa se desvaneció cuando reconoció que no le había costado mucho esfuerzo resistírsele.

De repente, el recuerdo de una pelirroja pequeña y pizpireta se presentó en su memoria. La imagen fue tan vívida que le hizo levantarse de la silla en la que estaba sentado. Se detuvo frente a la ventana panorámica de su despacho, que ofrecía las mejores vistas de Londres.

Apretó la mandíbula, rechazando el recuerdo con contundencia. Después de dar aquel discurso, en vez de dirigirse hacia Honora, se había ido a buscar a aquella joven misteriosa directamente, pero ella había desaparecido. Todavía podía recordar lo mucho que se había sorprendido, indignado. Nadie, y mucho menos una mujer, huía de él de esa manera. En los quince años que llevaba fuera de Italia, jamás se había desviado de sus planes, siempre cuidadosamente forjados... Jamás... hasta ese día. Y ella ni siquiera era hermosa, pero tenía algo... Algo en ella había apelado a sus instintos más primarios.

Se había pasado casi toda la velada buscándola, sin dejar de pensar en ese encuentro fortuito. A esas alturas tendría que haber estado a años luz de aquella vida del pasado. Estaba a punto de subir el peldaño decisivo, el que le llevaría a la esfera más alta, al estrato más elitista, lejos del pasado.

Un tanto agobiado, Rocco se frotó la nuca. Ese momento de introspección tan intenso se debía al problema de seguridad que había habido recientemente en su empresa. Se había descubierto rápido, pero le había hecho abrir los ojos, le había hecho darse cuenta de lo peligrosamente complaciente que se estaba volviendo.

Había contratado a Steven Murray un mes antes, simplemente porque le había dado buenas vibraciones, lo cual no era una práctica habitual en él. Pero se había dejado impresionar por las ganas y la inteligencia del muchacho... Y algo en él le había recordado a ese joven emprendedor y luchador que una vez había sido. Su currículum no decía mucho, pero había decidido darle una oportunidad de todos modos.

Y Steven Murray se lo había pagado transfiriendo un millón de euros a una cuenta ilocalizable y se había esfumado de la faz de la Tierra. Solo habían pasado siete días desde la fiesta de la empresa... Fue como una bofetada en la cara, y le recordó que no podía permitirse bajar la guardia ni por un segundo.

Todos le darían la espalda si se mostraba como un empresario débil y vulnerable. Y si eso llegaba a ocurrir, Honora Winthrop lo miraría con desprecio y jamás aceptaría una proposición de matrimonio. Llevaba mucho tiempo teniendo el control absoluto y de repente le había dado por seducir a mujeres con vestidos de saldo y contratar a empleados por instinto. Estaba poniendo en peligro todo aquello por lo que tanto había luchado. El dinero le hacía poderoso, pero la aceptación social era lo único que podía mantenerle en el poder para siempre. Esa pequeña grieta que había aparecido en su armadura de hierro le preocupaba mucho. La gente ya empezaba a sentir curiosidad acerca de su pasado, y no quería darle ningún motivo a la prensa sensacionalista para que ahondaran un poco más en su pasado. Su equipo de seguridad no había logrado encontrar a Steven Murray... Pero no descansaría hasta que dieran con él para darle su merecido.

Rocco le dio la espalda a la ventana y agarró la chaqueta. El crepúsculo se cernía sobre la ciudad y todos los despachos estaban vacíos ya. Normalmente ese era su momento preferido para trabajar, cuando todo el mundo se había marchado ya. Le gustaba oír el silencio. Era reconfortante. Era algo tan distinto a esa ensordecedora cacofonía de la juventud. Justo cuando iba a salir del despacho, sonó el teléfono. Dio media vuelta y contestó. Escuchó lo que le decía la persona que estaba al otro lado de la línea y su cuerpo se tensó de inmediato.

–Que la traigan aquí –dijo, casi escupiendo las palabras.

Fue hacia el ascensor y vio cómo se iluminaban los números de las plantas. Alguien preguntaba por Steven Murray... Hubo una pausa cuando el ascensor se detuvo y, justo antes de que se abrieran las puertas, Rocco sintió que el corazón le daba un vuelco, como si algo importante estuviera a punto de ocurrir.

Las puertas se abrieron por fin... Ante él apareció una joven menuda vestida con una camiseta gris, unos vaqueros viejos y una especie de rebeca atada a la cintura. Una mata de pelo rojo recogido en una coleta le caía sobre un hombro, llegando casi hasta sus pechos. Tenía la cara pálida, con forma de corazón. Las pecas se le veían más que nunca. Sus ojos, enormes y marrones, tenían reflejos dorados y verdes.

No tardó ni una fracción de segundo en reconocerla. Sin saber muy bien lo que hacía, la agarró de los brazos y tiró de ella.

–¡Tú!

Capítulo 2

TÚ... –repitió Gracie con un hilo de voz–. ¿Qué estás haciendo aquí? –le preguntó, anonadada. Rocco tiró de ella y la sacó del ascensor. El corazón se le salía del pecho. Sus manos fuertes eran como cepos sobre sus pequeños brazos.

–Este edificio es mío –masculló él, taladrándola con la mirada–. Creo que la pregunta adecuada es por qué estás tú aquí... ¿Por qué buscas a Steven Murray?

Gracie se dio cuenta de que él se acordaba perfectamente de ella. Un chorro de adrenalina corrió por sus venas al ver la cara de Rocco de Marco... Steven debía de estar muy lejos de allí, y debía de tener graves problemas. No podía hablar. Solo podía mirar embelesada al hombre más apuesto que jamás había visto, por segunda vez en menos de una semana. Él la agarró con más fuerza, clavándole las yemas de los dedos en la piel.

–¿Qué haces aquí?

–Yo... Pensé que podría estar aquí. Quería encontrarle.

–Creo que podemos estar seguros de que Steven Murray puede estar en cualquier parte, bien lejos de aquí, si es que tiene media neurona por lo menos. Ha hecho lo que hacen todos los delincuentes, salir huyendo y esconderse.

El corazón de Gracie dio un salto... Sus sospechas acababan de confirmarse de la peor manera posible, pero su espíritu protector salió en defensa de su hermano, aunque su conciencia le dijera otra cosa.

–No es un delincuente.

–¿No? –Rocco arqueó una ceja–. ¿Y cómo llamarías a alguien que roba un millón de euros? ¿Qué relación tiene contigo? ¿Es tu amante? –le preguntó Rocco en un tono agresivo.

Gracie sacudió la cabeza y trató de apartarse; un movimiento inútil. Tenía que proteger a Steven a toda costa.

–Solo estoy preocupada por él. Pensé que podría estar aquí.

–No es muy probable que vuelva a la escena del crimen. No creo que sea tan estúpido como para intentar robar otro millón de euros en el mismo sitio.

Gracie se sintió atrapada, claustrofóbica, pero un fuego repentino subió por su garganta.

–¡No es ningún estúpido!

Logró liberarse y dio media vuelta, buscando una vía de escape desesperadamente. Vio la salida de emergencia a lo lejos y echó a correr. Rocco masculló un juramento a sus espaldas. Justo cuando estaba a punto de tocar la barra de la puerta, alguien la agarró de los hombros y la hizo darse la vuelta con violencia. Rocco de Marco acababa de acorralarla contra la puerta y la fulminaba con la mirada. Tenía las manos apoyadas a ambos lados de su cabeza. No había escapatoria posible.

–Es evidente que tú también estás en esto, hasta el cuello. La cuestión es... ¿Por qué has vuelto aquí? Debe de haber sido para buscar algo importante.

Ella sacudió la cabeza y su rabia se desvaneció tan

rápido como había surgido. De repente se sentía mareada.

–Señor De Marco, le juro que no estoy involucrada en nada. Solo estoy preocupada. Vine porque pensé que Steven podría estar aquí. No sé nada más.

–Ya sabías quién era la semana pasada cuando nos conocimos –el rostro de Rocco se endureció aún más.

–No... No lo sabía. No tenía ni idea. Hasta que llegó ese hombre y mencionó su nombre.

–Estabas allí con Murray. Eras su cómplice –le dijo Rocco de Marco, como si no la estuviera escuchando–. Habéis hecho esto juntos.

Gracie volvió a negarlo todo con un gesto. La cabeza le retumbaba. Rocco volvió a mirarla fijamente. Se puso erguido y la agarró del brazo con brusquedad. Ella empezó a forcejear.

–Espere... Mire, por favor... Señor De Marco... Puedo explicarle...

–Eso es exactamente lo que vas a hacer –dijo él, lanzándole una mirada siniestra y apretó un botón del ascensor.

Un miedo atroz la hizo callar. Él la metió en el ascensor de un empujón y entró detrás de ella, sin soltarla. El silencio, espeso y tenso, pesaba a su alrededor. No quedaba ni rastro de ese hombre amable y seductor al que había conocido unos días antes.

«Oh, Steven... ¿Por qué has hecho esto?», pensó para sí, asustada.

Su hermano la había llamado un rato antes.

–Gracie, no me preguntes nada. Solo escucha. Ha pasado algo. Algo muy malo. Estoy en un buen lío, así que tengo que irme...

Había oído ruidos extraños por el teléfono, y Steven parecía distraído...

–Mira, me voy y no sé cuándo podré volver a ponerme en contacto contigo, así que no intentes llamarme, ¿de acuerdo? Te mandaré un correo electrónico o algo cuando pueda.

Gracie se había aferrado al teléfono con las manos sudorosas.

–Steven, espera... ¿Qué pasa? A lo mejor puedo ayudarte...

–No. No voy a seguir haciéndote esto una y otra vez. Ya has hecho bastante. No es tu problema. Es el mío.

–¿Es...? ¿Son las drogas de nuevo? –le había preguntado, aterrorizada.

Steven se había echado a reír y su risa había sonado un tanto frenética.

–No. No son drogas, Gracie. Si te soy sincero, quizá sería mejor si lo fuera. Se trata del trabajo, algo que tiene que ver con el trabajo.

Antes de que pudiera preguntarle nada más, se había despedido de ella rápidamente y la había dejado con la palabra en la boca. Había intentando llamarlo varias veces, pero el móvil había sido desconectado. Después había ido al pequeño estudio donde vivía y del que estaba tan orgulloso, pero se lo había encontrado patas arriba. Sus cosas estaban revueltas, por todas partes.

Las puertas del ascensor se abrieron. Rocco de Marco la condujo hacia una especie de ático. Las extraordinarias vistas de Londres al atardecer daban un toque aún más surrealista a la situación. Una enorme luna brillaba en el cielo color violáceo. Rocco la soltó por fin y encendió varias luces. Gracie se estremeció y se frotó los brazos. La descarga de adrenalina y la sensación de sorpresa se habían desvanecido... Se sentía vacía. Miró a su alrededor. El apartamento estaba decorado exquisitamente. La artista que había en ella admiraba esa opulencia discreta, pero contundente.

Sus ojos fueron a parar a Rocco de Marco de nuevo. Sintió un vuelco en el estómago. ¿A quién quería engañar? Su interés en ese hombre era mucho más que una inquietud estética.

Rocco contempló a esa mujer menuda que estaba en su apartamento. La mirada desesperada con la que había echado a correr hacia la puerta de emergencia estaba grabada con fuego en su memoria. Le había llegado muy adentro, había revivido un recuerdo del pasado... No era como esas bellezas sublimes en las que solía fijarse; mujeres de alta cuna, hermosas, inteligentes, discretas... Mujeres que jamás le hubieran dejado ponerles una mano encima de haber sabido en qué mundo había nacido.

—Me lo vas a contar todo ahora mismo. Aquí y ahora —le dijo, furioso consigo mismo por la reacción impulsiva que había tenido.

Ella se encogió, como si acabara de golpearla... Pero Rocco no se ablandó. Reprimió ese latigazo de remordimiento que acababa de sentir. De repente ella estaba muy pálida, vulnerable... Pero no podía dejarse engañar. Había una fuerza en ella inconfundible, la fuerza de las calles. Él la reconocía bien, y no le gustaba que se la recordaran.

Sacó una silla cercana y la obligó a sentarse. Ella lo miró con esos enormes ojos marrones, esos labios carnosos y pálidos... Había una inocencia calculada en ella que resultaba terriblemente tentadora.

Se produjo un silencio tenso y Rocco trató de averiguar qué estaba pasando detrás de aquellos ojos tan grandes y expresivos. Y entonces pareció que ella se preparaba para recibir un duro golpe.

–¿Qué quería decir con eso de que Steven robó un millón de euros?

Rocco abrió la boca para decir algo y entonces se detuvo.

–¿Pero te atreves a seguir fingiendo? –le preguntó él en un tono de incredulidad.

Ella apretó los puños sobre el regazo. Él recordaba muy bien lo nerviosa que estaba aquel día en la fiesta; recordaba la intriga que había despertado en él. Recordaba haberle dado un beso en el dorso de la mano, el tacto áspero de las palmas de sus manos pequeñas, nada que ver con la piel aterciopelada de esas mujeres con las que solía salir. Ella tenía que saber exactamente quién era él. Seguramente su hermano y ella llevaban toda la semana riéndose de él. Rocco sintió que ardía por dentro. No se había sentido tan humillado en muchos años. Ella le había visto en un momento de debilidad, y eso no era nada bueno. Nada bueno. No recordaba haber sentido debilidad alguna desde su salida de Italia, muchos años antes... Atrás habían quedado esos barrios marginales y apestosos... Pensar en aquella época le hizo recuperar el control.

–¿Quién eres y de qué conoces a Steven? –le preguntó con una claridad diáfana.

Gracie fulminó con la mirada a Rocco de Marco. Él tenía la extraordinaria habilidad de hacerla sentir como si no tuviera opción alguna excepto obedecerle. Era tan incisivo y preciso como un láser.

–¿Y bien?

La palabra estaba llena de frustración y rabia.

–Soy Gracie. Gracie O'Brien –dijo ella casi sin pensar.

–¿Y? –dijo él, haciendo un gesto a medio camino entre una mueca y una sonrisa–. ¿Qué tienes que ver con Steve Murray?

–Es... es un viejo amigo.

–Mentirosa –dijo Rocco en un tono burlón.

–Eso es todo lo que es. Un viejo amigo. Nos conocemos... desde hace mucho tiempo.

–Ya... Seguramente os conocéis desde aquel día en la fiesta... –Rocco esbozó una sonrisa sarcástica.

–No. No... De verdad, no son así las cosas –casi se había levantado de la silla y había estirado el brazo, como si así pudiera darle más énfasis a sus palabras.

Volvió a sentarse inmediatamente. Rocco cruzó los brazos sobre el pecho. Gracie no pudo evitar fijarse en la fuerza descomunal que debían de tener esos músculos. De repente se sintió mareada y lo achacó todo al hecho de que no había comido nada en todo el día.

–Yo te cuento cómo fue, ¿de acuerdo? –Rocco no le dio tiempo a contestar–. Eres cómplice de Steven Murray, y los dos fuisteis lo bastante estúpidos como para creer que podíais volver a la escena del crimen así como así, para recuperar algo importante. ¿Qué era? ¿Una memoria USB? Es la única cosa lo bastante pequeña y difícil de encontrar.

Antes de que Gracie supiera lo que estaba ocurriendo, Rocco estaba a su lado, agarrándola y levantándola de la silla. En medio de aquella confusión, Gracie se dio cuenta de que el tacto de sus manos era sutil, ligero, casi una caricia. La situación era muy confusa. De pronto, él se agachó delante de ella y empezó a tocarle las piernas.

Gracie tardó unos segundos en darse cuenta de que la estaba cacheando. La estaba tocando por la cara interna de las piernas, y subiendo... Gracie reaccionó con brusquedad. Se apartó y empezó a darle manotazos, en la cabeza... Él masculló un juramento y la agarró de los brazos de nuevo. Esa vez sus manos no le hicieron una caricia.

—Pero si tenemos una pequeña gata salvaje por aquí... Quieta.

Sujetándole ambos brazos con una mano, le metió la otra mano en los bolsillos y los vació. Se movía tan rápido que Gracie sintió mareos. En cuestión de unos segundos, se encontró con los bolsillos vacíos, el forro por fuera.

Se soltó de un tirón. Él la dejó escapar.

—Usted... —dio un traspié—. Prefiero que me lleve la policía antes que verme manoseada —le espetó—. ¿Ha llamado a la policía? —añadió al darse cuenta.

Rocco retrocedió un poco. Tenía la cara roja, de pura rabia. Sacudió la cabeza lentamente.

—No he llamado a la policía —admitió, no sin reticencia–. Porque no quiero que los medios aparezcan por aquí. Eso nunca es bueno para el negocio.

Gracie sintió un gran alivio, pero la sonrisa cruel de Rocco la hizo volver a la realidad.

–Pero no te vayas a creer que tu novio se va a ir de rositas. ¿Crees que la policía se va a molestar en buscar a un granuja de poca monta? –sacudió la cabeza y cruzó los brazos–. Ya tengo a gente que le está buscando, gente que tiene medios mucho más sofisticados que los de la policía. Solo es cuestión de tiempo.

–¿Y qué le va a pasar? –le preguntó Gracie, aterrorizada.

–¿Una vez haya devuelto hasta el último céntimo? Bueno, pasará a formar parte de mi lista negra y no podrá volver a trabajar en ninguna financiera del mundo. Le entregaré a la policía y lo acusaré de fraude. Podrían caerle diez años. He tenido que cubrir el fraude yo mismo, con mi propio dinero. Ahora es una deuda personal.

Gracie sintió que le temblaban las rodillas. Intentó encontrar la silla que tenía detrás y se dejó caer en ella. Su hermano no sobreviviría ni un día más en la cárcel. Al salir le había dicho que prefería morir antes que tener que volver allí.

Rocco frunció el ceño. Por primera vez en toda la tarde, estaba seguro de que la mujer que tenía delante no estaba fingiendo. Parecía completamente desconsolada; tanto así, que casi sintió ganas de ofrecerle algo de beber. Tenía la vista fija en el suelo y guardaba silencio. Quería ir hacia ella y levantarle la barbilla con un dedo. No le gustaba sentirse tan desconcertado, tan nervioso... Apenas podía mirarla a los ojos. Pero entonces ella levantó la vista, y sus ojos resultaron ser como dos lagunas negras, todavía más acentuados por la extrema palidez de su piel.

Ella abrió la boca. Rocco podía ver cómo se movía su garganta.

–No puedo... –dijo por fin, sacudiendo la cabeza–. No puedo mentirte. Esto es demasiado serio. No le he dicho la verdad sobre Steven.

Rocco se puso tenso, furioso.

–Pues ya empiezo a aburrirme de tanto esperar. Tienes un minuto para hablar o te entrego a la policía.

–¡Gracie!

La joven levantó la vista hacia Rocco de Marco. Oírle decir su propio nombre era extraño. Respirando profundamente, se puso en pie. Las piernas le temblaban.

–Steven no es mi novio y no soy su cómplice... Es mi hermano.

–Sigue.

–Eso es todo –Gracie se encogió de hombros–. Es mi hermano y estoy preocupada por él. Le estoy buscando.

Rocco apretó la mandíbula y guardó silencio un momento.

–¿Esperas que me lo crea? ¿Después de todo lo que he visto? ¿Después de haberte visto en la fiesta la semana pasada? Los dos tramasteis esto juntos.

–No –dijo Gracie, sacudiendo la cabeza–. No fueron así las cosas. Se lo juro. Fui con Steven porque... –se detuvo.

No podía hablar de la inseguridad de su hermano... De repente había comprendido por qué parecía tan nervioso en las últimas semanas.

–Porque teníais un plan maestro para llevaros un millón de euros –soltó una risita sarcástica–. Por Dios, ¡pero si ni siquiera pudiste resistirte a robar comida del bufé!

Gracie se sonrojó hasta la médula.

–Tomé esa comida para mi vecina. Es muy mayor, polaca... Siempre me habla de cuando era rica y asistía a bailes en Polonia. Solo quería llevarle algo que le hiciera ilusión. Eso es todo.

Esa vez Rocco sí que se echó a reír abiertamente. Gracie sintió una profunda vergüenza.

Cuando por fin dejó de reír, la atravesó con una mirada de acero. Ella hizo todo lo posible por no dejarse intimidar... Después de toda una infancia de orfandad, muy poca gente lo conseguía, pero Rocco de Marco sabía dónde clavar el cuchillo.

Desesperada, levantó una mano.

–Terminé el bachillerato por los pelos... Y las matemáticas nunca se me dieron bien. No sé ni qué es la Bolsa, ni las acciones... Steven fue el que salió inteligente.

–Y sin embargo... –Rocco siguió adelante, tan incisivo como siempre–. Estabas con él la semana pasada, exhibiéndote ante mí. Sabías muy bien quién era yo.

–No me estaba exhibiendo delante de usted. Fue usted quien se acercó.

Rocco de Marco se sonrojó. Por primera vez Gracie sintió que se había anotado un tanto. Sin embargo, la sensación de victoria no le duró mucho. Rocco no tardó en ponerse serio y su rostro volvió a convertirse en una máscara impenetrable.

–Fui con Steven para acompañarle. No quería ir solo.

–Ni siquiera me creo todavía que seas la hermana de Steven Murray –dijo Rocco, esbozando una media sonrisa–. ¿Por qué tiene otro apellido?

Gracia bajó la vista. Sin duda debía de parecer muy culpable.

–Porque... Porque se peleó con nuestro padre y se puso el apellido de soltera de nuestra madre –aquello no era del todo falso.

–Además, no te pareces en nada a él.

Gracie levantó la vista y se encontró con el intenso escrutinio de Rocco. La miraba de arriba abajo, sin disimular en lo más mínimo.

–No –le dijo con contundencia–. Ya lo sé. Pero no todos... –se detuvo abruptamente. Había estado a punto de mencionar la palabra «mellizos». Lo arregló como pudo–. No todos los miembros de una familia se parecen. Él se parece mucho a mi madre y yo me parezco a mi padre.

Cruzó los brazos. De repente se sentía a la defensiva... A lo mejor su madre la habría querido tanto como a su hermano si se hubiera parecido más a ella. ¿Se hubiera quedado de haber sido así? Empezó a sentirse algo mareada. La vista se le estaba nublando... Justo cuando empezaba a castigarse por su propia debilidad, Rocco masculló algo ininteligible, fue hacia ella y le puso una mano sobre el brazo. Ella se puso rígida al sentir el tacto de su mano... Odiaba ese efecto incendiario que ejercía sobre ella...

Trató de apartarse, pero no pudo.

–¿Cuándo has comido por última vez, mujer tonta?

Esa vez Gracie sí que logró soltarse y le fulminó con la mirada de nuevo.

–No soy una mujer tonta. Solo estaba... preocupada. No tenía tiempo de pensar en comer.

–Parece que no sueles pensar en ello muy a menudo –Rocco la miró de arriba abajo y esbozó una media sonrisa.

Echó a andar. Gracie le siguió con la mirada.

–Hay comida preparada en la nevera –le dijo por encima del hombro–. Ven conmigo.

Gracie empezó a sentirse verdaderamente mal en ese momento. ¿Rocco de Marco acababa de ofrecerle... comida? Miró hacia la puerta del apartamento. Más allá estaba la puerta del ascensor privado. De repente le pareció que la libertad estaba muy cerca.

Casi como si pudiera leerle la mente, Rocco apareció a unos metros de distancia, las manos en las caderas...

–Ni se te ocurra. No llegarías ni al piso de abajo y te traerían de vuelta enseguida.

–Pero... No he visto a nadie.

Rocco le guiñó un ojo.

–¿Es que no has visto las películas italianas? Mis hombres están en todas partes.

Gracie quiso pensar que estaba de broma, pero algo le decía que debía andarse con cuidado. Conocía bien las calles; sabía cuando alguien hablaba en serio... Y Rocco de Marco hablaba en serio. Era su prisionera, como si la hubiera atado a una silla.

Él dio media vuelta y siguió adelante.

Gracia, temerosa y expectante, no tuvo más remedio que ir tras él.

Capítulo 3

GRACIE se molestó al ver la condescendencia de Rocco de Marco. Levantó la barbilla y trató de ignorar el olor tentador de la comida. Estaba muerta de hambre.

–¿Vas a dejarla ahí hasta que me la coma? ¿Como un padre testarudo? –le tuteó por primera vez.

Rocco se inclinó hacia delante desde el otro lado de la encimera. Gracie hizo un esfuerzo para no retroceder.

–Yo no soy padre y no soy testarudo. Come.

Gracie bajó la vista para no sentir esa mirada abrasadora y se encontró con un puré de patatas delicioso y un guiso de vegetales. Su estómago rugió.

Desafiante hasta el final, se rindió en el último momento. Quitó la tapa del plato.

–Podría haber sido vegetariana, ¿sabes? –empezó a servirse. No quería sentirse observada, pero tenía demasiada hambre como para parar.

–Disculpa que no te haya preguntado antes –le dijo él un momento después.

Ella le lanzó una mirada rápida y el corazón se le cayó a los pies. Se estaba riendo de ella. Apartó la vista de nuevo rápidamente y se concentró en la comida. En cuanto sintió en la boca el primer bocado de aquella cena suculenta, supo que estaba perdida y lo devoró todo como un pobre hambriento que llevara semanas sin comer. Como salidos de la nada, un vaso de agua y una servilleta aparecieron a su lado. Gracie se limpió la boca y bebió un buen trago. Solo entonces se atrevió a mirar de nuevo a Rocco. Él la miraba fijamente, la observaba. Gracie sintió vergüenza rápidamente y se limpió la boca.

–¿Qué? ¿Me he manchado?

–¿Cuándo fue la última vez que comiste? –él sacudió la cabeza. Su voz sonaba dura.

Por un momento, Gracie no pudo recordarlo. Jugueteó un poco con el plato y murmuró algo.

–Ayer... A la hora de comer –le dijo, aunque en realidad sabía que llevaba días sin comer bien.

–¿Dónde vives?

De repente la cruda realidad la golpeó de lleno. Se sonrojó y rehuyó su mirada.

–Gracie... –le dijo él en un tono de advertencia.

Ella sintió que el estómago le daba un vuelco al oírle pronunciar su nombre. Era tan íntimo. Lo miró a los ojos y se puso erguida. No podía caer más bajo. A lo mejor si sabía lo inofensiva que era en realidad, la dejaba marchar sin más.

–Vivía en Bethnal Green hasta esta mañana. Pero perdí mi trabajo hace dos días y no quisieron pagarme lo que me debían. Hoy no pude pagarle el alquiler a mi casero, así que me sugirió que se lo pagara de otra manera.

Gracie tembló al recordar aquella cara sudorosa, esas manos que la agarraban... el aliento pestilente. Antes de que pudiera reaccionar, Rocco se había movido hacia ella. Sintió que le agarraba la mano derecha. Empezó a examinar sus nudillos enrojecidos e irritados. Ella lo había olvidado... Al sentir el roce de sus dedos, hizo una mueca. Todavía le dolía mucho...

–¿Le golpeaste? –le preguntó él de repente, mirándola.

Ella se encogió de hombros, molesta consigo misma.

–Me estaba acorralando en un rincón. No tenía escapatoria.

–Supongo que tengo suerte de que no me hayas asestado un puñetazo a mí también.

Ella apartó la mano rápidamente. Empezaba a sentir un cosquilleo intenso...

–Dejé las maletas en la estación de Victoria. Debería ir a recogerlas y buscar un sitio para pasar la noche.

Se bajó del taburete y echó a andar, como si hubiera olvidado por qué estaba allí.

Él siguió observándola con los brazos cruzados.

–Ya te dije antes que ni siquiera llegarás al piso de abajo si intentas escapar.

–No puedes retenerme aquí. Eso sería secuestro. Solo vine al despacho de Steven para intentar encontrarle. Eso es todo. De verdad que no tengo ningún motivo oculto. No me llevo nada y no sabía nada del dinero.

Rocco miró a la mujer que tenía delante. El mundo entero había empezado a girar alrededor de ella desde el momento en que la había visto en el ascensor... Un momento antes, cuando le había agarrado la mano y había visto esos nudillos machacados, había sentido una rabia incontenible al imaginarse a ese hombre sin rostro que la había amenazado.

–¿Por qué perdiste tu trabajo? –le preguntó, para ahuyentar esos pensamientos tan peligrosos.

–Tuve algún problema que otro con unos clientes –ella cerró los puños.

Rocco arqueó una ceja y se alegró de ser capaz de centrarse en el presente de nuevo.

–¿Clientes?

–Trabajaba en un bar en una zona humilde de la ciudad... Era algo temporal.

Una vez más Rocco sintió que una furia imparable crecía en su interior. Podía imaginarse fácilmente a todos esos hombres que habrían querido domar esa rebeldía desafiante que ella desprendía. De repente, un impulso fiero y arrollador se apoderó de él. Deseó someterla, verla dócil y obediente, a sus pies. Quería ser él el que la domara. Antes de perder la compostura, dio un paso adelante y se detuvo frente a ella, como si quisiera demostrarse a sí mismo que podía tenerla cara a cara sin abalanzarse sobre ella como un cavernícola. Las extrañas circunstancias en las que se habían conocido y su conexión con Steven Murray estaban causando esa respuesta tan singular en él. Eso era todo.

–No vas a salir de este apartamento hasta que tu hermano... –se detuvo y masculló un juramento–. Si es que es tu hermano... No vas a salir hasta que aparezca y responda ante la justicia. Ahora dame el recibo de tus maletas y yo mandaré a alguien a recogerlas.

Unos minutos más tarde Gracie estaba en una habitación de huéspedes decorada a todo lujo. Todavía no sabía muy bien cómo se había dejado someter de esa manera, pero en el fondo se sentía tan casada, que no había podido hacer más que tirar la toalla.

–Hay un cuarto de baño por ahí. Cuando lleguen tus maletas te las traeré –Rocco dio media vuelta y se dirigió hacia la puerta.

Gracie miró a su alrededor. Tenía los ojos cansados. Suspiró. Ya era demasiado tarde para arrepentirse. Al llegar a la puerta Rocco se volvió.

–Ya hablaremos por la mañana.

–Me dejarás marchar. Porque si no lo haces... –le dijo, volviendo a ser la luchadora de siempre.

–¿Qué? ¿Vas a llamar a la policía? –sacudió la cabeza y sonrió con frialdad–. No. No lo creo. Estoy seguro de que no quieres tener a la policía husmeando y preguntando por tu hermano.

Se hizo el silencio, pesado y profundo. ¿Qué podía decirle para refutar sus palabras? Nada. Él tenía razón.

–Hasta mañana, señorita O'Brien.

La puerta se cerró suavemente. Gracie casi esperó oír el ruido de una llave al girar en la cerradura... Fue hacia la puerta, la abrió con cuidado... Casi dio un salto al ver a Rocco, apoyado contra la pared opuesta.

–No me hagas cerrar con llave, porque lo haré si es preciso.

Gracie cerró la puerta de nuevo rápidamente. Fue hacia la ventana. Unas vistas espectaculares se extendían ante ella, pero sus ojos no vieron nada. La batalla que libraba en su interior la absorbía por completo. Siempre habían sido Steven y ella, incluso cuando su madre estaba con ellos... Y después, en el centro de acogida... Los lazos de hermanos nunca habían dejado de fortalecerse. Una noche, cuando su madre la había mandado a la cama sin cenar por alguna travesura sin importancia, Steven se había metido en su cama a escondidas y le había dado algo de comer. Tenían cuatro años de edad.

Siempre había sido el juguete favorito de los abusones del colegio. Era tan delgado, con esas gafas de cristales gruesos... Gracie se había tenido que acostumbrar a apretar bien los puños para sacarle de los líos en los que se metía. Era muy listo, y seguramente hubiera podido estudiar en un colegio para superdotados si sus circunstancias hubieran sido otras. Siempre iba por delante de la clase y la ayudaba con paciencia con las matemáticas y las ciencias. Gracias a él había conseguido entrar en la Facultad de Bellas Artes. Incluso enganchado a las drogas, tras dejar los estudios, Steven había sido capaz de echarle una mano con sus exámenes. El estómago se le agarrotaba cada vez que pensaba en lo mucho que la había protegido, de cosas mucho peores que las matemáticas... Apoyó la frente contra el frío cristal de la ventana. Aunque la preocupación por su hermano no la dejara pensar con claridad, había otro rostro que no podía sacarse de la cabeza...

Rocco miró las dos bolsas destartaladas que le habían entregado un momento antes. Una de ellas era una mochila y la otra era una maleta vieja, la clase de maleta que se veía en una vieja película sobre inmigrantes que cruzaban el Atlántico en busca del sueño americano. Sacudió la cabeza y recogió los bultos. Hacía mucho tiempo que había abandonado la idea de dormir un poco esa noche. Abrió la puerta de la habitación de huéspedes silenciosamente. Casi esperaba ver a Gracie al otro lado, tan obstinada y desafiante como al principio, pero no estaba allí. En la penumbra pudo distinguir una silueta sobre la cama. Se quedó quieto un momento. Ella estaba profundamente dormida. Dejó las maletas y se acercó un poco. Gracie estaba tumbaba encima de las mantas, con un albornoz blanco puesto. Estaba hecha un ovillo, con las piernas dobladas y las manos bajo la barbilla. El cabello le flotaba alrededor de la cara como si acabara de salir de un cuadro de los Prerrafaelistas. Sus rizos eran largos y rebeldes.

Rocco se quedó totalmente inmóvil al verla mover la cabeza.

–No, Steven... No puedes... Por favor...

Volvió a la Tierra de golpe. Una vez más era como si ella hubiera ejercido su influjo mágico, haciéndole olvidar quién era y por qué estaba allí. Ella no era nadie. No era más que una ladrona, cómplice de su hermano, que había sido tan temerario como para creer que podía abusar de la confianza de Rocco de Marco. Dio un paso atrás, se alejó de ella y reprimió cualquier indicio de preocupación o deseo. Juró que no la dejaría marchar hasta llevarla ante la justicia junto con su hermano.

Cuando Gracie se despertó al día siguiente tuvo la extraña sensación de no saber dónde estaba, o qué día era. El entorno le era totalmente desconocido y suntuoso. Estaba tumbada encima de una cama enorme, con un albornoz. Poco a poco, lo recordó todo.

Se incorporó y vio que las cortinas seguían abiertas. Podía disfrutar de las vistas más espectaculares de Londres desde su ventana. El Támesis zigzagueaba como una serpiente entre los edificios grises de acero. Se apartó un momento de la ventana. Algo llamó su atención. Sus maletas viejas estaban junto a la puerta. Se sonrojó violentamente. Rocco de Marco había entrado en la habitación mientras dormía. Sintiéndose en clara desventaja, Gracie se levantó de la cama y acercó las maletas. Sacó unos vaqueros, una camiseta y unas zapatillas. Después de lavarse la cara, se recogió el pelo en un moño y salió.

El apartamento estaba en silencio. Gracie miró la hora. Todavía era pronto. A lo mejor Rocco no se había levantado todavía. Al llegar a la puerta de la enorme cocina, se lo encontró sentado frente a la mesa. Su corazón se detuvo un instante. Estaba leyendo *Financial Times*. Tenía el pelo húmedo y se lo había echado hacia atrás. Su piel bronceada resplandecía a la luz de la mañana. Estaba impecablemente vestido con una camisa azul y una corbata a juego. De repente él levantó la vista. Bebió un sorbo de la pequeña taza, que parecía diminuta en su enorme mano.

–Buenos días.

–Buenos días –repitió ella vagamente, como si hubiera sido un huésped cualquiera, y no una prisionera.

Rocco hizo un gesto señalando la cocina.

–Me temo que tendrás que servirte tú misma. Estoy sin ama de llaves.

Gracie se sirvió un poco de café y una tostada. Las manos le temblaban, pero no podía controlarlo. No le tenía miedo a casi nada, pero a él sí. Se quedó parada frente a la enorme isla en el medio de la cocina.

–Ven a sentarte. No muerdo.

Ella apretó los dientes, agarró su taza y su plato y se sentó en el otro extremo de la mesa. Se comió la tostada con esfuerzo, esquivando su mirada con sumo cuidado.

–Investigué un poco a tu hermano anoche y encontré cosas muy interesantes.

Gracie se quedó helada. Dejó la taza sobre la mesa. Al revelarle su nombre real también le había dicho el de Steven. Lo miró a los ojos fijamente.

Rocco casi parecía estar aburriéndose mucho, pero Gracie percibía la rabia que bullía debajo de esa superficie aparentemente en calma.

–Tiene un historial impresionante. Tres años en la cárcel por tráfico de drogas, por no mencionar el hecho de que falsificó papeles para conseguir un empleo en mi empresa. Sus delitos no hacen más que aumentar, Gracie.

–Él no es así –le dijo Gracie, desesperada–. De verdad estaba intentando empezar de nuevo. Quería usar su talento, su inteligencia, darle un giro a su vida. Hizo una carrera. Tiene que haber una buena explicación para lo que ha hecho. No se habría arriesgado a ir a la cárcel de nuevo.

Rocco parecía más serio que nunca.

–Creo que muchos estarían de acuerdo en que un millón de euros es una muy buena razón.

Gracie se echó atrás en la silla y se miró las manos. Temblaban sin parar, así que las entrelazó con fuerza. Sentía el escozor de las lágrimas en los ojos. Oyó suspirar a Rocco, pero no levantó la vista.

–No obstante, no creo que estés a punto de llamarlo para decirle que lo deje, ¿no?

Reprimiendo la emoción, Gracie levantó la vista.

–Sí que hablé con él ayer, pero no quiso decirme dónde estaba, o adónde iba, y cuando traté de devolverle la llamada su teléfono estaba apagado. Creo que lo tiró.

Decidió no mencionar que su hermano le había dicho que trataría de contactar con ella cuando pudiera. Gracie se prometió a sí misma que si eso llegaba a pasar, le diría que se mantuviera lejos y que no volviera nunca. Rocco se puso en pie y extendió una mano.

–Dame el teléfono.

–¿Por qué? –preguntó, cada vez más testaruda.

–Porque no te creo. Porque creo que harás todo lo que esté en tu mano para ponerte en contacto con tu hermano y advertirle que no aparezca por aquí. Y porque si trata de contactar, lo atraparemos.

Gracie cruzó los brazos. Se fulminaron con la mirada durante unos segundos.

–No me hagas volver a cachearte –le dijo con un disgusto evidente.

Al oír esas palabras Gracie sintió una punzada de vergüenza al recordar cómo la había tocado el día anterior, lo mucho que le había repugnado. Intentando esconder sus emociones, se levantó de la silla, sabiendo que él encontraría el teléfono al final. Salió de la cocina, buscó el teléfono en el bolso y se lo entregó a Rocco.

–No va a volver a llamarme. Sabe que está en un buen lío.

–Tengo una propuesta que hacerte –Rocco se guardó

el teléfono–. No tengo ama de llaves ahora mismo. Necesito una –la miró de arriba abajo con desprecio–. Creo que no se te puede dar mal un trabajo tan sencillo. Ni siquiera tendrías que cocinar. Tengo un chef que prepara comida cuando la necesito. Solo tendrías que limpiar y ocuparte del apartamento. Entregas, correspondencia...

–¿Me... estás ofreciendo un trabajo?

–Bueno, no es tanto un trabajo como algo para mantenerte ocupada mientras estés aquí. Porque no vas a irte de mi lado hasta que tengamos a tu hermano.

El corazón de Gracie empezó a latir con más fuerza. Cruzó los brazos.

–No puedes hacer esto. Es una vergüenza. No puedes tenerme prisionera.

–No tienes adónde ir, ni tampoco trabajo –dijo Rocco, arqueando una ceja–. Tienes un capital de nada menos que cincuenta libras. No estás en posición de reafirmar tu independencia y tu libertad. Al final te darás cuenta de que te estoy haciendo un favor, que no te mereces.

–Has estado registrando mis cosas.

–Claro que sí –dijo él, encogiéndose de hombros.

Gracie sintió vergüenza de verse tan expuesta y ridiculizada. Desde que había terminado la carrera no había hecho más que sobrevivir. No había tenido tiempo para sueños e ilusiones, pero Rocco de Marco no sabía lo que era ganarse el pan de cada día.

–¿Entonces me estás ofreciendo este trabajo por pura bondad? –le preguntó en un tono corrosivo.

Él sonrió, pero su sonrisa estaba desprovista de humor.

–Algo así, sí. No estás en posición de discutir, Gracie. Tu hermano y tú os habéis metido solos en esta situación. Míralo de esta manera. Eres mi aval, por valor de un millón de euros, hasta que tu hermano aparezca.

Gracie trató de buscar una salida. No podía dejar a su hermano a merced de aquel hombre. Se puso erguida y se incorporó, decidida a recuperar algo de control en una situación tan desesperada.

–Si voy a ocuparme de tu casa, entonces quiero que me pagues lo mismo que cobraba en el bar. Tengo que pagar el préstamo de estudiante.

Rocco se sorprendió al ver que se rendía tan fácilmente, pero no se dejó llevar por los golpes de la consciencia. Se traía algo entre manos y seguramente se comportaba así para hacerle dudar de su culpabilidad. Sintiendo una gran curiosidad, le preguntó cuánto le pagaban, esperando que triplicara la suma. Gracie, sin embargo, mencionó una cifra totalmente inesperada. Rocco tuvo que hacer un esfuerzo para no dejar ver el asombro que sentía. La expresión de ella era tan diáfana, inocente y desafiante, que casi sin darse cuenta accedió a pagarle esa suma patética... ¿Sería el salario mínimo por lo menos?

Gracie observó a Rocco mientras sacaba un bolígrafo y un papel de un cajón. Garabateó un par de números y nombres y entonces se lo entregó en la mano.

–Es el número de mi asistente personal, por si necesitas contactar conmigo. Estaré todo el día reunido al otro lado de la ciudad. Puedes usar los teléfonos de la casa –sus ojos brillaron–. Sobra decir que todas las llamadas que le hagas a tu hermano serán grabadas. También te he apuntado el número de la antigua ama de llaves. Puedes llamarla y consultarle cualquier duda.

Gracie miró el papel y entonces oyó su voz burlona.

–Mi jefe de seguridad está justo en la puerta del apartamento y controla cada entrada y salida de la casa. Si intentas marcharte, te traerán de vuelta.

Ella miró atrás y levantó el papel en la mano.

–¿Quieres decir que no tengo línea directa con Dios?

Rocco esbozó una sonrisa maliciosa.

–Me reservo mi número privado para la gente con la que realmente quiero hablar. No para escoria y ladrones.

Gracie sintió que una ola caliente le subía por la cara.

–No sabes nada de mí. Nada.

–Sé todo lo que tengo que saber –le dijo él con una mirada fría–. No te metas en líos hasta que nos volvamos a ver –dio media vuelta y se marchó.

Gracie se lo quedó mirando, pensando en qué clase de persona sería digna de tener su número privado para hablar de cosas íntimas...

–No creas que te vas a salir con la tuya –le gritó de repente, presa de un arrebato de soberbia–. No eres más que... un autócrata megalómano.

Rocco se volvió lentamente y el corazón de Gracie se detuvo un instante al ver la furia que había en su mirada. Una ola de miedo se apoderó de ella.

–Si estás tan preocupada, entonces llama a la policía. Y ya de paso los pones al día sobre las actividades más recientes de tu hermano, ¿no? Estoy seguro de que estarán encantados de conocer sus progresos en el mundo real desde su salida de la cárcel.

Gracie tragó con dificultad. De repente sentía náuseas.

–Ya sabes que no puedo hacer eso.

En ese momento Gracie podía ver esa larga lista de antepasados aristocráticos retratados en los rasgos arrogantes de Rocco.

–Bueno, será mejor que te acostumbres al apartamento, porque va a ser tu hogar durante una temporada.

Cuando se marchó, Gracie trató de sacar toda la rabia y el odio que sabía tenía dentro, pero para su sorpresa, lo único que le vino a la mente fue la forma en que él había insistido en darle de comer...

Capítulo 4

ROCCO iba sentado en la parte de atrás de su coche. El tráfico de Londres estaba detenido. Podía sentir la tensión del conductor.

–Tranquilo, Emilio. No tengo prisa.

Se echó atrás y subió la persiana de privacidad, sorprendido por lo que acababa de decir. Normalmente nunca se molestaba en tranquilizar a los demás. La gente nunca estaba del todo cómoda a su lado. Excepto Gracie O'Brien. Ella tampoco se sentía cómoda a su lado, pero se le enfrentaba como nadie lo había hecho antes.

Sus contactos de seguridad tenían acceso a información confidencial. Sí que figuraba como la hermana de Steven y no tenía antecedentes, a diferencia de su hermano. No había más hermanos, ni se mencionaba a los padres por ningún lado. Al parecer, una abuela se había hecho cargo de ellos temporalmente y al final los servicios sociales se los habían llevado. Provenían de una de las zonas más conflictivas de Londres y, aunque no conociera todos los detalles, Rocco podía cerrar los ojos e imaginarse la escena. Mientras registraba sus objetos personales, se había topado con una carpeta llena de dibujos y textos. Parecía un boceto de un libro de niños y era inesperadamente bueno. También se había encontrado con una foto de ella con su hermano de niños. Ella tenía muchas pecas y una sonrisa en la que faltaba algún diente, el pelo rojo recogido en coletas. Abrazaba a su hermano, más pequeño que ella en estatura, delgaducho y nervioso, escondiéndose detrás de unas gafas con cristales muy gruesos.

Rocco sintió una repentina presión en el pecho. Apretó los puños. No iba a dejarse engatusar por esos ojos azules. Ella era tan dura como el hierro y estaba dispuesta a proteger a su hermano a cualquier precio, fuera cual fuera su implicación... De repente levantó la vista y miró por la ventanilla. Ante él pasaban los frondosos barrios residenciales... Llevaba horas sin acordarse de Honora Winthrop. Sacó el teléfono y la llamó.

Gracie se despertó de un sueño agitado a las cinco de la mañana siguiente. Al principio estaba muy desorientada, pero en cuanto se dio cuenta de dónde estaba, un nudo empezó a formarse en su estómago. Los primeros rayos de sol vestían de plata a la ciudad de Londres. Repasó los acontecimientos del día anterior. Por suerte ya estaba en la cama cuando Rocco había llegado, y solo había oído algún ruido que otro.

La había llamado a última hora de la tarde para decirle que iba a cenar fuera y Gracie no había podido evitar preguntarse con quién iba a cenar. Al marcharse Rocco esa mañana, había abierto la puerta de salida. Fuera se había encontrado con un atrio enorme y un armario empotrado de hombre sentado frente a una mesa que parecía tener una docena de monitores. Nada más verla, el hombre se había levantado.

–¿Tiene que ir a alguna parte, señorita O'Brien?

Gracie había sacudido la cabeza.

–Solo quería echar un vistazo.

–Soy George –le había dicho el guardia, deshaciéndose en amabilidad–. Y estoy aquí para llevarla adonde necesite ir, así que si necesita algo, llámeme.

Gracie había murmurado algo casi incoherente. Evidentemente, George también estaba allí para asegurarse de que no salía huyendo, tal y como Rocco le había advertido. Había vuelto al apartamento y había llamado a la anterior ama de llaves. La señora, muy agradable, le había dado la lista de tareas que el señor De Marco esperaba que hiciera.

Gracie se había parado en el dormitorio de Rocco y había mirado las sábanas revueltas. Su aroma inconfundible estaba en todas partes, almizclado y masculino.

Pensando en esa cama y en esas sábanas, Gracie se dio cuenta de que tenía mucha sed. Se levantó de la cama y salió de la habitación. Todavía estaba medio adormilada.

Al entrar en la cocina se dio cuenta de que la luz estaba encendida. Tuvo que cerrar los ojos. Al ver que una sombra enorme se movía de repente, dejó escapar un grito.

Rocco de Marco estaba de pie en medio de la cocina, con una toalla alrededor de las caderas que apenas le tapaba los muslos.

Gracie sintió el golpe de cien sensaciones a la vez, además de la descarga de adrenalina. Debía de acabar de ducharse, porque tenía el pelo húmedo. Su piel bronceada resplandecía bajo la luz. Su pecho era ancho, musculoso. Una fina línea de vello descendía hasta perderse por dentro de esa toalla que parecía estar a punto de caerse.

De repente Gracie se dio cuenta de que le estaba mirando como si nunca antes hubiera visto a un hombre. Apartó la vista.

–Se suponía que tenías que estar dormido.

–Bueno –dijo él con sequedad–. En realidad, no. Siempre me levanto pronto.

Gracie no quiso mirarlo. El corazón se le salía del pecho, de la sorpresa.

–¿No deberías... ponerte algo de ropa?

–Tú tampoco estás vestida. Podría preguntarte lo mismo, pero no sé si quiero.

Al oír esas palabras, Gracie sí que lo miró. Sintió una ola de calor que le subía por el pecho hasta la cara. La mirada de Rocco era oscura, perezosa. Se tomó su tiempo para mirarle las piernas, la camiseta que le llegaba hasta los muslos... Y finalmente la miró a la cara. Gracie sabía que no debía de tener muy buen aspecto, con todo el pelo revuelto... De pronto se acordó de ese momento cuando la había cacheado. Su cara de desprecio y de disgusto hablaba por sí sola. Gracie tenía la garganta muy seca, pero hizo todo lo posible para no tragar. Por ello su voz sonó ronca, ahogada.

–Solo quería un poco de agua.

–Claro –Rocco gesticuló con la mano–. Que no se diga que mato de sed a mis prisioneros.

Aquel comentario sarcástico la hizo recuperar un poco la compostura. Fue hacia las estanterías, consciente en todo momento de sus pies descalzos y de la mirada de Rocco. Ignorándolo, se puso de puntillas y quiso tomar un vaso de la estantería. Estaba demasiado cerca de él. No llegaba. La camiseta se le subía en el trasero, dejando ver las braguitas de algodón blanco que llevaba, gastadas y viejas. De repente sintió una ola de calor a sus espaldas, una fragancia familiar... Rocco estaba justo detrás de ella. Extendió el brazo y agarró el vaso de la estantería. Casi le estaba tocando la espalda con el pecho. Gracie sabía que si se echaba atrás, se tropezaría con él... ¿Cómo sería sentir sus brazos fuertes alrededor? No pudo evitar preguntárselo. Él puso el vaso a su lado sobre la encimera con un golpe seco y se apartó de inmediato. Gracie asió el vaso lentamente y se dio la vuelta. Él ya estaba al otro lado de la cocina, bebiendo de una taza, mirándola con la frialdad de siempre. Ella se dirigió hacia el fregadero para echarse agua del grifo.

–Hay botellas de agua en el frigorífico.

–El agua del grifo está bien. El agua embotellada en una pérdida de dinero –se volvió, asiendo el vaso con ambas manos.

Rocco arqueó una ceja.

–Bueno, ¿ahora eres ecologista?

Gracie se puso tensa.

–Sí que me importa el medio ambiente.

Él dejó la taza sobre la mesa.

–Si me disculpas, hoy tengo un día muy ajetreado.

Fue hacia la puerta con una magnificencia digna de un rey. Antes de salir se volvió. Había un brillo peligroso en su mirada.

–Recuérdame que te enseñe a hacer la cama como en los hospitales. Así es como me gusta que me la hagan.

Gracie se quedó mirando el umbral vacío durante unos segundos, tantos como le llevó darse cuenta de lo que acababa de decir. Cuando por fin lo entendió, sintió ganas de tirar el vaso por la puerta.

Pura arrogancia...Apretó los labios con fuerza. No podía dejar que sus palabras le hicieran mella. Se lo repitió una y otra vez de camino al dormitorio.

Gracie consiguió evitar a Rocco durante un par de días levantándose más tarde por las mañanas y acostándose antes de que él llegara al apartamento. Por suerte, parecía que estaba muy ocupado. El tercer día, no obstante, no pudo salirse con la suya. Él emergió repentinamente de su despacho, mascullando toda clase de improperios. Estaba furioso y absolutamente guapísimo con unos vaqueros desgastados y una camiseta.

Gracie no pudo evitar chocarse con él. Retrocedió rápidamente, como si se hubiera quemado. Una ola de calor recorría su cuerpo como un tsunami. Sentía calor y frío al mismo tiempo. Podía oler su aroma en el aire. Él la atravesó con una mirada afilada y Gracie tuvo que reprimir las ganas de disculparse.

–¿Qué estás haciendo aquí?

–A veces trabajo en casa, si te parece bien.

–¿Pasa algo? –le preguntó Gracie, casi sin pensar lo que estaba diciendo.

Rocco la miró de arriba abajo y Gracie sintió que le ardía el cuerpo.

–Mi cocinero acaba de llamarme para decirme que está enfermo. Esta noche viene a cenar una persona y no tengo ganas de salir, pero ahora parece que no me va a quedar más remedio.

Gracia sintió una extraña punzada en su interior. ¿Sería una cita? ¿Su amante quizás?

–Yo puedo cocinar, si quieres.

–¿Tú? ¿Cocinar? –exclamó Rocco con una sonrisa irónica.

–Sé hacer algo más que judías y tostadas, si es eso lo que te preocupa –le espetó.

Después de aguijonearle, retrocedió. ¿Por qué había tenido que decir eso?

–Mira, olvida lo que he dicho. Ha sido una estupidez.

Al pasar por su lado, sintió que la agarraban del brazo. Contuvo el aliento, tragó con dificultad. Lentamente, se dio la vuelta y levantó la vista. La expresión de él era sosegada, pero no la soltaba.

–¿De verdad sabes cocinar?

Gracie asintió y resistió las ganas de soltarse. No quería que viera lo mucho que la afectaba.

–Si me das una lista de lo que quieres, haré lo que pueda. ¿Para cuántos es la cena?

Rocco se puso serio de repente. La soltó bruscamente.

–Para dos.

Gracie sintió la misma punzada de antes. Cruzó los brazos.

–Puedo hacerlo.

Él la miró fijamente durante unos segundos hasta hacerla sentir ganas de gritar de pura tensión.

–Muy bien, entonces. Te doy la lista y comemos a las ocho. Después del champán y los canapés.

Más tarde Gracie y George volvían a casa después de hacer la compra. Rocco le había dado una tarjeta de crédito y una lista de cosas. Ella la había leído con cuidado.

–No sé si voy a poder conseguir pescado sin mercurio de Hawái con tan poco tiempo. ¿Hay alguna otra cosa a la que nos seas alérgico? –le había preguntado.

–No es por mí. Es por la otra persona –le había dicho Rocco, haciendo una mueca.

–Oh –Gracie no había querido preguntarle quién era el invitado o invitada. Se había limitado a dejar el papel y a sonreír con dulzura–. Me las arreglaré lo mejor que pueda.

Para sorpresa de Gracie, Rocco casi se había echado a reír, pero entonces esa mirada había desaparecido.

–Muy bien –había dicho–. A ver qué puedes hacer.

Cuando estaban a punto de atravesar la entrada privada que conducía al apartamento de Rocco, Gracie reparó en el titular de un periódico que estaba en un quiosco. Se detuvo en seco cuando leyó la noticia.

De Marco se casa con una belleza de la alta sociedad, Honora Winthrop...

–Es la novia del jefe –le dijo George, al ver su evidente interés en el titular.

–Querrás decir su prometida –apunto Gracie.

No sabía por qué, pero de pronto se sentía como si no tuviera fuerzas.

George murmuró algo más que Gracie no llegó a captar y entonces entraron en el edificio justo a tiempo para escapar de las primeras gotas de una llovizna veraniega.

En el mismo momento, un piso por encima, en su despacho de cristal, Rocco estaba leyendo el mismo titular. Por fin había llegado. Otro peldaño en su escalada hacia la alta sociedad... Sin embargo, se sentía extrañamente vacío, apagado. Se aflojó la corbata y se desabrochó el último botón de la camisa sin ser consciente de lo que estaba haciendo. Lo único en lo que podía pensar era en la cara de Gracie esa misma mañana, cuando le había hablado de aquellas absurdas exigencias para la cena. Había estado a punto de echarse a reír.

Nadie le hacía reír...

Algo llamó su atención. La luz del ascensor estaba encendida. Alguien estaba subiendo. Probablemente fuera George o alguno de los otros guardaespaldas, pero aun así sentía un cosquilleo en la piel... Podía ser ella.

Sin saber muy bien lo que hacía, soltó el periódico y fue directamente hacia el ascensor.

Gracie estaba junto a George en el ascensor, intentando averiguar si le afectaba tanto saber que Rocco estaba comprometido. Apenas lo conocía, así que no tenía por qué sentirse... traicionada. Frunció el ceño. Estaba muy confundida. El ascensor se detuvo. Miró a George, pero este se limitó a encogerse de hombros. Todavía no estaban en el ático. Las puertas se abrieron y Rocco apareció ante ellos, con las manos apoyadas en las caderas. Sin chaqueta, con la corbata floja, un botón desabrochado... Gracie contuvo el aliento de inmediato y su corazón empezó a latir con más fuerza.

—Solo fuimos a comprar algo para la cena —le dijo.

¿Por qué se sentía tan culpable cuando él debía de saber muy bien dónde habían estado?

Rocco miró a George y le quitó las bolsas de las manos a Gracie.

–Gracie subirá enseguida –le dijo, dándole la compra–. Tengo que hablar con ella.

Echó a andar y Gracie no tuvo más remedio que ir tras él. La condujo a través de un laberinto de despachos acristalados hasta llegar al suyo propio. Le sujetó la puerta un momento, dejándola pasar primero. De alguna manera, ese gesto tan caballeroso la hizo sentir más vulnerable que nunca. En cuanto entró en el despacho recurrió al modo de ataque para esconder sus sentimientos. Se volvió hacia él justo cuando él estaba cerrando la puerta.

–Si vas a echarme la bronca porque fuimos a comprar...

Rocco levantó una mano.

–¿He dicho algo?

Gracie cerró la boca y sacudió la cabeza. Se sentía como una pordiosera al lado de Rocco. Se había cambiado y se había puesto un traje.

Le observó con ojos recelosos. Él rodeó el escritorio y se sentó. De pronto ella reparó en las magníficas vistas.

–¿Siempre tienes las mejores vistas? –le preguntó, yendo hacia la ventana.

–Claro que sí –le dijo Rocco con cinismo–. ¿No sabes que se juzga a la gente por lo altos que están y por lo lejos que llegan a ver?

–Me pregunto si hay algún límite para eso.

El peso del silencio se hizo casi insoportable. Gracie apartó la vista, avergonzada. ¿De dónde había salido esa observación tan filosófica? Para evitar la oscura mirada de Rocco, se fijó en los muebles modernos y en las obras de arte contemporáneo que colgaban de cables de acero sobre los paneles de cristal. Se veía a muchos empleados a través de las paredes de cristal de sus cubículos, pero nadie levantaba la vista. Todos estaban muy ocupados, ganando millones para Rocco y para sus clientes. Su hermano había sido uno de esos empleados... Y había terminado robándoles su dinero. Volvió a mirar a Rocco rápidamente. No quería que él adivinara en qué dirección iban sus pensamientos. Buscó algo que decir...

—¿No te importa?

—¿El qué?

Gracie gesticuló con la mano.

—¿No te preocupa que todo el mundo te vea? ¿Es que nunca tienes privacidad?

—El despacho está insonorizado, así que nadie puede oír mis conversaciones privadas. Y así puedo ver a todo el mundo.

Gracie lo miró fijamente. Su rostro era una máscara impenetrable. No había expresión alguna.

—Querrás decir que así lo puedes controlar todo.

—No pude controlar a tu hermano —Rocco se encogió de hombros.

Gracie bajó la vista y entrelazó las manos. Él acababa de dar voz a sus propios pensamientos. Le oyó moverse y levantó la vista hacia él. Estaba parado junto a la ventana, de espaldas a ella, con las manos metidas en los bolsillos. Por un momento, su imponente físico pareció fuera de lugar frente a aquel paisaje urbano, como si tuviera que estar fuera, luchando contra las fuerzas de la Naturaleza o algo parecido.

Él se volvió en ese momento, con tanta brusquedad que la sorprendió mirándolo. Gracie se sonrojó.

–Espero que no estés mintiendo sobre tu habilidad para cocinar. No tolero insolencias de ningún tipo, Gracie.

Una lanza de dolor atravesó a Gracie y las palabras la traicionaron.

–¿Porque vas a cenar con tu prometida?

Rocco frunció el ceño.

–¿Cómo sabes eso?

–Lo vi en el periódico.

Rocco se limitó a mirarla durante unos segundos.

–No es mi prometida todavía. Pero eso tampoco es asunto tuyo.

Gracie recordó lo que le había dicho antes.

–Si te sirviera palitos de pescado, no podrías culpar a nadie excepto a ti mismo.

Una vez más, Gracie tuvo la extraña sensación de que él estaba aguantando las ganas de reír. Pero entonces la fulminó con una mirada.

–Ni se te ocurra.

–¿Eso es todo?

Él asintió con seriedad. Gracie dio media vuelta y salió antes de decir o hacer algo de lo que pudiera arrepentirse.

Rocco la siguió con la mirada.

A media tarde, Gracie estaba enfrascada en los preparativos para la cena. Estaba sudando a chorros cuando George apareció en la cocina con una caja blanca bastante grande.

–Para ti. Del jefe.

Gracie se limpió las manos y tomó la caja. Su corazón empezó a latir locamente y su mente sucumbió a las fantasías más delirantes... Un vestido de gala, en tonos rosados, hecho de una gasa fina... La cena podía ser para los dos...

Puso la caja sobre la mesa y la abrió con manos temblorosas. Los castillos en el aire se derrumbaron en un abrir y cerrar de ojos. Era un traje de sirvienta de color negro con un delantal blanco, medias y zapatos negros cómodos. Entre la ropa había una nota...

Ponte esto luego, por favor..., decía el mensaje, escrito con esa letra tan arrogante.

Gracie sintió ganas de reírse y de llorar al mismo tiempo. Nunca antes en su vida se había permitido fantasear de esa manera. Su vida siempre había estado sujeta a la cruda realidad. Había tenido un solo novio, pero nunca le había regalado nada, ni siquiera una tarjeta de felicitaciones por su cumpleaños. Y de repente... Allí estaba... Soñando con el cuento de Cenicienta...

Enojada consigo misma, tiró el vestido dentro de la caja con todo el desprecio que pudo y deseó que se arrugara mucho. Respiró hondo y se centró en los preparativos.

En ese momento nada la hubiera hecho tan feliz como ir directamente a esa pecera de despacho y echar la salsa que estaba preparando sobre la cabeza de Rocco de Marco...

Capítulo 5

ESA noche, caminando de un lado a otro del salón, Rocco no recordaba la última vez que había estado tan tenso. Había vuelto al apartamento una media hora antes y se había ido directamente a la cocina. La puerta estaba cerrada.

–Vete. Estoy ocupada –le había gritado Gracie desde el otro lado.

–Espero que lo tengas todo listo.

–Oh, no te preocupes –le había dicho ella en un tono dulce–. Todo está en orden. Los palitos de pescado ya casi están.

Rocco se había mordido la lengua para no exigirle que abriera la puerta de inmediato. De repente llamaron al timbre. Un segundo después entró el guardia de seguridad, acompañado de Honora Winthrop. Tan fría como siempre, estaba radiante con un vestido de seda negro y drapeado; sencillo, pero provocativo gracias a unas transparencias atrevidas...

Rocco fue a saludarla, ahuyentando todos esos pensamientos que lo atormentaban y que giraban en torno a cierta pelirroja...

Gracie oyó voces en el salón y respiró hondo. Por desgracia, el traje de sirvienta no se había arrugado.

Además, era un poco pequeño para ella y se le pegaba a los pechos, al trasero y a las caderas. Se arregló un poco el pelo, se lo recogió en un moño alto y agarró la bandeja con las copas de champán y los canapés.

Cuando entró en el salón, se hizo el silencio. Gracie era consciente de las miradas que la seguían... Tenía que ser la mujer que había visto en la foto del periódico. Por el rabillo del ojo vio a una rubia escultural que estaba cerca de Rocco, junto a la ventana.

De repente él la sorprendió acercándose y quitándole la bandeja de las manos.

–Gracias, Gracie. Vamos a comer dentro de veinte minutos.

Ella soltó la bandeja y trató de descifrar esa mirada ambigua que había en los ojos de él, pero no pudo, así que dio media vuelta y se marchó. Terminó de preparar los entrantes y ahuyentó de su mente esas imágenes turbadoras en las que veía a Rocco brindando con la rubia.

Rocco no podía sacarse de la cabeza la imagen de Gracie, entrando en el salón, con el uniforme... Se había grabado con fuego en su memoria. Claramente le quedaba demasiado pequeño. La prenda se ceñía a su menudo cuerpo y mostraba curvas que normalmente estaban escondidas. Él era el único culpable...

–¿Rocco?

Rocco salió de la ensoñación y miró a la mujer que estaba a su lado. Honora había arqueado una ceja y sus ojos azules, perfectamente maquillados, lo miraban con curiosidad.

–Lo siento –le dijo él, sonriendo.

Gracie acababa de servir los entrantes... Puso la oreja contra la puerta para tratar de oír la conversación. Oyó la voz grave de Rocco y después una risita ligera y un tanto irritante.

–¡Oh, Rocco, eres terrible!

Gracie se sonrojó. La cara le ardía de calor. Se sentía paranoica, como si Rocco pudiera entrar en cualquier momento con su plato de entrantes de *linguine* y trufas para decirle...

«¿Te estás burlando de mí? ¿Creíste que esto sería apropiado?».

Pero eso no pasó, así que Gracie siguió adelante con el primer plato.

Después de un tiempo prudencial, volvió a salir para rellenarles las copas de vino. Rocco se había terminado los entrantes, pero la señorita Winthrop apenas los había tocado. La mujer apenas la miró. Simplemente empujó el plato hacia el borde de la mesa. Gracie se mordió la lengua al ver que Rocco le lanzaba una mirada de advertencia. Les rellenó las copas y retiró los platos. Tenía ganas de hacer una reverencia, pero tuvo que aguantar las ganas.

Cuando les llevó el primer plato, no pudo evitar sentir una gran satisfacción al ver la cara de sorpresa de Rocco. El olor a *cacciatore* de gallina de Guinea era exquisito. Les sirvió a los dos y volvió a retirarse a la cocina. Estaba empezando a enojarse mucho con la cita de Rocco. En el bar donde trabajaba, la gente al menos la miraba a la cara, aunque fuera un sitio sin ninguna clase.

Empezó a recoger y a limpiar, ignorando el murmullo de voces y tratando de no imaginar de qué podían estar hablando. ¿Planes de boda? Gracie dio un golpe con un pañito de cocina... Celos locos...

Cualquier sentimiento hacia Rocco de Marco que no fuera antipatía y cansancio, era totalmente absurdo.

Oyó un ruido y dio media vuelta. George acababa de entrar por la otra puerta de la cocina, que daba al vestíbulo de la entrada. Al terminar su turno le había dado la misma cena que les había servido a Rocco y a su invitada.

–Ésta ha sido la cena más increíble que he tomado jamás.

Gracie sonrió de oreja a oreja.

–¿En serio? ¡Oh, George, gracias! –fue hacia él y le dio un beso espontáneo.

Pero justo en ese momento se abrió la otra puerta. Gracie retrocedió de inmediato, con las mejillas ardiendo.

Rocco estaba allí de pie, con cara de pocos amigos, con la servilleta en la mano.

–Si estás lista, nosotros hemos terminado.

George se escabulló tan rápido como pudo y Gracie se centró en Rocco, sintiéndose culpable sin motivo alguno. Rocco se quedó en la puerta, obligándola a pasar por su lado. Sus caderas se rozaron brevemente.

Retiró los platos. Por suerte esa vez la gélida rubia no la miró ni una vez.

Habiendo recuperado la compostura, volvió con el postre y el café.

–Cariño... –decía la señorita Winthrop–. ¿Cómo pudiste llevarte a Louis del Four Seasons? ¡Roberto tiene que estar hecho una furia! La comida estaba divina.

Gracie sintió una descarga de satisfacción al tiempo que dejaba la bandeja sobre una mesa cercana. En el silencio que siguió, se dio cuenta de que estaba conteniendo la respiración, esperando a ver qué decía Rocco. A medida que pasaban los segundos, la espera se hizo cada vez más importante.

–En realidad... –dijo, por fin, aclarándose la garganta–. Louis no se encontraba bien esta tarde, así que fue Gracie quien nos preparó la cena. Es mi ama de llaves, de forma temporal –añadió.

Gracie, que estaba recogiendo los platos y cubiertos, volvió a ponerlos sobre la mesa. De repente se sintió un poco mareada. No podía creerse que Rocco le hubiera reconocido el mérito. Por primera vez en toda la tarde, la rubia le lanzó una mirada recelosa y inquisitiva.

–Oh... Qué bien.

Las palabras desprendían condescendencia.

–No iba a decir nada... –añadió, volviendo a mirar a Rocco–. Pero pensé que quizá Louis se había tomado el día libre, o que había mandado a uno de sus ayudantes de cocina... La gallina de Guinea sabía un poco raro. Espero que supiera lo que hacía. Mañana tengo un evento familiar. No puedo ponerme enferma.

Gracie se quedó clavada en el sitio durante unos segundos. No podía creerse que aquella mujer la estuviera menospreciando de esa manera, como si no estuviera presente. Rocco la miró fugazmente, pero no pudo devolverle la mirada. Dio media vuelta y huyó hacia la cocina, oyéndole hablar en bajo a sus espaldas. No podía distinguir lo que decía.

Temblorosa, apoyó las manos en la encimera y trató de calmarse, pero las lágrimas no tardaron en salir. Oyó una risotada proveniente del salón. Era la risa irritante de esa mujer... Poco después se oyó un portazo. Gracie dio un salto. Seguramente Rocco y su invitada habían salido, rumbo a un exclusivo local nocturno... Se secó las lágrimas que corrían por sus mejillas y se puso a limpiar, llorando sin parar. No oyó la puerta que se abría...

–Gracie... –dijo alguien de repente a sus espaldas.

Gracie se dio tal susto que soltó la cacerola que tenía en las manos. La cazuela metálica golpeó el suelo con gran estruendo. Dio media vuelta, demasiado sorprendida como para reparar en el aspecto que tenía. Los ojos se le habían aclarado, pero las mejillas todavía le escocían. Rocco estaba allí. Se había quitado la chaqueta y llevaba la corbata floja, como si hubiera tirado de ella con impaciencia. El último botón de su camisa estaba desabrochado. Tenía el pelo alborotado. Gracie reparó en todos esos detalles en un abrir y cerrar de ojos.

–He oído la puerta de salida –dijo, confusa, preguntándose si era un espejismo–. Pensaba que te habías ido.

Rocco sacudió la cabeza. Tenía las manos metidas en los bolsillos. Gracie tuvo que aguantar las ganas de bajar la mirada.

–La señorita Winthrop se ha ido a casa y no va a volver. Te pido disculpas por su grosería. No quiso entrar a disculparse ella misma.

Gracie abrió la boca y la cerró de inmediato.

–¿Le pediste que entrara? ¿Y que se disculpara?

Rocco asintió.

–Ni siquiera debería haber tenido que pedírselo. No tenía derecho a hablarte así. Y estaba equivocada. La comida estaba exquisita –sacudió la cabeza suavemente–. No tenía ni idea de que sabías cocinar así.

–Una de mis madres adoptivas trabajó en París como jefe de cocina en los años sesenta –dijo Gracie, abrumada ante tanto halago–. Terminó trabajando de cocinera en el comedor de un colegio cuando regresó a Inglaterra, porque siendo mujer nadie quería contratarla como jefe de cocina –Gracie se encogió de hombros–. En realidad no se me da tan bien. Aprendí lo básico y me gusta cocinar.

Rocco se adentró un poco más en la cocina. Gracie tragó en seco y retrocedió. Tropezó con la cacerola. Bajó la vista y se dio cuenta de que la salsa se había derramado. De forma automática se agachó para limpiar.

Un segundo después, Rocco estaba a su lado, agarrándola del brazo y ayudándola a incorporarse, quitándole la cacerola de las manos.

–No... Ya lo limpiará otra persona.

Gracie levantó la vista. De repente estaba demasiado cerca. Su presencia física era arrolladora y ella tenía los ojos rojos. Lo que más temía de todo era que él notara que había estado a punto de llorar.

–No tienes por qué disculparte. Fue ella quien me trató mal.

–Pero fui yo quien te puso en esa situación... Lo siento –dijo él

La confusión y el pánico libraban una batalla en el interior de Gracie. No sabía qué estaba pasando. Él la miraba tan fijamente...

–Deja de decir eso. No lo sientes en absoluto.

Las lágrimas le emborronaban la visión de nuevo. Gracie intentó contenerlas, parpadeando deprisa. La había convertido en una criatura llorona y furiosa... ¿Por qué no se iba y la dejaba en paz? Trató de soltarse de él con brusquedad.

–¿Sabes lo que se siente cuando te humillan así? ¿Como si no existieras? ¿Tienes idea de lo que se siente? Soy una persona, Rocco. Soy una persona con esperanzas, sueños, sentimientos. No soy una mala persona, independientemente de lo que puedas pensar tú. Cuando alguien te humilla con una mirada como esa, como si fueras invisible...

–Gracie...

Rocco la tenía agarrada de los dos brazos. Estaba justo delante de ella, sujetándola con fuerza. Ella respiró profundamente.

–Sí sé... Sí sé cómo es.

–¿Pero cómo vas a saberlo? –exclamó Gracie con desprecio–. No tienes idea de lo que estoy diciendo.

Él la agarró con más fuerza.

–Sí que lo sé.

En ese momento aflojó la presión de sus manos y Gracie levantó la vista, más confundida que nunca. Él la agarró de la barbilla para que no pudiera rehuirle la mirada.

–Yo sí te veo.

Gracie sintió un torbellino de emociones. Sentía calor por todas partes.

–Tú no... –sacudió la cabeza–. No puedes... No soy nadie.

Él sacudió la cabeza con fuerza.

–No.

De repente Gracie se dio cuenta de que durante el forcejeo se habían movido hasta un rincón de la cocina que apenas estaba iluminado, junto a la ventana.

En ese momento el mundo podría haber dejado de girar, pero ella no se habría dado cuenta. Lo único que veía eran los ojos negros de Rocco, insondables y enigmáticos; se estaba hundiendo en ellos. Tuvo que luchar contra la marea más fuerte que jamás la había llevado.

–Rocco... –la voz le temblaba–. ¿Qué estás haciendo? ¿Por qué estás aquí?

Le estaba presionando el pecho con ambas manos, como si aún quisiera soltarse, zafarse de él. Él ya no la agarraba con tanta fuerza, pero ella seguía sin poder escapar. Un letargo fatal se había apoderado de sus músculos. Él la atrajo hacia sí. No habló durante unos segundos y entonces fue como si le estuvieran sacando las palabras.

–Te deseo. Estoy aquí porque te deseo. Esta noche, la semana pasada, desde que te conocí... Siempre te he deseado. A ella no. Y creo que se dio cuenta. Por eso fue tan cruel contigo.

Gracie sacudió la cabeza... Jamás hubiera pensado que él llegaría a notar su obsesión secreta.

–No. Te aburres... O tratas de darle celos o algo así. Yo solo te vengo bien en este momento.

–No es que me vengas bien. Y no me aburro. Me da igual si ella siente celos, porque se acabó y no voy a volver a verla.

Gracie sintió que la cabeza le daba vueltas.

–Pero... Tenías una relación con ella, ¿no? Ibas a casarte.

Rocco guardó silencio durante unos segundos. El peso de esas palabras cayó sobre él. Acababa de terminar su relación con Honora Winthrop, y al hacerlo había puesto fin a sus planes de boda. Lo había hecho porque deseaba acostarse con Gracie desesperadamente... Lo deseaba más de lo que había deseado nada en toda su vida. La única parte de su mente que aún era gobernada por la razón le decía que aún no era tarde. Si alcanzaba a Honora justo al llegar a su casa, no todo estaba perdido. Pero no tenía ganas de ir detrás de ella. Esa horrible sensación de claustrofobia en la que había estado sumido durante semanas se había disipado por fin.

–No teníamos una relación –Rocco sacudió la cabeza–. En realidad, no. Lo que teníamos era un arreglo de conveniencia.

–Pero eso... suena muy frío.

Rocco se encogió de hombros.

–Así es la vida. Todavía no le había pedido que se casara conmigo. Y tampoco me he acostado con ella.

Gracie estaba intentando asimilarlo todo. Rocco la atrajo hacia sí. Se sentía como si estuviera en un tren de un único destino, y ya no tenía forma de bajarse. Sin darse cuenta se había puesto de puntillas... En ese momento él bajó la cabeza hacia ella. Esos labios hermosos se acercaron más y más. Gracie cerró los ojos y una ola de calor impregnó sus labios, marcándola con fuego. Al principio el beso fue como caer en un remolino. De forma instintiva, Gracie se aferró a la camisa de Rocco, porque ya apenas sentía las piernas. Y entonces una extraña urgencia se apoderó de los dos, como si el primer contacto no fuera suficiente. Rocco le tocó la cara, la acorraló contra la pared. Gracie se recostó contra la superficie y apoyó todo el peso en ella.

La boca de Rocco se movía sobre la suya con frenesí, pero sus labios eran suaves, seductores... Sintió la caricia de su lengua contra sus propios labios, todavía sellados... Lentamente apretó los puños y fue abriendo la boca, dejándole entrar. El beso se hizo más intenso. Él apretó el pecho contra ella, aplastándole las manos en el proceso, pero a ella no le importaba. Era maravilloso sentir sus manos aterciopeladas, sujetándole las mejillas mientras la besaba.

Gracie se estaba cayendo, deslizándose, escurriéndose, adentrándose en otra dimensión. El aroma de Rocco la embriagaba. Su lengua la acariciaba con ternura y habilidad. Sus dientes le mordían el labio inferior. Era tan dulce y pícaro al mismo tiempo...

De repente la besó en la comisura del labio. Gracie abrió los ojos. Sentía la boca hinchada, magullada. Era como si hubieran dado un salto en el tiempo... Levantó la mirada. Al estar tan cerca, podía ver llamaradas de oro en aquellos ojos tan negros... Él también estaba sonrojado.

–¿Qué es esto?

Rocco le quitó las manos del rostro y le agarró un mechón de pelo, enroscándolo alrededor de un dedo.

–Esto... –le dijo, mirándola a los ojos–. Se llama química. Pero nunca antes la había sentido así.

Gracie sacudió la cabeza.

–Yo tampoco he sentido nada así antes.

Rocco deslizó una mano sobre su cadera hasta llegar a la cintura, y después siguió subiendo hasta tocarle un lado del pecho. Con una sonrisa perezosa, Rocco movió la mano hacia dentro hasta abarcar todo su pecho y entonces empezó a acariciarle el pezón arriba y abajo, endureciéndolo más y más. Gracie contuvo la respiración.

–Esto... es lo que empezó la noche en que nos conocimos.

Gracie buscó sinceridad en sus palabras. Él también lo había sentido. Esa conexión extraordinaria... Era como un cable de alta tensión que se cargaba de corriente cada vez que lo miraba. No tenía nada que ver con su hermano Steven. Ese vínculo primario existía desde antes de conocerlo. Levantó las manos y lo agarró de la cabeza; su pelo suave y sedoso entre los dedos... Le hizo acercarse y le dio un beso. Él tomó la iniciativa entonces. La agarró de la cintura, abrió la boca y tomó el control. Sus lenguas se encontraron con fiereza. Gracie se pegó a su duro pectoral, aplastando los pechos contra él, buscando la manera de aplacar el dolor que crecía por todo su cuerpo. Sus caderas estaban pegadas. Gracie podía sentir la línea de su miembro erecto contra el abdomen, así que abrió las piernas casi de forma automática. Rocco le quitó el delantal y deslizó las manos por su cuerpo hasta encontrar los botones del vestido. Los agarró con fuerza y tiró hacia fuera, arrancándolos de cuajo. Ella sintió que una bocanada de aire frío aplacaba el ardor que sentía en la piel. Quería soltarse, liberarse de la ropa... Casi gritó de placer cuando Rocco le tiró del vestido, dejándole los pechos al descubierto. El tejido se desgarró.

Él se apartó de ella un instante y bajó la vista, respirando con mucha dificultad. Gracie se sentía mareada. Su corazón latía sin control, como un tren de alta velocidad... No le llegaba suficiente oxígeno al cerebro. Los ojos de Rocco estaban velados, sumidos en un sopor... Le bajó las mangas del vestido todo lo que pudo, destapando aún más sus pechos. Su piel pálida resplandecía como el marfil bajo un sostén de color negro. La prenda no era picante ni sensual, pero a Gracie le traía sin cuidado. Necesitaba sentir el tacto de sus manos, su boca...

Como si pudiera leerle la mente, Rocco le destapó un pecho, bajándole la copa del sujetador. Hipnotizado, lo abarcó con la mano y empezó a acariciarla, estimulando el pezón arriba y abajo con la yema del pulgar. Gracie se mordió el labio para no suplicarle más y más. Una descarga de excitación le corría por las venas.

Rocco bajó la cabeza y abarcó el pezón con los labios. Deslizó la lengua sobre él, chupando hasta endurecerlo del todo. Gracie apoyó la cabeza contra la pared... Ya casi no sentía dolor en aquel maremágnum de placer que inundaba su cuerpo. Sus caderas se mecían contra las de Rocco. Había separado aún más las piernas y podía sentir su erección, dura y larga, contra su propio sexo.

Quería verle desnudo, así que empezó a buscar los

botones de su camisa. Sus manos torpes apenas podían desabrocharlos. Él se apartó un momento y entonces pudo verle bien. Una llamarada de lujuria hacía brillar esos ojos negros; un deseo demasiado grande como para negarlo. La tenía atrapada contra la pared. La empujaba con las caderas, y eso debía de ser lo único que la mantenía en pie.

Rocco la miró fijamente. Su respiración entrecortada hacía que sus pechos pálidos subieran y bajaran rápidamente. Tenía unos pezones pequeños y sonrosados, rodeados de aureolas algo más oscuras. Tenía pecas por toda la piel... De repente Rocco sintió que el peso del destino, como algo inevitable, caía sobre él. Ella le pertenecía.

Presa de una impaciencia que no le caracterizaba en absoluto, atinó a abrirse la camisa con manos temblorosas. Los botones cayeron a su alrededor. Agarró el vestido de Gracie por las costuras y se lo arrancó del todo, desgarrándolo hasta el dobladillo. La sangre bullía en sus venas; estaba imparable. La prenda le cayó hasta las rodillas, dejándole ver una braguitas negras. Se sentía como un salvaje, un cavernícola, presa de los instintos más primarios. Nunca se había sentido así. La miró un instante y le habló por última vez.

—Vamos a hacerlo aquí y ahora. A menos que digas que no. Tienes diez segundos para decidirte.

Capítulo 6

GRACIE levantó la vista hacia Rocco. Sacudió la cabeza y le agarró el cinturón.

–No pares.

Él esperó un segundo, como si la estuviera poniendo a prueba, y entonces se quitó la camisa y empezó a bajarle el vestido por los brazos hasta quitárselo del todo. También le quitó el sujetador... Gracie quedó totalmente desnuda excepto por las braguitas. De repente se sintió expuesta, vulnerable... Pero Rocco empezó a desabrocharse el cinturón... Se quitó los pantalones.

Gracie contempló su imponente físico. Músculos duros, una piel bronceada y radiante... Una fina línea de vello que descendía por su pecho y que se hacía cada vez más larga a medida que sus pantalones bajaban... sobre sus muslos... Llevaba unos calzoncillos ceñidos que dejaban ver todo el esplendor de su potencia masculina... Gracie se quedó boquiabierta...

Sus miradas se encontraron... Fue como si estuvieran en el ojo de la tormenta. De repente, todo se volvió lánguido, lento. Él enredó las manos en su cabello, le soltó el moño. Encontró sus labios, la besó, descubriendo su sabor. Y entonces empezó a besarla por el hombro, por los pechos, llenos y doloridos. Abarcó sus pechos con las manos y empezó a morderle los pezones con avidez, haciéndola gemir de puro placer.

La necesidad y la tensión no tardaron en crecer de nuevo. Gracie se apretaba contra Rocco, la espalda arqueada, moviendo las caderas con urgencia. Él deslizó una mano a lo largo de su espalda, por dentro de sus braguitas. La agarró del trasero y empezó a apretárselo... Volvió a besarla, la atrajo hacia sí, rozándose contra sus pezones sensibles. Gracie se aferraba a sus hombros, incapaz de hacer otra cosa que no fuera sucumbir a ese arrebato sensual. Él empezó a bajarle las braguitas poco a poco y entonces buscó su entrepierna. Gracie contuvo el aliento al tiempo que unos dedos exploraban los rizos húmedos que rodeaban su sexo. Se agarró de los hombros de Rocco, sintiendo cómo este se adentraba en los rincones más secretos del centro de su feminidad. Él encontró la parte más íntima de su sexo y empezó a frotarla adelante y atrás. Gracie empezó a temblar.

Rocco metió el dedo aún más adentro, llevándola a un nivel más alto... Gracie llegó al clímax rápidamente; su cuerpo se estremecía alrededor de la mano de Rocco. Esa ola repentina de placer fue tan intensa que unas lágrimas repentinas brotaron de sus ojos. Su cuerpo se tensó como una piedra durante unos segundos.

Cuando todo terminó, Rocco retiró la mano lentamente. Gracie se sentía convulsionada, insensible. Llamaradas de sensaciones corrían por su piel. Jamás había experimentado nada parecido. Lo único que recordaba de sus pocas experiencias sexuales era que nunca había encontrado ningún tipo de placer. Pensaba que el sexo era sobrevalorado. No podía creerse que acabara...

De repente sintió que la levantaban en el aire.

–Pon las piernas alrededor de mi cintura.

De forma automática, hizo lo que le pedía. Entrelazó los pies sobre el trasero de él y le rodeó el cuello con los brazos. Él la llevó a la enorme mesa donde solían tomar el desayuno. Sujetándola con un brazo, tiró todo lo que había sobre la mesa al suelo. Los libros de cocina aterrizaron con un golpe seco. Una copa se hizo añicos. Rocco la hizo acostarse boca arriba, todavía enroscada alrededor de su cintura. Gracie podía sentir su erección, golpeándole el trasero...

La hizo soltar las piernas, sin dejar de mirarla ni un segundo. Metió las manos por dentro de sus calzoncillos y se los quitó con un movimiento rápido y ágil. Gracie bajó la vista y contempló el alcance de su erección. Le había parecido grande, pero se había quedado corta. Era descomunal. Una descarga de expectación y miedo la recorrió de arriba abajo. Él tenía las manos sobre sus braguitas, y se las estaba quitando. Gracie levantó las caderas en silencio. Sus miradas se encontraron... Vio cómo la mirada de Rocco iba a parar a los rizos dorados que tenía en la entrepierna. Él respiró hondo, sus ojos se hicieron aún más grandes. Y entonces le separó las piernas con esas manos enormes... Bajó la cabeza...

El corazón de Gracie se detuvo. Nunca antes...

Sintió su aliento cálido sobre la piel. Apretó los puños. Y entonces sintió el primer roce de su lengua... Un temblor de puro éxtasis la sacudió por dentro al tiempo. Él jugaba con ella, lamiéndola, tentándola... Gracie podía sentir cómo su cuerpo volvía a tensarse otra vez. La llegada del clímax era inminente de nuevo, y de repente no podía soportar lo fácil que era tener un orgasmo con él. No podía soportar que él la viera sucumbir. Trató de cerrar los muslos, buscando su cabeza con las manos, tirándole del pelo antes de que fuera demasiado tarde. Ya podía sentir sus músculos, contrayéndose y dilatándose...

–No... Para... Es demasiado.

Finalmente pareció que Rocco la oía... Se puso sobre ella. Su cuerpo era enorme y esbelto... Tan poderoso que cortaba el aliento y la hacía olvidar todo lo demás. De repente le pareció ver que él se protegía. Y entonces, metiendo una mano entre sus cuerpos pegados, dirigió su poderoso miembro... Gracie sintió cómo pugnaba por entrar dentro de ella.

La intrusión la hizo contener el aliento unos segundos. Miró sus cuerpos pegados un instante. La piel pálida de sus propios muslos estaba tensa contra las caderas de Rocco. Él estaba entrando en ella, con fuerza y decisión, empujando y dilatando su cuerpo de mujer. La sensación era arrolladora... Estiró un brazo e hizo ademán de pararle, pero su mano se topó con su tenso abdomen, sus músculos fuertes, húmedos de sudor... Una ola de calor la inundó por dentro, abriéndose camino dentro de ella.

Y después de una fracción de segundo que pareció eterna, él estaba totalmente dentro. Podía sentirle en su interior, en toda su plenitud, llenándola por completo, lanzando dardos de placer que se dirigían a todos los rincones de su cuerpo. Él empezó a moverse de nuevo y esos temblores de placer se incrementaron... La hicieron arquear la espalda.

Él inclinó la cabeza y empezó a mordisquearle un pezón, succionando con frenesí mientras empujaba con todas sus fuerzas. Esa vez la facilidad de movimiento fue diferente. Los músculos de Gracie se tensaron alrededor de él, como si no soportara dejarle ir. Enroscó las piernas alrededor de las caderas de él, obligándole a acercarse más. Los empujones de él se hicieron cada vez más frenéticos, profundos... Gracie podía sentir cómo llegaba la descarga de placer. Justo en el momento en que empezaba a abandonarse a los delirios del clímax, pudo ver la expresión de Rocco. Él estaba aguantando, esperando por ella. Y cuando la felicidad más eufórica y poderosa se cernió sobre ella, sintió también una profunda ternura. Rocco siguió empujando. Los músculos de ella se contrajeron una vez más alrededor de su grueso miembro... Y entonces él se rindió por fin y dejó que su propio cuerpo sucumbiera a las delicias del orgasmo.

Finalmente, una calma fugaz cayó sobre ellos. Y el único sonido que se podía oír era el de sus respiraciones entrecortadas. Gracie fue consciente en ese momento de tener las piernas alrededor de la cintura de Rocco... Su pecho, húmedo, la aplastaba contra la fría superficie de la mesa.

Estaba desnuda, tumbada boca arriba, con las piernas alrededor de un hombre, bajo la luz de la cocina... De repente fue como si le acabaran de dar una ducha fría. Rocco de Marco estaba entre sus piernas... Su propio cuerpo todavía le acogía en el más íntimo de los abrazos. Antes de que esa realidad pudiera imponerse por sí sola, Rocco se retiró y bajó la vista. El pelo le caía de forma sexy sobre la frente. Gracie todavía podía sentirle dentro... y todavía estaba excitado.

Como si pudiera leerle el pensamiento, él sonrió.

–Si no nos movemos, creo que repetiremos dentro de poco.

Se separó del todo y salió de su cuerpo. Gracie se sintió vacía de inmediato, y muy desnuda. Rocco la tomó en brazos y salió de la cocina, evitando los obstáculos que habían tirado al suelo. La llevó al dormitorio, la puso sobre la cama con toda la dulzura del mundo, como si estuviera hecha de porcelana y entonces entró en el cuarto de baño. Un segundo después, Gracie oyó el sonido de la ducha.

Rocco regresó unos minutos más tarde, volvió a tomarla en brazos, como si no pesara más que una pluma, y la llevó a la ducha. Se enjabonó las manos y empezó a frotarla por todo el cuerpo, lavándola... Gracie decidió dejar de intentar sacarle sentido a todo aquello y guardó silencio mientras él la enjabonaba.

Cuando deslizó las manos por su entrepierna, Gracie abrió los ojos y contuvo la respiración. Era tan viril y hermoso. El agua corría por su rostro perfecto, por su pectoral duro, y esas manos poderosas la frotaban en la entrepierna, haciéndola gemir suavemente.

Se le acercó por detrás entonces, pegándose a ella hasta hacerla sentir el poder de su erección. Metió las manos por debajo de sus axilas y le agarró los pechos jabonosos, atrapando sus pezones entre las yemas de los dedos.

–Estabas tan tensa a mi alrededor. Me gustó.

Ese sentimiento de vulnerabilidad se desvaneció

cuando recordó lo que había sentido en ese primer momento, al tenerle dentro de ella.

–A mí también me gustó –le dijo, volviéndose y mirándolo a los ojos con timidez.

Él se limitó a mirarla durante unos segundos, mientras el agua caía a su alrededor, y entonces la metió bajó el chorro para quitarle el champú y el jabón. El tacto de sus manos ya no era seductor, era rápido e impaciente.

Después cerró el grifo, buscó dos toallas y la envolvió en una de ellas. De pronto fue como si un viento frío hubiera pasado entre ellos. Gracie estaba ansiosa, expectante. ¿Había hecho algo mal? ¿Se había mostrado demasiado fácil? ¿Cómo iba a explicarle que se había sentido como si lo conociera de toda la vida? Le observó mientras se secaba sin decir ni una palabra. No podía evitar devorarle con la mirada... Sus músculos se contraían y se estiraban con cada movimiento.

Aunque reticente, se obligó a decir algo.

–¿Estás...? ¿Todo bien?

Él se detuvo.

–¿Y por qué no iba a estarlo? –le dijo él, sin mirarla a la cara.

Parecía tan remoto y cortante que Gracie dio un paso atrás, agarrando con fuerza su toalla.

–Si te arrepientes de lo que acaba de pasar...

Él se dio la vuelta de golpe y se puso la toalla alrededor de la cintura.

–¿Pero qué dices? –le dijo, fulminándola con la mirada–. ¿Por qué me iba a arrepentir de nada? Es el mejor sexo que he tenido jamás.

Gracie se puso blanca como la leche y sintió un calor repentino.

–Bueno, no tienes por qué enfadarte por ello. No tiene por qué volver a pasar.

De repente él estaba demasiado cerca.

–No ha sido algo de un día. Va a pasar de nuevo y seguirá pasando hasta que nos curemos de esta locura.

–Bueno, para tu información, creo que he tenido bastante. No necesito curarme de nada. Esto ha sido una muy mala idea.

Se tapó con la toalla y echó a andar hacia la puerta, pero él la hizo detenerse poniéndole las manos sobre los hombros. Se taladraron con la mirada durante un segundo. El aire echó chispas.

–¿Adónde crees que vas?

–Oh, entonces ahora me tienes prisionera en esta habitación, no solo en tu apartamento.

–Maldita sea –Rocco tiró de ella y, en un abrir y cerrar de ojos, la estaba besando, echándole atrás la cabeza, aplastándole los labios.

Desafiante hasta el final, Gracie mantuvo la boca cerrada y se puso rígida. Contuvo la respiración, pero finalmente no tuvo más remedio que abrir los labios. Rocco aprovechó la oportunidad para invadir su boca. Tirándole de las caderas, la atrajo hacia sí... Y Gracie pudo sentir cómo resurgía su deseo. De repente volvía a estar sumergida en ese remolino... Y una necesidad imperiosa la atravesaba de lado a lado. Después de probar a Rocco, después de sentir todo el poder de su pasión, ya no había vuelta atrás.

Él se apartó un instante después de unos cuantos segundos de vértigo.

–No voy a hacerte el amor como un animal de nuevo.

Se agachó, la tomó en brazos de nuevo y la llevó de vuelta al dormitorio. La colocó sobre la cama y se quitó la toalla de la cintura. Gracie no pudo dejar de mirarlo a medida que se acercaba.

Rocco se acostó encima de ella y apartó la toalla que la cubría, dejándola desnuda ante sus ojos. Deslizó el dorso de la mano entre sus pechos hasta llegar a la entrepierna. Ella se retorció un momento, se mordió el labio. Hubiera querido tener fuerza suficiente para agarrarle la mano y apartársela. Hubiera querido decirle que no iba a sucumbir de nuevo, pero no pudo.

Él le separó las piernas y empezó a tocarle en el sitio más íntimo. La miró a los ojos.

–Eres mía, Gracie O'Brien, y vas a serlo una y otra vez... hasta que ya no sepas quién eres.

«Eres mía, Gracie O'Brien, y vas a serlo una y otra vez... hasta que ya no sepas quién eres...».

Rocco estaba de pie frente a la ventana del dormitorio, de espaldas. Los primeros rayos de luz del amanecer teñían de rosa el cielo de Londres. Tenía los brazos cruzados y contemplaba con gesto serio a la mujer que dormía en la cama.

La noche anterior le había demostrado que, por mucho autocontrol y uso de razón que hubiera ganado con los años, el deseo más primario era más fuerte. Cuando Honora había hecho esos comentarios tan desagradables, había tenido ganas de inclinarse sobre la mesa y hundir ese rostro perfecto en el postre que había preparado Gracie.

–La velada ha terminado –le había dicho a la despampanante rubia, poniéndose en pie–. Te agradezco que hayas venido, pero creo que los dos sabemos que esto no va a pasar de aquí.

Honora también se había puesto en pie, temblando de rabia.

–¿He terminado porque andas detrás de esa sirvienta respondona? ¿Es por eso que te niegas a acostarte conmigo? No lo entiendes, ¿verdad? Puedes tenerme a mí y tenerla a ella también. Así es como se hace. Yo solo espero discreción. Puedes acostarte con quien te dé la gana siempre y cuando guardemos las apariencias y finjamos ser un matrimonio feliz.

Ella había dicho exactamente lo que él se había propuesto conseguir.

–Vete. He cambiado de opinión –le había dicho al final, rechazando sus palabras como si fueran venenosas.

Honora se había limitado a sacudir la cabeza. Sus ojos eran dos témpanos de hielo llenos de malicia y desprecio.

–No volverás a tener otra oportunidad como esta.

–Yo creo mis propias oportunidades, como siempre he hecho. Ahora, lo que quiero que hagas es que te disculpes ante Gracie y que te vayas.

Honora se había echado a reír y se había marchado dando un portazo.

De eso no hacía más que un día, pero bajo la fría luz de la mañana, Rocco apenas daba crédito a lo que había hecho. Había arruinado su reputación sin remedio. Alguien como Honora Winthrop no tardaría en difamarlo... Pero eso tampoco le preocupaba demasiado, no cuando tenía delante a esa mujer maravillosa, cuyo cuerpo llevaba la marca de una noche de pasión desenfrenada.

Sonrió con cinismo. A pesar de las amenazas de Honora, el dinero siempre obraba milagros... Al final sería alguna otra de esas gatas de alta sociedad la que cayera en sus redes, y así se colaría en ese círculo al que tanto ansiaba pertenecer. Podía tenerlo todo, y Gracie estaba incluida. Volvió a la cama y se sentó. Sonrió al ver que ella fruncía el ceño, en sueños. Su boca seguía hinchada. Se inclinó y le dio un beso... Ella abrió los ojos. Él se apartó un instante, para contemplarla.

–Hola –le dijo ella con voz ronca y adormilada.

Todo era tan sencillo, tan natural... Rocco sintió una punzada en su interior, pero decidió ignorarla. Se inclinó sobre ella y la besó con fiereza.

Cuando Gracie se despertó parpadeó varias veces y trató de protegerse del sol que entraba a chorros por las ventanas del dormitorio. Era el dormitorio de Rocco. Miró a su alrededor, tratando de ignorar las agujetas que le agarrotaban los músculos de las piernas. No había nadie más en la habitación. Todo estaba en silencio. Miró el reloj y vio que era la una de la tarde. Reprimiendo un grito, se puso en pie de un salto, pero tuvo que volver a sentarse de inmediato para no caerse. Un aluvión de imágenes desfiló por su memoria. Esa noche interminable en brazos de Rocco, su cuerpo poderoso empujando una y otra vez... Y esa misma mañana, justo al amanecer, se lo había encontrado sentado en la cama, junto a ella, observándola con esos ojos oscuros e intensos... Entonces la había besado, y todo había empezado de nuevo.

Trató de mover una pierna e hizo una mueca de dolor. Se incorporó como pudo y fue hacia el cuarto de baño, sujetando la sábana a su alrededor. Las toallas de Rocco estaban por el suelo, y sobre el lavamanos. Su inconfundible aroma impregnaba la estancia, reanudando el ataque de los recuerdos.... Finalmente no fue capaz de ducharse en ese cuarto de baño, así que regresó al dormitorio y fue hacia la puerta. La abrió con sumo cuidado, temiendo encontrárselo al otro lado. No había nadie. Salió corriendo y se dirigió hacia su propia habitación. Entró y bloqueó la puerta. Se metió en la ducha y se restregó hasta borrar todo rastro de la noche. Cuando salió se puso unos pantalones sueltos y una camisa, procurando estar lo más tapada posible. Se recogió el cabello en una coleta. Al abrir la puerta, oyó un ruido proveniente de la cocina. De repente recordó el desorden que habían dejado allí y la cara le ardió de vergüenza. Se imaginó al grandullón de George en medio de todo aquello, mirando a su alrededor, perplejo.

Roja como un tomate, corrió hacia la cocina. Pero lo que se encontró allí fue tan inesperado, que no tuvo más remedio que pararse en seco. Había una mujer fregando el suelo, y todo estaba en su sitio. No quedaba ni rastro del frenesí de la noche anterior. Habían puesto flores frescas sobre la mesa donde Rocco y ella...

–Tú debes de ser Gracie.

Confundida, Gracie miró a la mujer que se dirigía hacia ella con la mano extendida.

Se la estrechó y asintió con la cabeza.

–Sí... Soy Gracie. Lo siento, pero... ¿Quién eres tú?

–Soy la señora Jones –dijo la mujer, sonriendo–. Soy la nueva ama de llaves, todavía en periodo de prueba –se apoyó contra la fregona–. Acabo de reincorporarme al trabajo a tiempo completo ahora que los chicos están en la universidad –añadió en un tono conspiratorio–. Así que no sé cómo van a salir las cosas, pero él parece muy agradable...

Gracie no entendía nada. La mujer hablaba como si todo estuviera en orden. Pero si ella era el ama de llaves, entonces... ¿En qué lugar la dejaba eso?

–¿Te encuentras bien, cariño?

Gracie volvió a mirar a la mujer. Asintió vagamente.

–¿George está fuera?

–¿El grandullón?

Gracie volvió a asentir, le dio las gracias a la señora Jones y salió fuera del apartamento. George leía el periódico tranquilamente. Al sentirla levantó la vista y sonrió. Gracie lo miró con ojos de sospecha. Parecía igual que cualquier otro día. No debía de haber visto el desorden de la cocina.

–¿Sabes dónde está el señor De Marco?

–Debería estar en su despacho –dijo George, frunciendo el ceño–. Se fue para allá hace un par de horas, justo después de llegar el ama de llaves.

Gracie asintió y se dirigió hacia los ascensores. Al oír la voz de George se detuvo en seco y dio media vuelta. Él le miraba los pies... Porque estaba descalza.

Sonrió vagamente y regresó al apartamento para ponerse unos zapatos.

Rocco estaba parado frente a la ventana. Se pasó una mano por la nuca. No podía ignorar el cosquilleo de placer que le recorría el cuerpo, como si acabara de disfrutar de un festín. Hizo una mueca. Sí había sido un festín.

De repente sintió algo... Se dio la vuelta... Ella estaba allí. Se dirigía hacia su despacho a toda prisa. Por primera vez se arrepintió de tener ese despacho diáfano, de cristal. Ya casi había llegado a la puerta. Sus ojos oscuros estaban fijos en él, su gesto era serio. Aquella situación era tan diferente a todas las demás que casi resultaba divertido.

Pero Rocco no se reía cuando ella entró por fin.

Capítulo 7

QUÉ PASA? –Gracie tenía los brazos cruzados, como si eso fuera a protegerla del influjo que ejercía el hombre que tenía delante.

–¿De qué estás hablando?

–Acabo de conocer a la nueva ama de llaves. ¿Eso en qué me convierte?

Rocco metió las manos en los bolsillos. Rodeó el escritorio y se apoyó en una esquina.

–He contratado a la señora Jones porque no quiero que hagas nada más en la casa.

–¿Entonces soy libre? –le preguntó ella, fingiendo entusiasmo.

–Ni hablar. Nunca has sido menos libre –había un tono cortante en su voz que hizo temblar a Gracie.

–Entonces... ¿qué? ¿Me han dado un ascenso? ¿He ascendido a tu cama?

–Sí. Te han ascendido a mi cama –dijo él, esbozando una sonrisa cínica–. Me gusta cómo suena eso.

–Bueno, pues a mí no me gusta. No soy un juguete.

–Lo sé. Eres una gatita con garras de tigresa.

Gracie parpadeó, sorprendida.

–No sé si eso es un insulto o un cumplido.

–Oh, es un cumplido. Créeme –se puso en pie y fue hacia ella. Miró a un lado y a otro–. Tenías razón. ¿Sabes? Sobre lo del cristal. Lo hice poner así para poder verlo todo cuando quisiera. Me pone nervioso no saber quién viene o qué está pasando. Pero por una vez me gustaría tener cortinas o cristales tintados... Cerraría la puerta con llave y te llevaría al sofá. Te haría acostarte, te quitaría la camisa y te tocaría los pechos... Después deslizaría mis manos lentamente por dentro de tu pantalón hasta llegar a tus braguitas. Y seguiría adelante hasta sentir esos rizos suaves... Me pregunto si ya están húmedos.

–¡Basta! –grito Gracie, apretando los brazos con tanta fuerza contra su pecho, que casi no podía respirar. Estaba sudando. Su corazón latía con rapidez...

Miró a su alrededor. Estaban rodeados de gente que trabajaba con la cabeza baja. Volvió a mirar a Rocco y se sintió mareada. Cualquiera que los observara desde fuera solo vería a Rocco con las manos en los bolsillos, charlando con una chica cualquiera que había empezado a trabajar para él.

Bajó la vista. Los pantalones de Rocco apenas podían ocultar la fuerza de su potencia masculina.

–La cocina... –dijo, intentando reconducir la conversación y evitando la mirada de Rocco–. Esta mañana. ¿La señora Jones...?

Rocco le agarró la barbilla. Se había acercado más. Olía a calor, a sexo, a lujuria...

–No. Lo recogí todo yo.

Una ola de alivio inundó a Gracie por dentro.

–No sé por qué no te puedo imaginar haciéndolo.

–Sé recoger cosas del suelo –le dijo él, soltándole la barbilla–. No soy tan inútil.

Gracie se estremeció. No era ningún inútil. Era una especie de depredador urbano, magnífico e impo-

nente. De repente se lo imaginó recogiendo sus braguitas del suelo, y ese vestido desgarrado... Reprimiendo un gruñido, Gracie dio media vuelta.

–Espera.

Lentamente ella se dio la vuelta. Él estaba de pie
detrás del escritorio. Gracie respiró.

–¿Tienes el pasaporte en regla?

Ella asintió, preguntándose a qué venía eso.

–Bien. En ese caso nos vamos esta tarde a Tailandia un par de días. Y de ahí a Nueva York.

Gracie apenas podía creerse lo que estaba oyendo.
Sacudió la cabeza.

–¿Tailandia?

–Es un país que está en el sureste de Asia.

–Ya lo sé –le dijo ella con impaciencia. Tenía que
ser una broma–. Pero... ¿por qué?

–Porque tengo negocios que hacer y quiero que
vengas conmigo.

–¿En calidad de qué?

Él apoyó las manos en el escritorio. Había una mirada felina en su rostro.

–Como mi amante, por supuesto.

Horas más tarde, Gracie seguía sin dar crédito. Iba
en la parte de atrás del coche de Rocco, con las piernas
estiradas por delante. Tenía el pasaporte en la mano y
miraba por la ventanilla, contemplando el paisaje
campestre de las afueras de Londres. El avión de
Rocco estaba en una pista privada.

De repente le quitaron el pasaporte de las manos.

–¡Hey! –exclamó, dándose la vuelta.

Llevaba toda la tarde evitándole, desde que había regresado al apartamento para recogerla. Él la había mirado de arriba abajo con desprecio y había murmurado algo antes de hacer una llamada. Después, la había llevado al coche sin decir ni una palabra más.

–No has viajado mucho, ¿no? –le dijo en ese momento, examinando su pasaporte.

Gracie trató de quitárselo, pero Rocco lo sujetó en alto. El movimiento del coche la hizo caer hacia atrás, pero él la agarró de la mano en el último momento y la atrajo hacia sí. Con las mejillas encendidas, Gracie trató de guardar la compostura. Quería tocar su boca... Estaba tan cerca... Rocco enredó los dedos en sus rizos, sujetándole la cabeza.

–Gracie... –dijo con voz ronca.

Ella deseaba un beso, desesperadamente. La tensión crecía sin cesar... Quería que la tocara... Transcurrieron unos segundos... y entonces oyeron unos golpecitos en la ventana... Gracie se apartó de inmediato. Bajó del vehículo y aterrizó en el asfalto sin gracia ninguna. Rocco se limitó a mirarla con una expresión divertida.

Salió del coche y avanzó por la pista, rumbo al avión. Gracie dio un pequeño traspié, pero Rocco se detuvo y le tendió una mano... Ella miró esa mano durante unos segundos, como si fuera lo último que esperaba... Y entonces puso la suya encima.

Por mucho que quisiera negarlo, el momento estaba cargado de emoción...

Rocco miró a Gracie. Estaba sentada en un cómodo butacón, al otro lado del pasillo. Miraba por la ventanilla, como si fuera la primera vez que veía un aeropuerto. El avión empezaba a moverse, se deslizaba por la pista... De pronto vio que ella no se había abrochado el cinturón... La llamó... Le hizo señas para que se lo abrochara. Ella bajó la vista, confundida.

–El cinturón.

–Oh –buscó los dos lados de la cinta y trató de unirlas con manos torpes.

De pronto Rocco recordó ese pasaporte casi vacío. No había viajado mucho... Se incorporó rápidamente y le abrochó el cinturón. Lo apretó bien.

–Yo podría haberlo hecho.

Rocco se echó hacia atrás y la miró.

–Nunca habías viajado en avión, ¿verdad?

Ella se sonrojó. Sacudió la cabeza y apretó los labios. Sentía vergüenza.

–¿Y entonces por qué tienes un pasaporte nuevo? ¿Ibas a algún sitio?

Un segundo después de haber hecho la pregunta sintió un sudor frío por la espalda. Su deseo de confiar en ella le estaba delatando.

–*Dio* –exclamó, sin darle tiempo a contestar–. ¡Claro que sí! Debías de estar planeando un viaje con tu hermano, con el millón de euros que les robó a mis clientes.

–Eso es. Estábamos pensando en Australia. Un nuevo comienzo, de cero. ¿Es eso lo que quieres oír, Rocco? Porque puedo decirte lo que quieres oír hasta quedarme azul... Pero no por eso será verdad –se volvió hacia la ventana y respiró hondo.

Steven... Una punzada de culpa la atravesó como una lanza. ¿Cómo había podido olvidarse de su hermano de esa manera? Una imagen de la noche anterior fue la respuesta a su pregunta. No tenía forma de saber dónde y cómo estaba y, por primera vez desde su llegada a la casa de Rocco, deseaba que sus hombres le encontraran. Por lo menos de esa manera sabría que estaba a salvo y podría protegerle de la ira de Rocco.

Gracie siguió mirando por la ventana, con los ojos fijos en un punto lejano.

Una hora más tarde Rocco suspiró, frustrado. Se mesó el cabello. La tensión entre Gracie y él era tan espesa que casi se podía cortar con unas tijeras. Y no podía dejar de sentirse tremendamente culpable, como si le hubiera hecho un daño irreparable.

–Gracie...

Ella ni se inmutó.

«Porque puedo decirte lo que quieres oír hasta quedarme azul... Pero no por eso será verdad...».

Mascullando un juramento, Rocco dejó a un lado los papeles en los que no se podía concentrar y se levantó de su asiento. Se inclinó sobre ella y contempló sus mejillas pálidas. Estaba dormida. Sus pestañas, largas y oscuras, contrastaban con su piel casi transparente. De repente reparó en el rastro de una lágrima sobre su mejilla. Rocco sintió que se le encogía el estómago. Ella había estado llorando.

Mascullando otro juramento, le desabrochó el cinturón de seguridad y la tomó en brazos. Ella se despertó poco a poco y empezó a moverse.

–Shh. Te has quedado dormida. Solo quiero que estés más cómoda.

Gracie estaba demasiado dormida como para poder pensar con claridad. Y no quería hacerlo, no cuando se sentía tan segura en los brazos de Rocco. Sabía que debía luchar contra algo, pero no tenía fuerzas para averiguar qué era. Sintió que él la dejaba sobre una superficie suave y entonces notó que algo sedoso y delicioso caía sobre ella como un manto. Le quitaron los zapatos. Y entonces la cama se hundió un segundo y sintió la caricia de un beso en la frente. El roce fue tan sutil, que ni siquiera estaba segura de que hubiera sido un beso...

Un rato más tarde, Gracie se despertó, totalmente desorientada. Había un sonido constante en sus oídos. Al espabilarse, se dio cuenta de que era el murmullo del motor del avión. Miró a su alrededor, boquiabierta. Estaba en un dormitorio, en un avión.

Echó atrás las mantas y se volvió hacia una de las ventanillas. Podía ver la luz del sol, la curvatura de la Tierra, las montañas nevadas. Nunca había visto nada tan espectacular.

Se levantó del todo y se estiró. Trató de entender cómo había llegado a estar tumbada en la cama. Recordaba estar en los brazos de Rocco, un beso... Frunció el ceño. A lo mejor solo había sido un sueño. Ya no le dolía que no confiara en ella. Era evidente que no habría forma de hacerle confiar. Su hermano había desaparecido junto con un millón de euros, y ella parecía culpable por haber ido a buscarlo. Trató de ahuyentar todo pensamiento nocivo y miró a su alrededor. Había un cuarto de baño dentro del dormitorio, con toallas gruesas, una bañera y una ducha. Se sentía pegajosa y cansada, así que aprovechó la oportunidad para darse una ducha. Al salir, con una toalla enroscada alrededor de la cabeza, se fijó en varias bolsas y cajas de compras. No pudo resistir la curiosidad, así que fue a ver qué contenían. Era ropa de mujer. ¿Para ella?

Se vistió rápidamente, con sus propios vaqueros y una camisa que sacó de su maleta, y fue a buscar a Rocco. Cuando abrió la puerta, todo estaba en silencio, las luces atenuadas. Solo había visto a un único auxiliar de vuelo, un hombre. Gracie se imaginó que debía de estar durmiendo en algún sitio. No podía ver a Rocco, así que avanzó por el pasillo. De repente se detuvo. Él estaba dormido en su asiento. Tenía un brazo en el aire, y el otro sobre el pecho. Parecía tan joven...

Gracie se sentó en el brazo del asiento opuesto y contempló su rostro. Parecía mucho más accesible mientras dormía... De pronto él se movió y Gracie se puso en pie de un salto. Poco a poco él empezó a despertarse.

—Lo siento. No quería despertarte.

Para sorpresa de Gracie, Rocco parecía totalmente desorientado, pero no tardó en recuperar la compostura habitual. Le agarró la muñeca y tiró de ella. Gracie aterrizó sobre su pecho y, antes de que pudiera protestar, él le rodeó la cintura. Empezó a meterle las manos por dentro de la camisa, buscando su piel.

—Rocco... Para —sus palabras sonaron susurradas, faltas de seguridad.

Pero él le hizo caso. Se detuvo. La miró durante unos segundos.

—¿Por qué tienes un pasaporte nuevo entonces?

Gracie aguantó la respiración durante unos segundos. Buscó alguna señal que le dijera que él no la estaba tomando en serio. Soltó el aliento bruscamente.

–Te reirás de mí.

–Ponme a prueba.

Gracie trató de echarse atrás, pero Rocco la agarró con más fuerza, de forma que terminó pegada a su pecho, sentada sobre su regazo. ¿Cómo iba a concentrarse cuando podía sentir cómo se endurecía contra ella? Bajó la vista, esquivando su mirada, como si eso fuera a ayudarla a concentrarse. Jugó con un botón de su camisa. Ella respiró hondo.

–El motivo por el que tengo un nuevo pasaporte es que siempre he querido viajar, desde que era pequeña. Me hice el pasaporte en cuanto pude, aunque no tuviera intención de ir a ninguna parte. Me lo renové hace poco. Simplemente me gustaba la idea de tenerlo, para poder irme en cualquier momento. Me parecía romántico... como si existiera un mundo de oportunidades que algún día podría explorar –miró a Rocco un instante, pero no fue capaz de descifrar la expresión de su rostro. Nunca se había sentido tan expuesta.

Bajó la vista de nuevo.

–Es una tontería. Lo sé...

Rocco sabía muy bien lo que quería decir... Nada más tener en la mano su primer pasaporte, también había tenido esa sensación, como si el mundo se abriera ante él. Se había marchado de Italia y no había vuelto a mirar atrás. Le sujetó la barbilla y la hizo levantar la cabeza. Trató de ocultar la emoción que sentía con la única arma que tenía. La pasión...

–Muy bien.

–¿Bien? –le preguntó, mirándole.

–Te creo –le dijo, no sin reticencia.

Gracie se sintió como si el corazón se le hinchara en el pecho. Todo ese dolor, toda esa rabia se disolvió... Maldijo a Rocco, sabiendo que si él se empeñaba en no creerla, lo tendría mucho más fácil para lidiar con él.

Él se puso en pie en ese momento. La tomó en brazos... Ella volvió a gritar.

–¿Adónde vamos? –le preguntó ella, de camino al dormitorio.

–A tener sexo en el aire –le dijo él con chulería.

–Rocco... No podemos...

La puerta se cerró. Rocco la puso sobre la cama, le sujetó las mejillas con ambas manos y la besó hasta hacerla perder el sentido común.

Una hora más tarde, Gracie estaba acostada sobre Rocco, las piernas a ambos lados de su cadera. Su respiración todavía era errática. Sus corazones latían desbocados. Tenía la mano sobre su hombro... Al bajarla sintió una arruga en la piel. Levantó la cabeza para mirar y se encontró con una especie de cicatriz. La tocó con la yema del dedo.

–¿Qué es?

–Me caí de la bici cuando era niño.

Gracie le miró con ojos de sospecha. Él todavía tenía los ojos cerrados, pero Gracie sabía que le estaba mintiendo. ¿Por qué?

–Cuando me desperté estábamos sobrevolando las montañas nevadas. ¿Dónde era?

–Probablemente fuera el Himalaya.

–Vaya –dijo Gracie, respirando profundamente. No puedo creer que haya pasado por encima del Everest.

–A lo mejor –Rocco se encogió de hombros. Abrió sus ojos adormilados.

Gracie se tumbó a su lado y lo miró.

–No tienes ni idea de lo afortunado que eres, ¿verdad? ¿Es tan fácil darlo todo por sentado?

Se levantó de la cama, consciente de su desnudez. Buscó su ropa con la mirada. De repente él la agarró de la muñeca y la hizo tumbarse de nuevo. Su mirada era hermética.

–No lo doy por sentado. Nunca.

De pronto Gracie recordó aquella noche de locura en la cocina... cuando él le había dicho que sabía lo que era ser un don nadie.

–Es que... No me parece que sea así. Tienes lo mejor. Esperas lo mejor y solo lo mejor.

–Porque puedo. Porque me lo he ganado. ¿Y a ti qué más te da?

Gracie lo miró fijamente y trató de descifrar la expresión de su rostro. Era tan hermético... Pero ella sabía que había algo más debajo de esa gruesa capa de superficialidad, debajo de ese deseo voraz de éxito...

Se hizo un silencio largo, enigmático. Gracie contuvo el aliento. Durante unos segundos estuvo segura de que Rocco iba a decir algo, pero entonces él deslizó una mano por detrás de su cuello y la atrajo hacia sí. Le dio un beso en la boca.

Después de unos segundos embriagadores, Gracie sintió que volvía a caer en un frenesí extático. Era como estar al borde de un enorme abismo, sin nada a lo que aferrarse. Tenía miedo de que Rocco pudiera ver cuánto poder tenía sobre ella.

Retrocedió y él sonrió. Con la mano dibujaba círculos sobre su espalda. Estaba obrando su magia, y ella le odiaba porque funcionaba.

Claramente él estaba evitando cualquier pregunta comprometedora.

Gracie se apartó con decisión.

—Voy a darme una ducha.

Se puso en pie y fue hacia el cuarto de baño, consciente en todo momento de los ojos de Rocco sobre su espalda, quemándole la piel.

En cuanto Gracie desapareció, la sonrisa se borró del rostro de Rocco. Volvió a acostarse en la cama. Todo su cuerpo estaba tenso, sus puños estaban cerrados. Se maldijo una y otra vez. Gracie sabía cómo poner el dedo en la llaga, y él no podía evitar arremeter contra ella. Había estado a punto de quitarle la mano cuando le había tocado ese viejo tatuaje. Era como si ella pudiera ver dentro de él, como si pudiera ver a través de su falsedad.

Rocco masculló un juramento. Él no se encaprichaba así de una mujer. La primera lección la había aprendido de su madre, que siempre había puesto por delante de su propio hijo al benefactor o al chulo de turno.

Después, durante la adolescencia, había aprendido que las chicas siempre se iban con los chicos que tenían las pistolas más grandes, lo más malos de todos. Y por último, sus dos hermanas habían pasado por delante en la calle sin siquiera dedicarle una mirada al joven que llamaba a su padre... Este, por su parte, le había escupido y le había tirado al suelo de un empujón.

Todo eso había quedado atrás tras su salida de Italia, pero Gracie, con sus ojos serios e inocentes, y el instinto protector hacia su hermano, estaba abriendo grietas en ese muro de contención que le separaba de su pasado. Estaba desenterrando una parte de su historia a la que no quería volver...

Sabía que no podía confiar en las lágrimas de una mujer, ni en una historia cualquiera sobre un sueño de la infancia... Y sin embargo, por primera vez en su vida, quería creer... Aunque solo fuera por un momento.

Capítulo 8

PARA quién es la ropa? –preguntó Gracie cuando salió del cuarto de baño por segunda vez, envuelta en una toalla. El sol estaba en lo más alto y se veía tierra debajo. Sintió un cosquilleo de emoción.

Rocco debía de haberse duchado en otro cuarto de baño, ya que estaba abrochándose una camisa limpia, con el pelo mojado. De pronto la miró.

–Son para ti.

Gracie se puso tensa.

–Pero yo tengo ropa.

–Necesitas ropa apropiada para ese clima. No tienes ni idea del calor que va a hacer. Además, tengo que asistir a unos cuantos eventos en Bangkok y en Nueva York, así que vas a necesitar ropa apropiada.

Gracie se mordió el labio y miró las bolsas con ojos serios.

–Me parece raro. No quiero que me vistas.

–No es para tanto –le dijo él con impaciencia–. Por suerte me di cuenta a tiempo.

Gracie sintió un latigazo de fuego que le corría por la espalda. Se puso las manos en las caderas.

–¿Oh?¿Tienes miedo de que te ponga en ridículo en público? A lo mejor no deberías haberte dado tanta prisa echando a tu novia la otra noche. A ella no tendrías que vestirla.

Gracie sabía que se había puesto pedante, pero no podía parar. La diferencia con las mujeres que solían rodear a Rocco era tan grande en ese momento. Claramente no estaba a la altura.

–¿Necesitas que te recuerde que el uniforme que me hiciste poner el otro día me quedaba pequeño? Pero si no te importa que me pasee por ahí con...

–¡Basta!

Gracie cerró la boca.

Rocco se acercó. Ella tragó en seco.

–Te lo digo una vez más, ella no era mi novia. Y la empresa que me envió el uniforme se equivocó de talla. Creo que estos vestidos te quedarán muy bien, y si no te los pones, te los pondré yo mismo.

Gracie levantó la barbilla.

–No me das miedo, ¿sabes?

Rocco tardó un poco en reaccionar, pero cuando lo hizo, se echó a reír a carcajadas. Volvió a mirarla. Sus ojos resplandecían, le cortaban la respiración.

–Lo sé. Créeme. Eres la única.

Un rato más tarde, vestida con las prendas exquisitas que Rocco le había comprado, Gracie estaba sentada de vuelta en su asiento, con el cinturón abrochado. El avión había iniciado el descenso a través de unos negros nubarrones, rumbo al aeropuerto de Bangkok.

De repente el aparato cayó un poco y Gracie se aferró al asiento, mirando a Rocco con cara de pánico.

–¿Qué ha sido eso?

–Turbulencias. Aquí están en la época de lluvias, así que va a haber tormentas. Pero la lluvia es cálida.

–¿Cálida?

Rocco extendió la mano.

–Ven aquí.

Ella se levantó de su asiento, más nerviosa de lo que quería admitir. Él se cambió de asiento para que ella se pudiera sentar a su lado, junto a la ventana.

–Pero no vas a ver nada –le dijo Gracie.

–Ya lo he visto antes –le dijo él, mirándola con ojos risueños–. Es tu primera vez.

Gracie miró por la ventana por fin. Acababan de atravesar las nubes y el paisaje más hermoso se extendía ante ellos.

–Es tan verde. ¡Nunca pensé que pudiera ser tan verde!

Rocco la rodeaba con los brazos.

–Es una mezcla de jungla y de arrozales. Es un país exuberante, sobre todo en la estación de lluvias.

Gracie sacudió la cabeza, maravillada, disfrutando de las vistas. Podía ver un templo en medio de un campo, y personas diminutas que caminaban a su alrededor.

–Es precioso.

–Pero todavía no has visto nada. No lo has visto bien.

–¿Habrá tiempo para...? Quiero decir... ¿Podremos ver algo?

Rocco sintió esa presión en el pecho que lo atenazaba cada vez que miraba esos ojos con reflejos dorados. Asintió.

–Claro. Podemos ir al Grand Palace, y ver muchas otras cosas más.

Sin saber muy bien lo que hacía, Gracie le dio un beso en la boca y entonces se apartó rápidamente antes de que él pudiera ver el golpe de emoción reflejado en su rostro.

Cuando llegaron al hotel Gracie salió del coche sin esperar a que el conductor le abriera la puerta. Se volvió hacia Rocco con una sonrisa en los labios.

–Me encanta este calor. Es como seguir en una ducha caliente después de cerrar el grifo. Y los olores son tan exóticos...

Rocco trató de no fijarse en cómo la seda de la camisa, húmeda, se le pegaba a los pechos, definiendo su firme silueta, los pezones duros. Apretando la mandíbula, la agarró del brazo y la condujo al hotel más exclusivo de Bangkok, uno perteneciente a la prestigiosa cadena de hoteles Wolfe... Además, él conocía al dueño, Sebastian Wolfe, personalmente. Al entrar en la habitación, Gracie miró a su alrededor, extasiada, sin palabras. Tocó los respaldos de las sillas, deslizó las yemas de los dedos sobre la superficie reluciente de las mesas... Abrió las puertas correderas y salió a la enorme terraza, que daba al río Chao Praya.

Rocco puso en el suelo el maletín del portátil y fue hacia ella. El mánager del hotel se había marchado ya, después de decirle que no dudara en llamarlo en cualquier momento del día en caso de necesitar algo. Sonrió. Sin duda, Sebastian debía de haberle dicho que le cuidara muy bien.

El dueño de los hoteles Wolfe se había casado recientemente con una india preciosa, y acababan de tener a su primer hijo. Sebastian le había mandado una foto de los tres juntos... Una imagen de familia feliz que Rocco no podía soportar. Ahuyentó esos pensamientos y frunció el ceño. ¿Dónde estaba Gracie?

De repente ella apareció por una esquina, donde un enorme bambú se mecía al viento.

–¡Hay piscina! Nuestra piscina privada.

Él sonrió y metió las manos en los bolsillos. No creía que fuera a ser capaz de tener las manos quietas, sin tocarla.

–Lo sé.

–Oh, claro. Habrás estado aquí muchas veces.

Rocco se dejó llevar y fue hacia ella. La rodeó con el brazo, la atrajo hacia sí y la hizo levantar la barbilla.

–No muchas... Pero sí unas cuantas. ¿Te gusta?

Gracie sonrió. Parecía avergonzada.

–¿Que si me gusta? ¿Estás de broma? Este lugar es como un paraíso. Nunca he visto nada parecido. La ciudad es... Extraordinaria, impresionante. Y este hotel es... otro mundo.

Rocco la atrajo hacia sí y habló sin pensar.

–Tú sí que eres extraordinaria.

Gracie se sonrojó. Escondió el rostro contra su pecho.

–No. No lo soy –levantó la vista–. Soy de lo más corriente, pero creo que eso es una novedad para ti.

El corazón de Rocco se encogió. Si ella hubiera sabido... Tomó una de sus manos y le dio un beso... Las palmas de sus manos habían empezado a suavizarse.

–Tengo que ver a unos clientes. ¿Por qué no te echas una siesta y te pones cómoda? No creo que vayas a tener mucho jet lag porque dormimos en el avión. Esta noche vamos a un evento, y mañana voy a tener reuniones todo el día.

Gracie asintió con la cabeza. Sabía que aquello le quedaba demasiado grande en muchos sentidos. Las palabras de Rocco retumbaron en su cabeza, especialmente una... Evento... Se mordió el labio.

–Lo de esta noche... ¿Es algo muy importante?

Rocco asintió, con un gesto serio en el rostro.

–Mucho. Y habrá un enorme bufé, así que será mejor que traigas una maleta para alimentar a tus vecinos necesitados.

Gracie tardó un segundo en darse cuenta de que se estaba riendo de ella.

–Bueno, ahora en serio, solo he estado en ese evento en Londres, así que... ¿Qué hago si la gente me habla?

–Pues les contestas –Rocco esbozó una sonrisa seca–. Aquella noche no tuviste ningún problema en hablar conmigo. Simplemente no des por sentado que todo el mundo es de seguridad –le dijo y se alejó.

De repente Gracie se sintió tremendamente ridícula.

–Te veo dentro de unas horas –añadió él, volviendo la cabeza justo antes de salir.

Esa noche Gracie se miró por última vez. Rocco la esperaba fuera, en uno de los salones de la suite. Cada uno tenía su propio cuarto de baño y vestidor. Todavía no daba crédito ante tanta opulencia. Todo era de maderas nobles... La iluminación sutil y exquisita... Sábanas de seda...

En la suite el aire acondicionado estaba bastante

alto y al salir fuera la sensación era como entrar en un horno caliente.

Gracie respiró hondo. El vestido que llevaba resplandecía en diversos tonos de rojo y naranja. Se miró las sandalias, también rojas, dio media vuelta y agarró su bolsito de fiesta, de color dorado. Caminando despacio, salió al pasillo. Rocco la esperaba junto a las puertas correderas. Tenía las manos en los bolsillos y su espalda parecía más ancha que nunca con aquel traje negro.

Durante una fracción de segundo, Gracie sintió ganas de salir corriendo. Pero en ese preciso momento, él se dio la vuelta. Debía de haberla oído.

La miró de arriba abajo.

–¿Bien? No sabía qué sería apropiado.

–Es perfecto.

Fue hacia ella. Sacó las manos de los bolsillos. Gracie casi tropezó al verle acercarse. Estaba parada junto a una mesa. Él agarró una cajita en la que no se había fijado. La abrió y se la ofreció.

Gracie bajó la vista y se encontró con un magnífico collar de diamantes con unos pendientes a juego en forma de lágrima.

–¿Qué es esto?

–Joyas, para que las lleves –le dijo él, frunciendo el ceño.

Ella sacudió la cabeza y se apartó un poco.

–Es demasiado, Rocco. No puedo ponerme eso. Tienen que costar una fortuna.

Una sombra oscura pareció pasar por el rostro de Rocco.

–Son de la tienda del hotel. Hay que devolverlas por la mañana.

Ella le miró con ojos de sospecha.

–¿Solo son para esta noche?

Él asintió. Sus ojos eran un enigma.

–Si quieres.

Gracie volvió a mirar las joyas.

–Muy bien. Me las pondré.

Rocco sacó el collar y se lo puso con manos expertas. Después le dio los pendientes. Gracie se los puso con manos temblorosas. El collar era frío y pesado.

–¿Vamos? –le dijo Rocco, dándole el brazo.

Ella asintió y se agarró de él.

Fueron al lugar del evento en la misma limusina que los había recogido en el aeropuerto. Cuando bajaron del coche, Gracie agradeció el manto de aire caliente. Rocco la llevaba hacia un edificio de madera maravillosamente decorado. Todo era tan glorioso y exótico... Nunca había visto nada parecido. Gracie se dejó seducir por los olores y las vistas... Los peculiares fonemas del idioma tailandés...

El edificio era un espacio abierto por todos los lados, rodeado de exuberantes jardines. Los árboles estaban iluminados con pequeñas bombillas que les daban un aire mágico. La lluvia había cesado, y las estrellas iluminaban el firmamento. Las hermosas tailandesas se movían entre la multitud con sus faldas largas, sirviendo bebidas y comida.

Gracie rechazó una copa de champán. Rocco le dio un vaso de agua.

–¿No bebes?

Gracie hizo una mueca y evitó su mirada.

–Mi madre era alcohólica, y mi abuela. Nunca he probado el alcohol.

Él se la quedó mirando durante unos segundos. Ella lo miró un instante y entonces apartó la vista. No podía creer lo que acababa de decirle.

–Las mujeres son tan pequeñas. Me siento como un elefante a su lado –le dijo, tratando de cambiar de tema.

Rocco le agarró la mano que tenía libre y se la llevó a la boca. Gracie levantó la vista y contuvo la respiración al sentir sus labios sobre la palma de la mano.

–No pareces un elefante. Estás radiante.

–Gr... Gracias –dijo Gracie, tartamudeando.

No podía creerse dónde estaba, con ese vestido, con Rocco de Marco. Era como si la fantasía con la que llevaba tiempo deleitándose se hubiera hecho realidad de la noche a la mañana. Era demasiado.

Rocco la condujo hacia la multitud, adentrándose en ella. En los jardines había mesas elegantes con velas que parpadeaban con la brisa.

De repente un hombre se les acercó. Le dio una palmada en la espalda a Rocco. Y ese fue el comienzo de una larga velada durante la que mucha gente se acercó a Rocco y le habló de cosas que Gracie nunca había oído, cosas que no podía entender, cosas como las fuerzas de mercado, tendencias... Pero tampoco le importaba. Siempre le había gustado escuchar a la gente.

–¿Te aburres?

Gracie levantó la vista, sorprendida. Otro hombre acababa de marcharse de su lado.

–¡No! ¿Por qué? ¿Pensaste que sí?

–No –dijo él–. Pero estás muy callada, y eso me puso nervioso.

Ella se encogió de hombros.

–No tengo ni idea de qué estás hablando la mayor parte del tiempo –sonrió–. Pensaba que eso sería un alivio para ti.

Rocco reprimió una sonrisa.

–Aunque pueda parecer extraño, no estoy tan aliviado como esperaba –la miró de frente por fin–. Esa carpeta que llevas en la maleta, con los dibujos, y el texto... ¿Qué es?

Gracie se sonrojó. El corazón se le encogió.

–Debería haber sabido que habías mirado eso también. ¿Esperabas encontrar un plan de ataque para robar un banco, o algo así? –apartó la vista, pero Rocco le agarró la barbilla con las yemas de los dedos. Parecía incómodo.

–Puede que haya sospechado algo antes, pero ahora ya no lo sé...

Algo se agitó en el interior de Gracie. Respiró hondo y aprovechó esta pequeña brecha de confianza que se había abierto momentáneamente.

–Estudié arte. Algún día quiero escribir libros para niños. Solo son unos dibujos y algunas ideas. Nada especial.

–A mí me parecieron muy buenos.

–¿En serio? –le preguntó Gracie, mirándole con curiosidad.

Él asintió. El corazón de Gracie dio un salto.

–¿Y qué te hizo querer escribir libros para niños?

Gracie jugueteaba con su bolso de fiesta. Nunca se lo había dicho a nadie y se sentía expuesta, descubierta...

–Nunca fui buena alumna en el colegio... No como... –se detuvo antes de decir el nombre de su hermano–. No como la mayoría de los chicos. Siempre me gustó la lectura; verme transportada a otro mundo –se encogió de hombros, sintiéndose estúpida. Evitó la mirada aguda de Rocco–. Bueno, pensé que quizá yo podría hacer eso algún día, escribir libros –bajó la vista.

Rocco la miró unos segundos, en silencio. Su cabello resplandecía como una bola de fuego.

Ella levantó la mirada, miró sus labios, sus ojos negros, que la atravesaban con una expresión intensa.

–No me mires así.

–¿O qué? –le preguntó ella, sintiendo una repentina y extraña confianza en sí misma.

–O te saco de aquí ahora mismo y hago algo al respecto.

Gracie levantó la mirada, sintiéndose atrevida.

–Yo no voy a detenerte.

Rocco la tomó de la mano y se la llevó a través de la multitud. Unos minutos más tarde, estaban en la parte de atrás del coche, con la persiana cerrada.

Gracie se entregó a los brazos de Rocco, buscando sus labios con desesperación.

Un rato más tarde, cuando entraron en el ascensor, de vuelta al hotel, Rocco vio la cara de Gracie reflejada en la superficie de acero. Estaba roja, avergonzada.

Le había hecho detenerse un instante al bajar del vehículo.

–Lo van a saber... –le había dicho en un susurro.

Tenía el pelo suelto y alborotado, los labios hinchados; sujetaba su mano con fuerza. Casi había sentido ganas de meterla de nuevo en el coche y de hacerle el amor otra vez.

De repente sintió preocupación por ella... Algo poco habitual en él. ¿Qué le estaba pasando? Él no le hacía el amor a mujeres en la parte de atrás de un coche, ni tampoco se iba de un evento antes de tiempo por ir detrás de una mujer...

Cuando llegaron a la suite Gracie se soltó y fue a quitarse el collar automáticamente.

–¿Qué haces?

–Quiero quitármelo.

Rocco sintió una presión en el pecho. A lo mejor él no era el único al que le temblaba la tierra bajo los pies. Dio un paso adelante, le quitó el collar, y ella le entregó los pendientes.

–Deberíamos meterlos en la caja fuerte o algo –le dijo, mirando a su alrededor, todavía evitando su mirada.

Rocco suspiró con impaciencia, pero buscó la caja y puso las joyas dentro. Al volver al salón se quitó la pajarita y la chaqueta. Gracie había desaparecido, pero las puertas correderas estaban abiertas. Salió. Ella estaba parada al borde de la piscina, descalza. Su vestido brillaba contra el cielo nocturno, su piel resplandecía como el nácar.

Rocco sintió que caía, caía...

Gracie oyó los pasos de Rocco a sus espaldas. Y por fin sintió algo de control. Mientras caminaban por el vestíbulo del hotel, se había sentido como si todo el mundo pudiera ver la vergüenza reflejada en su rostro. ¿Cómo se había convertido en esa mujer atrevida que había seducido a Rocco y le había convencido para hacer el amor en un coche?

Él estaba a su lado. Le miró de lado, sintiéndose repentinamente tímida. Él estaba contemplando el agua.

Ella se preguntó si él también se sentía desbordado por esa intensidad de sentimiento. No. No podía ser. Rocco de Marco no se sentía abrumado por nada. Habló para romper el tenso silencio.

—El aire parece muy denso, húmedo.

Rocco levantó la vista hacia el cielo.

—Se avecina tormenta. La lluvia va a empezar a caer en cualquier momento.

Gracie levantó la vista y vio nubes que amenazaban con descargar un aluvión de agua. A lo lejos se oían truenos.

—¿De verdad es cálida la lluvia cuando cae?

—Sí.

Gracie respiró hondo y se volvió hacia él.

—¿Qué pasó? Cuando estábamos en la fiesta, en el coche... Me asusta un poco. La forma en la que perdemos el control.

El aire se quedó estático un instante. Se oyó otro trueno.

—¿Qué quieres decir? —le preguntó él con sumo cuidado, sin mirarla.

Gracie se encogió de hombros y se volvió hacia la piscina nuevamente. Bajó la vista.

—No sé... Yo solo... Quiero que sepas que... Nunca he sentido algo así.

Le sintió volverse hacia ella y levantó la vista. Parecía molesto.

–¿Crees que esto es normal para mí? ¿Este... deseo delirante?

Gracie sintió una punzada de dolor.

–No creo que sea delirante. Es solo que... Parece que no somos capaces de controlarlo del todo.

–Eso sí lo has entendido bien –le dijo él, pensativo. Apartó la mirada.

De repente fue como si dos piezas encajaran de pronto, y Gracie sintió que acababa de toparse con una parte fundamental de Rocco de Marco. Podía sentir el desenfreno que él se empeñaba en negar; podía sentir lo mucho que odiaba no ser capaz de controlarlo todo. Ella también sentía esa preocupación, pero él estaba realmente furioso consigo mismo por ello.

Solo tenía que recordar la fría belleza de Honora Winthrop para saber a quién preferiría al final. Ella solo era un capricho con el que estaba dando rienda suelta a su lado más salvaje y oscuro.

Volvió a mirar la calmada superficie del agua, sintiendo la tensión de Rocco a su lado. Se apartó del borde de la piscina.

–Gracie... –dijo Rocco, vacilante.

Ella echó a correr y se tiró al agua, cortándola como una sirena y zambulléndose de golpe. Su vestido de fiesta emitía un millar de reflejos multicolores que se amplificaban bajo la superficie del agua, deslizándose hacia el otro extremo de la piscina.

Capítulo 9

ROCCO se quedó mirando a Gracie, sorprendido. La rabia que sentía se desvaneció. Algo distinto crecía en su interior... Era un sentimiento de euforia; la clase de euforia que solamente había sentido una vez en el pasado... cuando había visto la cara de horror de su padre al enterarse de que su hijo bastardo le había superado en riqueza.

Gracie emergió, al otro lado de la piscina. Su vestido era una cascada de colores resplandecientes a su alrededor. Parecía una ninfa, libre, salvaje...

Rocco sintió las primeras gotas de lluvia sobre la cara al tiempo que se quitaba los zapatos y los calcetines. Se sumergió con destreza y cruzó la piscina en la mitad de tiempo que Gracie. Le agarró las piernas por debajo del agua y tiró de ella. Le dio un beso.

Cuando emergieron juntos unos segundos más tarde, Gracie se apartó de inmediato y respiró profundamente. La lluvia era torrencial... Echó la cabeza atrás y se echó a reír. Tenía los brazos alrededor del cuello de Rocco, y él la sujetaba de la cintura.

Lo miró...

—¡La lluvia es caliente!

—¿Por qué no crees nada de lo que digo? —dijo Rocco y la besó de nuevo.

La acorraló contra el borde de la piscina y empezó a quitarle el vestido... Gracie temblaba de expectación... Aunque la lluvia estuviera a la misma temperatura que el agua, la piel se le puso de gallina. Le bajó el vestido por los brazos, hasta la cintura, descubriéndole los pechos, los pezones duros... Se inclinó sobre ella para besarlos. Gracie reparó en su espalda. Tenía la camisa empapada y se le pegaba a la piel, transparentándose. Su piel bronceada resplandecía.

Él la besaba sin tregua. Gracie se inclinó contra el borde de la piscina. La lluvia caía sobre su rostro, acariciándola. La sensualidad del momento era embriagadora. El ruido de la populosa ciudad les llegaba desde las calles, abajo, muy lejos. Gracie apoyó los brazos sobre el borde y se arqueó hacia Rocco aún más. Sintió cómo le quitaba el vestido por las caderas. Podía verlo alejarse sobre el fondo de la piscina, como un charco de colores brillantes. Las manos de Rocco fueron a parar a sus braguitas a continuación. Empezó a presionarle el clítoris y entonces introdujo un dedo entre sus labios más íntimos. Gracie se apretó contra él. Le abrió la camisa de cuajo. Él la ayudó a quitársela y entonces le bajó las braguitas. Ella ya estaba completamente desnuda, pero Rocco todavía llevaba sus pantalones. Metió una mano entre sus piernas y empezó a besarle el pecho. Una lluvia cálida caía sobre ellos. Llovía sobre mojado.

–Rocco –dijo ella de repente, cuando él metió dos dedos dentro de ella, masajeándola adelante y atrás–. Necesito más. Te necesito a ti.

Él echó atrás la cabeza, se detuvo. Todavía seguía dentro de ella, podía sentir su humedad en las yemas de los dedos. Con un movimiento rápido la sacó de la piscina y la sentó en el borde. Después salió del agua, la tomó en brazos y la acostó en una tumbona que estaba cerca. Le dio un beso rápido, murmuró algo y fue a la habitación un momento para buscar un preservativo. Regresó de inmediato. Gracie contempló su rostro anguloso y perfecto. Los ojos le brillaban... Sujetó el sobre del preservativo entre los dientes un momento y se quitó los pantalones y los calzoncillos rápidamente. Abrió el paquete sin perder tiempo, se protegió y volvió junto a Gracie.

–Quiero probar tu sabor, pero esto lo necesito desesperadamente –añadió, poniéndose entre sus piernas.

–¿Qué...? Ooooh –Gracie gimió al sentir cómo entraba dentro de ella.

Abandonó todo intento de hablar o pensar y enroscó las piernas alrededor de las caderas de Rocco, urgiéndole a entrar más y más adentro, hasta que ambos alcanzaron el clímax más sublime bajo un cielo encapotado y una lluvia torrencial.

Se quedaron inmóviles durante un buen rato. Rocco seguía dentro de ella. Temblores sutiles la sacudían cada pocos segundos. Finalmente, Rocco empezó a moverse, apoyándose en los brazos. Se soltó de ella y se incorporó.

–Voy a darme una ducha. ¿Quieres venir conmigo?

Gracie sacudió la cabeza. Necesitaba un poco de espacio.

–Creo que me quedo aquí un rato.

Él se encogió de hombros.

–Como quieras –dijo él y volvió dentro.

Gracie le siguió con la mirada hasta que entró en la habitación. Miró a su alrededor. Los restos de la batalla amorosa estaban por todas partes... Era una locura, delirante... Él tenía razón. Oyó un ruido y le vio regresar. Se había puesto otra toalla alrededor de la cintura y se estaba secando el pelo con otra. Gracie volvió a sentirse expuesta...

–¿Has disfrutado de tu ducha?

Él asintió y entonces sonrió con picardía.

–Habría sido mucho mejor si me hubieras acompañado.

Fue a sentarse junto a ella. Su aroma a limpio la envolvió como un manto. De repente se sintió sucia, recordando esa explosión de pasión que los había consumido un rato antes.

Apartó la vista, nerviosa.

–Qué bien se está aquí.

–No puedes quedarte aquí toda la noche.

Ella se encogió de hombros.

–Para serte sincero, la suite... el hotel... Todo es un poco intimidante... Me da la sensación de que lo estoy ensuciando todo con mi presencia.

–Eso es una locura... ¿De qué estás hablando?

Ella lo miró de reojo y apartó la vista rápidamente.

–Es como si no debiera estar aquí. Cuando tenía nueve años, una de nuestras madres de acogida nos llevó a Steven y a mí a ver un caserón antiguo –Gracie sonrió–. Ella era una de las buenas... Era una mansión centenaria. Tuvimos que tomar un tren en Londres... Tenía unas habitaciones enormes... Impresionantes, llenas de antigüedades, cuadros. Un rato después de llegar, me perdí. El grupo había seguido adelante, pero no podía encontrarles. Entré en una habitación llena de muñecas de porcelana diminutas.

Gracie hizo una mueca, recordando el momento.

–Evidentemente, los dueños de la casa tenían una colección. Yo estaba fascinada y me fijé en una muñeca en concreto. De repente sentí una mano sobre el hombro. Me asusté tanto que dejé caer la figurita. Había una mujer... gritando, diciendo que yo era una ladrona, que me fuera de allí –se estremeció–. Tenía tanto miedo que eché a correr y al final encontré al grupo. Pasé mucho tiempo pensando que en cualquier momento volvería a sentir esa mano sobre el hombro.

Gracie sintió una vergüenza repentina. ¿Por qué le estaba contando esa historia? Rocco se limitó a mirarla. Su rostro estaba medio escondido en la penumbra.

Ella se encogió de hombros nuevamente.

–Antes, cuando entramos, y también durante el evento, me sentí como si esa mano pudiera aterrizar sobre mi hombro en cualquier momento. Me sentí como si cualquiera estuviera a punto de preguntarme cómo había entrado.

–Tienes el mismo derecho que cualquier otro a estar en estos sitios.

Gracie sonrió a medias.

–Bueno, en realidad no. Pero te agradezco que me digas eso.

Rocco se levantó, con la mano extendida, como si estuviera a punto de irse, a punto de llevársela con él. Gracie también se incorporó, a punto de tomarlo de la mano... pero entonces se detuvo... Su expresión hermética la hizo sentir algo desesperado, una necesidad imperiosa de que él la entendiera...

–Espera. Quiero decirte algo.

Rocco dejó caer la mano.

–Gracie, no tienes por qué contarme estas historias.

–No son historias. Y sí que necesito contártelas –dijo, sin darle tiempo a protestar–. Steven... mi hermano... somos mellizos –hizo una mueca–. No somos idénticos. Claro. Yo soy la mayor por veinte minutos. Él estuvo a punto de morir. Cuando éramos pequeños, era muy enclenque y tenía unas gafas con cristales muy gruesos. Me acostumbré pronto a defenderle de los matones del colegio. Él nunca pudo hacer frente a esas cosas, pero yo sí. Nunca volvió a ser el mismo después de que nuestra madre nos abandonara... –la voz de Gracie temblaba de dolor–. Era demasiado listo, demasiado callado. Siempre fue el objetivo perfecto. A lo mejor resulta difícil de creer, pero él nunca quiso esa vida... ser pandillero, meterse en las drogas...

–¿Y entonces por qué lo hizo? –le preguntó Rocco, tratando de no sonar irónico.

Gracie sintió vergüenza, pero se mantuvo firme.

–Le daban unas palizas tremendas... Un día le pegaron tan fuerte que terminó en el hospital. Le dejaron muy mal. Era más fácil ceder que plantarles cara. Yo hice todo lo que pude, pero no fue bastante. Teníamos catorce años. En pocos meses estaba enganchado al alcohol. Las drogas no tardaron en llegar. Dejó el colegio. Se rindió.

–¿Y tú lo sigues defendiendo incluso ahora?

Una vez más, Rocco habló en ese tono altivo y sarcástico. Gracie lo miró fijamente. ¿Cómo iba a explicarle los lazos que la unían sin remedio a su hermano?

Asintió con la cabeza lentamente.

—Sí. Le defiendo. Y lo defenderé siempre. Al igual que él me defendió a mí.

Rocco frunció el ceño, impaciente.

—¿Qué quieres decir? ¿Defenderte de qué?

Gracie sabía que sus palabras no iban a ninguna parte, pero ya no podía parar.

—Había una casa de acogida en la que pudimos quedarnos juntos —respiró hondo—. Había un hombre en la casa. Solía mirarme de una forma rara, y me tocaba cuando no había nadie. Al principio no fue nada serio, una palmadita en el trasero o un pellizco en el brazo. Pero una noche vino a mi habitación cuando su mujer no estaba. Se sentó en mi cama y empezó a contarme lo que quería hacer conmigo. Steven estaba en la habitación contigua, con otro chico. Yo estaba sola. Tenía tanto miedo que no podía moverme ni hablar. Justo cuando el hombre estaba a punto de meterse en la cama conmigo, entró Steven. No dijo nada. Simplemente esperó a que el hombre se levantara y se fuera. Y a partir de ese momento, hasta el día en que nos fuimos de la casa, durmió conmigo. Nunca me dejó sola, ni una vez.

Rocco contempló el rostro pálido de Gracie. Sus palabras eran como bombas que detonaban en su cabeza, en su cuerpo. Quería volverse loco, tirar los muebles por la terraza, romper cosas. Quería estrecharla entre sus brazos y no dejarla marchar nunca más. Temblaba con solo pensarlo. Las emociones estaban a flor de piel, le atenazaban...

Haciendo un gran esfuerzo, retrocedió. Se alejó de Gracie y de esos enormes ojos.

Oyó las palabras... pero no fue realmente consciente de ellas.

—Esto no cambia nada. Todas las evidencias demuestran que no ha cambiado en absoluto. No pongas a prueba mi paciencia contándome esas historias.

Dio media vuelta y volvió a entrar en la suite, sintiéndose como si su cuerpo se estuviera rompiendo en mil pedazos.

Gracie miró a Rocco, alejándose... Se sintió rechazada, dolida... De repente entendió por qué le había contado mucho más de lo que le había contado a nadie jamás. Ni siquiera Steven se había atrevido a mencionar lo que había estado a punto de ocurrir aquella noche, pero ella acababa de contárselo a Rocco como si no le costara ningún esfuerzo en absoluto. Sin embargo, sí que le costaba... porque sabía lo que subyacía a ese deseo destructivo y a esas ganas de exponerse ante él, sin importar las consecuencias.

Se estaba enamorando de él...

Rocco no se sorprendió al ver que no era capaz de dormir. Llevaba más de una hora dando vueltas en la cama. Se incorporó y masculló un juramento. Salió al patio. Podía ver su silueta sobre una tumbona, bajo la luz de la luna.

Caminó hasta ella y vio que su ropa estaba perfectamente doblada y apilada. Su vestido de gala era un charco de color y luz sobre el suelo. La miró, preparándose para ese efecto inevitable.

Estaba relajada... El pelo alrededor del rostro... Más rojo que nunca contra el forro color crema de la tumbona. Estaba hecha un ovillo, la postura que más le gustaba. Su hermano la había protegido en aquella ocasión y, por alguna extraña razón, sentía celos incluso de eso.

Quería dar media vuelta y alejarse, pero no lo hizo. Se inclinó, la tomó en brazos... Ella se despertó y se apoyó contra él, resistiéndose.

–Espera... –su voz sonaba adormilada y sexy.

Rocco ya estaba respondiendo. Apretó la mandíbula.

–Basta. Tú me lo has dejado todo claro y yo también a ti.

Volvió a dejarla sobre la tumbona, miró esos ojos tan expresivos y entonces volvió a tener esa sensación...

–No quería ser tan brusco –sacudió la cabeza y ahuyentó ese sentimiento que ya empezaba a ablandarle–. No tienes que decirme nada, Gracie. La situación no ha cambiado con respecto a tu hermano.

Ella le puso las manos sobre el pecho. Su voz sonaba ronca, llena de emoción.

–¿Me estás diciendo que no quieres que te diga nada porque no te interesa?

Rocco sintió que la ternura volvía... acompañada de un deseo de reconfortarla... Reprimió el impulso con dureza... Nunca se había sentido tan cruel, pero tenía que permanecer inmune al influjo de Gracie.

–El motivo por el que tu hermano hizo lo que hizo me trae sin cuidado. A mí me gustan las cosas concretas, pero él me robó dinero. Tú, en cambio, me importas bastante más ahora, así que no quiero hablar de tu hermano o de tu pasado. ¿Trato hecho?

Gracie ya estaba completamente despierta. Podía sentir la presencia de Rocco, absorbiéndola, engulléndola. Quería oírla decir que sí... desesperadamente. Podía sentirlo. Pero incluso en ese momento, a pesar del dolor del rechazo, era capaz de engañarse a sí misma pensando que veía algo profundo en su mirada, algo tierno, vulnerable. Le deseaba de una forma que la hacía sentir vergüenza de sí misma... Hubiera querido pagarle con la misma moneda, darle donde más le dolería, pero sabía que no podía hacerlo.

–Trato hecho –le dijo finalmente, odiándose a sí misma.

Rocco guardó silencio; su rostro serio e imperturbable. La tomó en brazos y la llevó de vuelta al dormitorio.

Aterrizar en Nueva York dos días más tarde fue una experiencia totalmente distinta de aterrizar en Bangkok. A sus pies se extendía un mar de edificios grises que se perdían en el horizonte. Rocco estaba trabajando, sentado al otro lado del pasillo. Examinaba unos papeles con el ceño fruncido.

Gracie volvió a mirar por la ventana. El trato se había convertido en una tregua sin que ninguno de los dos dijera nada. Solo hablaban de temas neutrales... Él la había llevado a conocer el Grand Palace de Bangkok, los mercados flotantes... La hizo montar en Tuk-Tuk...

–¿En qué piensas?

Gracie se sobresaltó. Miró a Rocco. El corazón le dio un vuelco. No quería recordar que se estaba enamorando de él. Era demasiado peligroso. Si no pensaba en ello, el sentimiento podía desaparecer... quizás... Forzó una sonrisa.

–Solo pensaba que la última mujer a la que llevaste a Bangkok no debió de disfrutar tanto del viaje en Tuk-Tuk.

Rocco guardó silencio un momento.

–Nunca he traído a nadie a Bangkok –dijo, en un tono casi de sorpresa.

El corazón de Gracie se hinchó peligrosamente.

–Bueno, pero seguro que las has llevado a Nueva York.

Rocco le clavó la mirada, como si le estuviera lanzando una advertencia. Se estaba adentrando en terreno peligroso.

–Sí. Claro que he llevado a Nueva York a algunas mujeres. Suelo venir aquí con mucha más frecuencia –volvió a concentrarse en sus papeles.

Llevaba más de una hora fingiendo estar ocupado con esos documentos, pero en realidad no había hecho más que seguir todos y cada uno de sus movimientos. Casi se echó a reír al imaginarse a alguna de sus antiguas novias subiéndose a un *rickshaw* motorizado. No lo habrían hecho ni aunque les hubiera pagado...

Miró por la ventanilla. El horizonte de Nueva York se acercaba cada vez más... Allí se sentiría más seguro en compañía de Gracie... Y la mantendría a raya, aunque eso le matara por dentro.

Ya en el coche, de camino a la ciudad, Gracie notó la distancia de Rocco. Estaba más seco y formal que nunca... Pero decidió no dejar que eso la afectara. Se volvió hacia la ventanilla y se dedicó a contemplar los icónicos rascacielos... Cruzó uno de los muchos puentes que conducían a Manhattan. A medida que se adentraban en la isla, los taxis amarillos empezaron a abundar por todas partes. Los nombres de diseñadores famosos parpadeaban y rutilaban en la Quinta Avenida. Y entonces, de repente, empezó a divisar los árboles de Central Park. Con el parque a la derecha, el coche se detuvo frente a un edificio de estilo Art Deco con un enorme toldo en la entrada.

Un portero sonriente ayudó a Gracie a bajar del coche. El calor del verano la golpeó de inmediato. Era totalmente distinto del calor de Tailandia, pero igual de intenso.

–Bienvenido, señor De Marco. ¡Cuánto tiempo!

Atravesaron el vestíbulo refrigerado y se dirigieron hacia los ascensores, donde esperaba el conserje con las puertas abiertas. Fueron directamente al apartamento del ático.

Gracie creía haberlo visto todo, pero se había equivocado. Estaban en otro nivel de lujo y opulencia. Todo era de color dorado y crema... Las alfombras eran tan mullidas que se podía dormir sobre ellas. Óleos en las paredes... Rocco tenía buen gusto para combinar lo moderno con lo antiguo.

Abrió las puertas que daban a la terraza y Gracie fue tras él. Salieron a una enorme terraza que parecía abarcar toda la longitud del edificio, con macetas y arreglos florales.

Rocco estaba de pie con las manos en las caderas, observándola.

–¿Dónde está la piscina? –le preguntó ella, bromeando.

Él hizo un gesto con la cabeza.

—Abajo. En el gimnasio.

—Oh.

—Qué bonito. Se ve hasta el parque —añadió de forma redundante.

Abrumada, se acercó al muro de la terraza y admiró uno de los parques más famosos del mundo. La gente caminaba por las calles, tan pequeñas como hormigas. En medio del parque podía ver un espacio abierto y verde, y un lago.

—Me sorprende que no vivas en el rascacielos más alto, para llegar a ver más lejos aún —le dijo, sin mirarlo.

Él apretó la mandíbula.

—Sí, pero el Upper East Side es la mejor zona.

Gracie se volvió hacia él justo a tiempo para verle mirar el reloj.

—Mira, ahora tengo que salir. Tengo reuniones todo el día.

Ella sintió un gran alivio. Necesitaba tomarse un respiro.

—Muy bien... Voy a... acomodarme —le dijo, asintiendo con la cabeza.

Rocco sacó algo de su cartera y se lo dio.

—Toma esto. ¿Por qué no te vas de compras?

Gracie tomó la tarjeta de crédito negra de forma automática y se quedó mirándola un momento.

Rocco estaba sacando algo más de su billetera, poniéndolo sobre la mesa.

—Necesitarás efectivo para el taxi. Le diré a Ruben que te dé un mapa y algunas direcciones. Tenemos que asistir a un evento esta noche, así que te veo a eso de las seis, ¿de acuerdo?

Gracie miró a Rocco y sintió su impaciencia.

–Muy bien. Te veo luego –le dijo.

Hubo un momento en que le pareció que él iba a decir algo, pero entonces dio media vuelta y salió del apartamento. Unos segundos después apareció una mujer. Se secó las manos en un delantal y se presentó como el ama de llaves del señor De Marco, Consuela.

Gracie sacudió la cabeza. Era evidente que la mujer era fan de su jefe. Insistió en enseñarle los cuatro dormitorios, los dos salones, la salita de estar, el comedor, el gimnasio, la piscina, la sauna, la enorme cocina... Gracie casi se mareó de ver tanta maravilla.

Con la cabeza dando vueltas, se despidió de Consuela y se dispuso a deshacer la maleta. Quería pensar en Rocco lo menos posible, así que tenía que buscarse algo que hacer. A lo mejor podía buscar un cibercafé y ver si tenía algún correo de Steven...

A la hora de comer, Rocco regresó al apartamento. Consuela le dijo que Gracie había salido un par de horas antes.

Fue al dormitorio, pero no había ninguna nota. Masculló un juramento. ¿Por qué no le había dejado una nota?

Justo antes de salir por la puerta, reparó en algo que estaba encima de la cómoda. Era la tarjeta de crédito, y el dinero que le había dejado. Solo faltaban veinte dólares. Rocco se rio. ¿Cómo había dado por sentado que ella se iría directamente a las boutiques de lujo de la Quinta Avenida? Agarró la tarjeta, se maldijo una vez más por haber ido a verla a la hora de comer y regresó al coche.

Y fue entonces, de camino al centro una vez más, cuando se dio cuenta de que la había dejado marchar. Había confiado ciegamente en ella y eso lo ponía muy nervioso...

No fue capaz de concentrarse en nada durante toda la tarde, y no se quedó tranquilo hasta que el conserje le confirmó que ella había regresado al apartamento. El alivio era más que bienvenido, pero revelaba una debilidad que no podía permitirse...

Capítulo 10

CUANDO Gracie volvió un poco más tarde, estaba agotada, pero feliz. Se miró en el espejo del vestíbulo, hizo una mueca al ver su cara sudada y dejó el bolso. No estaba feliz. No exactamente. Habría sido feliz si hubiera tenido a Rocco a su lado para compartir la sensación de subir a lo más alto del Empire State; habría sido más feliz si no hubiera tenido que tomarse un sándwich sola en Central Park. Se mordió el labio inferior... Y habría sido más feliz si hubiera recibido un correo electrónico de Steven, pero no había nada esperándola en la bandeja de entrada. Le había enviado un correo de todas formas. Todavía no había perdido la esperanza.

Suspirando, salió a la terraza para volver a admirar la hermosa vista de Central Park desde lo alto del edificio.

–No te llevaste la tarjeta.

Gracie se dio la vuelta de golpe. Rocco estaba apoyado contra el marco de la puerta. Era como si le hubiera llamado con sus pensamientos.

–Me has asustado. No te oí llegar.

Él fue hacia ella. Había algo peligroso en sus ojos. Gracie se echó atrás, hacia la pared.

–No. No me llevé la tarjeta –dijo, tragando en

seco–. ¿Por qué iba a hacerlo? No necesito nada. Ya me has comprado suficiente ropa como para hacer una docena de viajes al extranjero.

La acorraló apoyando las manos en la pared, a ambos lados de su cabeza. Gracie trató de no dejarse arrollar por su aroma, por su presencia.

–No lo entiendes, ¿verdad? –le preguntó él. Parecía molesto–. Se supone que eso es lo que tienes que hacer, así que dime qué hiciste en cambio.

Una llamarada de furia creció en el interior de Gracie.

–Para tu información, me llevé veinte dólares y me fui al centro. Y allí saqué algo de dinero de mi propia cuenta. Después hice una cola de dos horas y fui hasta lo más alto del Empire State. Después, regresé al parque andando, me compré un sándwich y me lo comí. ¿Te parece bien así? –Gracie se sentía culpable por no haber mencionado lo del cibercafé, pero Rocco parecía demasiado tenso como para decirle algo de Steven.

–No. Maldita sea. No me parece bien así.

Rocco bajó la cabeza y la agarró de los brazos. Le dio un beso duro y exigente. Gracie trató de resistirse, pero fue inútil. No tenía por qué pagarla con ella porque era distinta a las otras. Pero él era imparable, y no podía resistirse. Fuego con fuego...

Enredó los dedos en su pelo y se inclinó adelante, comprimiendo sus caderas contra las de él. Por lo menos eso era lo único sincero entre ellos, algo que trascendía el pensamiento, la razón, algo que los reducía a los instintos más básicos. La frágil tregua que se habían dado se había roto.

La tomó en brazos... Gracie no puedo evitar besarle por toda la mandíbula, el cuello... Ya le estaba abriendo la camisa, aflojándole la corbata... Cuando llegaron al dormitorio, Rocco la puso sobre la cama, se quitó la chaqueta y la corbata, y se abrió la camisa. Gracie se quitó el top que llevaba por la cabeza y se bajó los shorts... se quitó las sandalias de una patada.

Cuando estaba gloriosamente desnudo, se recostó a su lado, pero ella se limitó a mirarlo durante un rato. Le acarició la mejilla, ligeramente áspera con la barba de un día.

–Hoy te eché de menos –le susurró.

Rocco se limitó a mirarla. Algo brilló en sus ojos y entonces se oscurecieron.

–No digas eso. No quiero oírlo.

–Bueno, qué pena –dijo ella–. Porque sí que te eché de menos y acabo de decirlo de nuevo.

Rocco se puso sobre ella y la hizo callar con un beso, deslizando las manos sobre ella, quitándole el sujetador, las braguitas... Y entonces le hizo el amor hasta hacerla gritar su nombre una y otra vez...

–¿Y quién es tu acompañante?

Gracie esbozó una sonrisa tensa para la mujer de aspecto anémico. Llevaba el pelo recogido en un enorme moño alrededor de la cabeza, tan grande, que Gracie temía que saliera ardiendo si se acercaba demasiado a una luz. Podría haber tenido cualquier edad entre cuarenta y sesenta y cinco años. Su cara era tan estática y lisa, como si llevara una máscara permanente.

–Gracie O'Brien –murmuró Rocco a su lado.

La mujer la miró de arriba abajo... examinando su rutilante vestido de noche hasta los pies.

–Ah, sí. Bueno, a lo mejor me imaginé que eras irlandesa, por el pelo rojo y la tez pálida.

Gracie sonrió.

–En realidad mi madre era inglesa. Yo nací y crecí allí, pero... Sí. Mi padre era irlandés.

La mujer arqueó las cejas.

–Entiendo –dijo, como si Gracie la aburriera con sus palabras, como si la hubiera disgustado con solo hablar, se volvió hacia Rocco y lo agarró del brazo–. Bueno, Rocco, cariño, háblame de Bangkok. Estoy deseando que me cuentes todo lo del trato con Larrimar Corporation.

La mujer estaba alejando a Rocco de Gracie con gran habilidad, pero él se detuvo en seco, y obligó a detenerse a la mujer también. Le sonrió, pero Gracie se estremeció. Había visto esa sonrisa muchas veces y estaba contenta de que, por una vez, no fuera dirigida a ella.

Rocco se soltó de la mujer y tomó la mano de Gracie. La atrajo hacia sí, sin decir nada, pero dejando claro que no iba a permitir que la ignoraran de esa forma. Gracie trató de aplacar el salto que dio su corazón y se dedicó a observar cómo la mujer trataba, en vano, de apartarla de Rocco. Era una escena divertida...

Gracie desconectó de la conversación. Era más interesante observar a la gente. Estaban en una sala de fiestas de un exclusivo hotel al otro lado de Central Park. Acababan de tomar una suculenta cena acompañados de otros doscientos invitados y después habían pasado a otro salón igual de exquisito que conducía a una enorme terraza iluminada por cientos de velas.

Gracie vio que la gente empezaba a salir fuera y de repente deseó respirar un poco de aire fresco. Trató de soltarse de Rocco, pero él no la dejó. Tuvo que darle un pequeño codazo en las costillas...

Le sonrió con dulzura a la estirada mujer...

–Solo quiero salir a tomar un poco el aire.

Rocco tuvo que luchar contra su propia reticencia, pero al final la soltó. La vio alejarse, adentrarse en la multitud... Su cabello rojo refulgía como un faro de fuego... La gente dejaba de hablar y se volvía a su paso. Ella era como una estrella entre todos esos personajes grises, mustios... ¿Cómo era que no se había dado cuenta de ello hasta ese momento? Y sin embargo... ¿No era eso lo que le había llamado la atención la primera vez que la había visto?

–Podríamos haber atravesado el parque andando –le había dicho ella unas horas antes, de camino al lugar del evento.

–No, Gracie. No podíamos –le había dicho él, sacudiendo la cabeza.

Ella le había sacado la lengua entonces.

–Bueno, ya veo que no te va mucho el deporte –le había dicho, con un gesto risueño.

–Es distinta –dijo alguien de repente.

Rocco se volvió con brusquedad. Tenía miedo de haber dicho algo en alto que nadie debiera oír.

–¿Cómo?

Helena Thackerey era una estirada empedernida, pero también era muy lista, una negociadora nata en el mundo de las finanzas.

–He dicho que es diferente.

Rocco trató de no inmutarse. Se puso a la defensiva.

—Sí que lo es. Pero nuestra relación no llegará muy lejos, para no variar.

La mujer, mayor y más sabia, pareció un ser humano durante una fracción de segundo.

—Eso se lo cuentas a alguien que pueda creerte, De Marco —se inclinó hacia Rocco y habló en voz baja—. Me gusta. Tiene garra. No es como esas aburridas que se han tragado el palo de la escoba con las que sueles salir.

Gracie se abrió camino entre la multitud, ajena a la presencia de muchos de los ricos más ricos de Manhattan. Llegó hasta la terraza. Tomó un vaso de agua de la bandeja de un camarero que pasaba y se dedicó a contemplar las vistas nocturnas de Nueva York. Se estiró por encima del muro del balcón para ver más allá.

De repente oyó una voz a sus espaldas.

—A tu izquierda está Harlem.

Rocco se acercó más, pegándose a su trasero, de forma que podía sentir su creciente erección. Ella inclinó la cabeza contra su pecho.

—Eres insaciable.

Él la agarró de la cintura y se acercó aún más.

—Salgamos de aquí. Ya he tenido que soportar a la jet set de Nueva York durante bastante tiempo.

Gracie se volvió en sus brazos y levantó la vista. Puso los ojos en blanco.

—Yo también. Además, ya estoy cansada de estas vistas de Central Park.

Rocco reprimió una risotada e inclinó la cabeza.

–Es una pena, porque cuando regresemos, quiero recrear esta posición, pero quiero que estés sin ropa, con las piernas alrededor de mi cintura.

Gracie tragó en seco y puso su vaso sobre la mesa. Rocco le tiró de la mano.

De vuelta en el apartamento, Rocco fue hacia Gracie. Ella estaba parada junto a la pared que daba a Central Park, desde el otro lado. Se estremeció un instante con solo verle quitarse la chaqueta y la pajarita. Se abrió la camisa, se acercó un poco más y el aire vibró entre ellos. Y entonces él la tomó por sorpresa, besándola en los labios, con tanta dulzura, que ella no pudo evitar ponerle las manos sobre el pecho.

Cuando él se apartó por fin, Gracie se dio cuenta de que deseaba algo más que ese contacto físico.

–¿Cómo puedes aguantar tener que codearte con gente como esa todo el tiempo?

Rocco se paró en seco.

–¿Qué quieres decir?

–Bueno, gente como esa mujer... Fue tan grosera –Gracie se sonrojó–. Y Honora Winthrop también fue bastante desagradable.

Rocco tomó sus manos. Se echó a un lado y puso sus manos sobre la pared. Una tensión sutil radiaba de todo su cuerpo.

–Helena no es tan mala. Gran parte de esa actitud es solo fachada. Fue una de las pocas personas que me ayudó cuando llegué a Nueva York.

Gracie se encogió de hombros. No podía imaginárselo como un inmigrante, perdido en la Gran Manzana.

–Le caíste bien. Me dijo que tienes garra.

Gracie sonrió con inseguridad.

–De acuerdo. A lo mejor me equivoqué. Pero no me equivoqué con Honora.

Rocco se puso serio.

–No. Es un mal bicho.

–Entonces no puedo entender que alguna vez hayas contemplado la idea de casarte con ella.

Rocco guardó silencio durante un momento. Se preguntaba cómo iba a explicarle que nunca había tenido en mente la idea de casarse con ella por motivos románticos. Señaló el parque oscuro con la mano.

–Por esto. Tienes que ser aceptado en este mundo para tener éxito de verdad, y la única forma que una persona como yo tiene para conseguir eso es casándose.

Gracie se quedó perpleja.

–¿Qué quieres decir? ¿Alguien como tú? ¿Tú no vienes también de este mundo? –se volvió hacia él.

Él sacudió la cabeza unos segundos después. Señaló hacia abajo, hacia las calles.

–Yo vengo de ahí. Igual que tú.

Algo empezó a encajar dentro de Gracie. Siempre había sospechado que había algo más en Rocco de Marco.

–¿Qué quieres decir? No querrás decir que creciste...

Él la miró fijamente. Sus ojos eran fieros.

–¿En las calles? ¿Luchando por sobrevivir? Eso es exactamente lo que quiero decir.

Rocco apartó la mirada y masculló un juramento en italiano. Gracie se dio cuenta en ese momento de que nunca le había oído hablar en su lengua materna.

–No tengo que hablar de esto –le dijo él un momento después.

Gracie avanzó hacia lo desconocido, tanteando el terreno.

–¿Por qué no?

«No estaré aquí por mucho tiempo...», hubiera querido añadir, pero no se atrevió.

Rocco miró hacia el agujero negro del parque en mitad de la noche, como si allí estuvieran las respuestas que ella no era capaz de ver... Y entonces empezó a hablar, en un tono de voz tranquilo, calmo... Le contó muchas cosas. Le contó que había nacido y que se había criado en uno de los peores barrios de una de las ciudades más pobres de Italia. Le habló de su madre, que era una prostituta... Y de su padre... Uno de los hombres más ricos de la ciudad.

–Mi madre se gastaba todo su dinero en drogas. Había ido por mi padre a propósito para asegurarse un futuro a través de mí. Incluso había sido lo bastante lista como para tomar una muestra de su saliva... Para poder hacer una prueba de ADN en cuanto yo naciera y así poder demostrar la paternidad. Pero mi padre no quiso saber nada. Tenía dos hijas y era un megalómano. No quería que un hijo bastardo le estropeara el invento. Y sobre todo no quería que el hijo de una prostituta viniera a manchar su inmaculado mundo perfecto y su reputación.

Gracie pudo ver como se cerraban sus puños sobre la pared.

–No puedes ni imaginarte cómo fue vivir en ese mundo. El ruido constante, las llamadas de bloque a bloque... Avisos contra bandas rivales. Un asesinato, una entrega de drogas. Todo el día y toda la noche. Me usaban como vigilante, contra las bandas rivales –hizo una mueca–. No teníamos que llamar a la policía. Nunca venían. Eran tan corruptos como nosotros. No había servicios sociales para nosotros. Yo odiaba esa vida cruel, la ausencia de inteligencia, el caos, la destrucción. Mi madre salía de una crisis para entrar en otra. Yo soñaba con un mundo más ordenado, tranquilo, sin ese drama constante, esa incertidumbre, el peligro permanente.

Gracie sintió un escalofrío.

–¿Y qué fue de tu madre?

–La encontré muerta con una aguja clavada en la pierna cuando tenía diecisiete años.

–Oh, Rocco... –le dijo ella, poniéndole una mano sobre el brazo.

Él le quitó la mano y la atravesó con una mirada negra.

–No te lo digo porque busque tu compasión. No la necesito. Nunca la he buscado. Ella no me quería. Solo quería conseguir su chute diario, o al ricachón de turno.

Él apartó la vista de nuevo y ella se tocó el vientre.

–Un día fui a buscar a mi padre, al palacete donde vivía. Sabía dónde estaba. Fue justo después de la muerte de mi madre. Cuando me enfrenté a él, me escupió, me empujó y me pisoteó. Mis dos medias hermanas estaban con él. Ni siquiera me miraron, aunque sí me habían oído llamarlo «padre». Les vi meterse en un coche con chófer. Vi lo fácil que era para esa clase de gente escapar de la realidad más fea. Les envidié su desparpajo, su seguridad. Les envidié su riqueza, porque eso les hacía invulnerables –sonrió–. Es evidente que mi padre debió de hablar con uno de sus hombres. En cuanto el coche se marchó, me arrastraron hasta una calle secundaria y me dieron una paliza tan grande que terminé en el hospital. Fue una advertencia muy efectiva. Nunca más volví a intentar verle. Me fui de Italia. Juré que un día miraría a mi padre a los ojos y que sabría que me había ganado un lugar en este mundo, a pesar de su rechazo.

Gracie contempló esos rasgos duros, los hombros tensos. Se fijó en la cicatriz que iba desde su sien hasta la mandíbula.

–Esa cicatriz... que tenías en el hombro. Era un tatuaje, ¿no?

–Significaba que pertenecía a cierta zona del barrio –hizo una mueca–. Que pertenecía a cierta banda. Me lo quité cuando llegué a Inglaterra.

–Es por eso que nunca hablas italiano. No quieres que nada te lo recuerde.

Rocco bajó la cabeza.

–Vete, Gracie... Déjame solo.

Gracie retrocedió un paso. Tenía miedo de echarse a llorar... Siguió retrocediendo, pero se topó con la puerta y miró atrás. Rocco seguía parado en el mismo sitio, con la cabeza baja... De repente se dio cuenta de que siempre había sido una figura solitaria, siempre luchando contra el mundo que le rodeaba mientras intentaba formar parte de él.

Presa de una decisión repentina, se quitó los zapatos y fue hacia él. Se metió por debajo de uno de sus brazos y le hizo abrazarla.

Ella levantó la vista. Lo miró directamente a la cara, a los ojos.

–No. No me voy. Porque no creo que realmente quieras estar solo –le tocó la mandíbula; le acarició la boca con la mirada–. Te deseo, Rocco. Mucho.

La tensión se palpaba en el ambiente. Y entonces, de repente, algo se rompió.

–¡Maldita sea! –exclamó Rocco, atrayéndola hacia sí con fuerza.

Gracie creyó que se le iba a romper la espalda, pero se mordió los labios. No diría ni una palabra. Podía sentir la violencia que había en él, el hombre salvaje que necesitaba liberarse, y ella necesitaba dárselo todo desesperadamente. Rocco exigía y Gracie le daba, una y otra vez. Sus besos fueron brutales. Se arrancaron la ropa con desenfreno y fueron dejando un rastro de prendas a medida que se movían por el apartamento.

Después, Gracie casi no podía recordar cómo habían llegado al dormitorio. Solo sabía que lo ocurrido allí le había demostrado lo bien que Rocco había aprendido a domesticar esa fuerza primitiva que era instintiva en él. Y esa rabia contenida... Le dolía todo el cuerpo, pero era un dolor placentero. Sabía que le saldrían moretones. Rocco la había mordido, y no podía sino estremecerse pensando lo mucho que había deseado que la mordiera más fuerte. Le había hecho el amor por detrás, apoyándole las manos en el cabecero de la cama. Había sido la experiencia más erótica que jamás había vivido... El peso de su cuerpo mientras la aplastaba contra la cama y empujaba una y otra vez...

Gracie levantó la cabeza y lo miró. La tensión de su cuerpo le decía que estaba despierto.

–¿Rocco...?

Para su sorpresa, él se tapó la cara con un brazo. No quería mirarla. Ella trató de quitárselo.

–No puedo mirarte –le dijo él–. Te he... hecho daño, como un animal.

Gracie le quitó el brazo de la cara con firmeza y se puso encima de él, con las piernas a ambos lados de sus caderas. Le puso las manos sobre las mejillas.

–Rocco de Marco, mírame –él abrió los ojos. Había vergüenza en ellos–. Estoy bien. Me gustó –le besó en la barbilla, en la boca, en el cuello.

Él la agarró de los antebrazos y la hizo retroceder. Se incorporó y la hizo tumbarse de nuevo.

–No. No puedo hacerlo.

La expresión de su rostro era indescifrable. Se levantó de la cama.

–Duerme un poco, Gracie –le dijo, sin mirar atrás–. Nos vamos mañana a la hora de comer.

Al día siguiente, a la hora de comer, Gracie todavía se sentía un poco dolorida. Era como si hubiera habido un terremoto la noche anterior, y ya no sabía dónde estaban sus puntos de referencia. Se había levantado tarde, después de pasar toda la noche en vela, dando vueltas. Consuela le había dicho que Rocco se había ido a trabajar.

De pronto oyó un ruido y levantó la vista de la televisión. Rocco estaba en la puerta, con gesto serio y casi malhumorado. Gracie sintió que se le caía el alma a los pies. No hacía falta preguntarse cómo se había tomado lo de la noche anterior. Lo llevaba escrito en la cara.

Se puso en pie lentamente y trató de hacerle frente con la misma actitud.

—Estoy lista para irme.

Rocco levantó un pedazo de papel que tenía en la mano.

—¿Me quieres explicar esto?

—¿De qué estás hablando? —le preguntó ella, mirando el papel.

Rocco lo levantó en el aire y leyó.

—«Steven ¿dónde estás? ¿Te encuentras bien? Por favor, ponte en contacto conmigo. Tengo tantas cosas que contarte. Necesito saber que estás bien. Por favor, solo dime dónde estás. Mándame un número al que pueda llamarte. Tenemos que hablar. Puedo ayudarte».

Gracie se quedó blanca como la leche.

—¿Cómo has conseguido eso?

—Es la cuenta de correo de su trabajo. Tengo a una persona revisándola constantemente.

Gracie sintió que se le encogía el estómago. Se sentía culpable aunque no hubiera hecho nada.

—No te lo dije ayer porque parecías muy enfadado cuando volviste. Pero te lo habría dicho.

Rocco arqueó una ceja de una forma que Gracie no había visto antes. Casi sintió ganas de golpearlo.

—Has tenido toda la tarde para decírmelo. Este correo suena muy mal. Querías avisarle para que no apareciera por aquí, o querías quedar con él en algún sitio.

Gracie tragó en seco.

—A lo mejor eso es lo que parece, pero no es lo que yo quería. Quería decir exactamente lo que digo, que estoy preocupada por él y que quiero saber dónde está. Cuando le dije que podía ayudarlo, quería decir eso, que si se entrega, tengo intención de ayudarlo pase lo que pase.

Rocco bajó el papel y sonrió con dureza.

–Qué nobleza. Cuánta mentira. Creo que ibas a decirle que te habías metido en la cama de su jefe y que le habías contado unas buenas mentiras. A lo mejor querías contrastar la historia con él antes de que apareciera por aquí.

Gracie sacudió la cabeza. Sintió un mareo repentino.

–Eso es absurdo.

–No –dijo Rocco con contundencia–. Lo que sí es absurdo es que te he infravalorado durante mucho tiempo. Eres una ladrona, igual que tu hermano, y es increíble hasta dónde puedes llegar para protegerle.

Gracie estaba temblando de arriba abajo.

–¿Quieres que te recuerde que fuiste tú quien me sedujo?

–Has jugado conmigo desde el momento en que nos conocimos, en esa fiesta. Tú y tu hermano. Él metió la pata, y tú estás intentando arreglarlo.

Gracie lo miró fijamente. El cuerpo se le estaba adormeciendo...

–Parece que ya lo has entendido todo, ¿no? –le dijo, escondiéndose allí donde él no podía hacerle daño–. ¿Qué más hay que decir? –lo miraba fijamente, pero no le veía.

–No hay nada más que decir. Es hora de irse –dijo él con desprecio.

Gracie apenas recordaba el viaje de vuelta a Londres. Había dormido un poco en el avión, torturada por sueños horribles...

Cuando el coche de Rocco se detuvo frente al edificio de su empresa, Gracie se dio cuenta de que la rabia se estaba convirtiendo en dolor, un dolor agotador. Al bajar del vehículo, miró a su alrededor. Era de noche y las calles estaban desiertas.

–Ni se te ocurra –Rocco la agarró del brazo con fuerza.

Gracie se soltó de un tirón y le fulminó con la mirada.

–No me toques. No voy a dejar a mi hermano a tu merced.

Cuando entraron en el apartamento, George estaba allí para recibirlos. Gracie sintió ganas de arrojarse a sus brazos y echarse a llorar, pero no lo hizo.

–Hay una foto suya con Gracie en la prensa rosa –dijo George, dándole unos periódicos a Rocco.

Rocco abrió el periódico del día siguiente. Gracie se acercó un poco para poder ver.

Era una foto enorme de Rocco y de ella, en la fiesta de Nueva York.

¿Quién es la nueva novia de De Marco?, decía el titular.

De repente sintió ganas de vomitar.

–Ahora veremos hasta dónde llega tu hermano para protegerte –dijo Rocco.

Gracie levantó la vista, tratando de entender lo que acababa de decir. Y entonces lo comprendió todo... Abrió la boca... Un dolor desgarrador la atravesaba por dentro.

–Tú... Lo planeaste todo... Me llevaste contigo para que mi hermano viera las fotos en la prensa y saliera de su escondite.

El rostro de Rocco era impasible.

—Será interesante averiguar si ese lazo que os une es tan fuerte como dices.

Gracie lo miró fijamente, pero no pudo ver ni rastro de aquel hombre hermoso del que se estaba enamorando.

—Eres un bastardo.

Él sonrió, con toda la crueldad que tenía en su interior.

—Tienes toda la razón. Lo soy.

Capítulo 11

A LA TARDE siguiente, Rocco estaba en su despacho, andando de un lado a otro... El trabajo era lo último en lo que podía pensar. Gracie no había salido de su dormitorio, y no había contestado cuando había llamado a su puerta.

«¡Vete!», le había gritado.

Acababa de llamar a la señora Jones y esta le había dicho que todavía seguía en su habitación. Sentía una extraña sensación de cosquilleo en el cuello... Se volvió y vio que alguien se acercaba a su despacho... Una silueta familiar. El corazón se le cayó a los pies. Sus empleados también se habían parado para mirar, porque sabían lo que aquello significaba. Rocco también sabía que significaba algo más, algo más importante que un millón de euros.

Steven Murray iba directo hacia él con una mirada de pura furia.

En ese momento Rocco supo que había cometido el error más grande de toda su vida.

La única cosa que sacó a Gracie de ese estado catatónico fue una voz familiar. Era vagamente consciente de que fuera era de noche. Oyó esa voz de nuevo.

–Gracie, vamos. Abre la puerta. Soy yo.

Se incorporó. No podía ser... Tenía que estar soñando. Sintiéndose como si realmente fuera un sueño, empezó a mover las piernas por fin, se levantó y fue a abrir.

Su hermano estaba al otro lado de la puerta.

Durante unos segundos, se lo quedó mirando, sin dar crédito a lo que veían sus ojos. Después se echó a llorar y se arrojó a sus brazos, flacos y frágiles. Él la agarró con fuerza, la acarició y trató de consolarla.

Sin saber muy bien cómo habían llegado hasta allí, Gracie se encontró sentada en un sofá, con Steven a su lado, dándole un vaso que contenía un líquido color ámbar.

Gracie respiró hondo. Tenía toda la cara hinchada.

–No bebo.

Su hermano insistió.

–Ahora sí. Vamos. Lo necesitas.

Gracie bebió un sorbo e hizo una mueca. Tosió un poco. A medida que la bebida la devolvía a la vida, se dio cuenta de que sí era su hermano quien estaba a su lado. Le agarró la mano.

–Espera. No puedes estar aquí. Rocco está abajo. Si te encuentra...

Dejó de hablar. De repente sintió un cosquilleo y vio que Steven miraba a alguien o a algo que estaba justo detrás de ella. Se volvió... Rocco, pálido como la leche, estaba de pie, con las manos en los bolsillos.

–Vino a verme primero cuando llegó –dijo, esbozando una triste sonrisa.

Gracie estaba tensa. No entendía muy bien lo que estaba pasando.

–Steven... ¿Qué...?

Su hermano sonrió. Parecía cansado.

–Es una larga historia. Ya se lo he explicado todo al señor De Marco. Me chantajearon. Unos tipos a los que conocí en la cárcel. Sabían dónde trabajaba y sabían algo acerca de un fraude... Me amenazaron con delatarme ante el señor De Marco... Yo estaba aterrado. No quería perder lo mejor que me había pasado en la vida. Las cosa fue a peor hasta que quisieron demasiado dinero y tuve que huir.

Steven miró a Rocco. Gracie vio respeto en su mirada.

–El señor De Marco me ha prometido que no presentará cargos si lo ayudo a buscar a esos tipos –volvió a mirar a su hermana–. No sé si podremos recuperar el dinero, pero en cualquier caso seguiré debiéndole mucho al señor De Marco... Me ha ofrecido trabajo, y así podré pagárselo todo. Gracie, no me merezco esta oportunidad, pero no pienso volver a meter la pata. Lo prometo.

Gracie no se podía creer lo que estaba oyendo. Estaba muy sorprendida.

–¿Nos dejas un momento, Steven? La señora Jones te llevará a tu habitación.

Steven asintió y apretó las manos de Gracie.

–¿Te encuentras bien?

Gracie quería reírse como una histérica. Nunca antes se había sentido tan bien. Asintió con la cabeza y vio salir a su hermano.

–¿Por qué has hecho esto? ¿Por qué le has dado una oportunidad? Después de todo...

–¿Después de todo lo que he dicho? –dijo él, terminando la frase en un tono brusco. Masculló un juramento–. Lo siento –le dio la espalda, como si no pudiera soportar su mirada–. Dios, Gracie, lo siento tanto.

Se volvió después de unos segundos.

–Fui un idiota, un estúpido, un tonto. Cuando leí ese mensaje, le di tantas vueltas que acabé creyendo lo peor. La otra noche, en Nueva York, te acercaste demasiado. Nunca le había hablado a nadie de mí, de mi vida... Y sin embargo, contigo, todo salió como si nada. Y no te asustaste, ni saliste corriendo, horrorizada.

Acercó una silla y se sentó frente a ella. Los ojos le ardían.

–No preparé lo del titular. Tienes que creerme. Cuando vi la foto, fue la primera vez que se me ocurrió pensar que Steven podría verlo. No había contemplado esa posibilidad antes. Pero te dejé creer que sí porque quería alejarte de mí desesperadamente –hizo una mueca–. En el fondo sabía que no eras ninguna de esas cosas de las que te acusaba ayer. Te seduje porque no podía no hacerlo –sacudió la cabeza, disgustado consigo mismo–. Arremetí contra ti porque nunca he confiado en nadie hasta que te conocí. Y cuando Steven se presentó en mi despacho, preguntándome qué pasaba entre nosotros, su preocupación por ti me hizo sentir vergüenza de mí mismo. No me quedaba nada que esconder.

El corazón de Gracie se iluminó con una pequeña llama de esperanza. Fue como si algo hubiera empezado a derretirse.

–Nunca debí retenerte aquí, pero la verdad es que en el fondo lo hice por ti, no por lo de tu hermano.

–¿De qué estás hablando?

Rocco la tomó de la mano.

–No puedo impedirte que te vayas si quieres hacerlo. Pero no quiero que te vayas. Quiero que te quedes... todo el tiempo que quieras.

–¿Todo el tiempo que quiera? –preguntó Gracie con un hilo de voz. La llama que ardía en su interior parpadeó peligrosamente.

–Hay algo entre nosotros, Gracie. Algo poderoso.

Gracie se soltó de Rocco. Lo que le estaba diciendo era que había deseo entre ellos, atracción física. Y él quería que se quedara hasta que ese deseo se consumiera.

Antes de que pudiera decir nada, él hizo una mueca y miró el reloj.

–Mira, tengo que asistir a una reunión. No puedo posponerla. Piensa en lo que te he dicho. Hablaremos cuando vuelva. ¿De acuerdo?

La miró unos segundos... Gracie estaba perpleja.

–¿Por favor?

Gracie se dio cuenta de que no se iba a mover hasta que le dijera algo. Casi sin pensar, asintió con la cabeza. El rostro de Rocco reflejó el alivio que sentía.

Pero no dijo nada más. Simplemente se levantó y se alejó.

Gracie había asentido para manifestar su conformidad, pero en el fondo sabía muy bien lo que tenía que hacer. Tenía que irse, huir... Rocco quería un pasatiempo. No le había dicho nada del amor. Y no podía lidiar con eso. No podía estar a su lado, siendo consciente de que él no tenía la menor idea de lo que sentía por él. No podía dejar que le hiciera el amor sin saber lo profundamente enamorada que estaba de él. De no ser así, jamás le hubiera hecho tanto daño como le había hecho el día anterior.

Solo era una diversión, algo pasajero...

Hizo las maletas a toda prisa, escribió dos notas y se dirigió hacia la puerta. Por suerte esa noche había otro guardaespaldas distinto. Tampoco quería ver a George en ese momento.

Dos semanas después.

Gracie se abría paso a duras penas entre la multitud. Prácticamente tuvo que mantener la bandeja llena de vasos vacíos sobre la cabeza para no tirarla al suelo. Mascullando un juramento, avanzaba como podía. Gotas de sudor le caían sobre la frente, por la espalda, entre los pechos... Con ese trabajo, no obstante, por lo menos podría permitirse salir del hostal dentro de unas pocas semanas... Tenía que buscar un sitio barato para vivir. Y en cuanto estuviera mínimamente instalada, dedicaría un par de horas cada día a trabajar sobre ese libro para niños que siempre había querido escribir.

Respiró aliviada cuando vio las puertas de la cocina. Entró y dejó la bandeja, pero enseguida le dieron otra, llena de copas de champán.

—Esta noche tienen mucha sed —le dijo su jefe.

Reprimió un gemido y volvió a salir. La multitud parecía aún más densa... Un mar de hombres vestidos de negro y mujeres vestidas con los trajes más suntuosos. ¿Cómo iba a atravesar esa marea?

—Disculpen —empezó a decir, armándose de valor.

Pero no estaba avanzando mucho. De repente sintió que una energía inesperada sacudía a la gente, como si alguien especial acabara de hacer acto de presencia. La gente susurraba... Estiraban el cuello. Gracie puso los ojos en blanco y se aferró a su bandeja. Sin duda debía de ser alguna celebridad.

–Oh, Dios mío, se está subiendo a una mesa –dijo alguien de repente–. ¿Pero es él de verdad...?

De pronto se hizo el silencio.

–Gracie O'Brien... Sé que estás aquí... en alguna parte –dijo una voz–. ¿Dónde estás?

El corazón de Gracie se detuvo. No podía ser cierto. Debía de estar alucinando.

La voz volvió a decir algo.

–Maldita sea, Gracie, ¿dónde estás?

Gracie supo que no eran imaginaciones suyas.

Levantó la vista y trató de ver por encima de las cabezas. El corazón se le paró un momento al ver a Rocco, sobresaliendo por encima de todos, subido a una mesa, mirando a un lado y a otro.

Se volvió hacia ella... Gracie se agachó, pero fue demasiado tarde. Un segundo después oyó el golpe de unos pies que aterrizaban en el suelo. Trató de dar media vuelta y echar a correr, pero la gente se agolpaba detrás de ella. No había escapatoria posible. Como a cámara lenta, la multitud se abrió frente a ella. Rocco apareció ante sus ojos como por arte de magia. Alto, bronceado, glorioso... Llevaba una camisa azul claro y pantalones oscuros. Tenía las manos en las caderas. Esos ojos oscuros la taladraban, fijos en ella y precisos como un láser. Las manos te Gracie temblaban tanto que las bebidas empezaron a tambalearse sobre la bandeja. Rocco dio un paso adelante, se la quitó de las manos y se la dio a un camarero que pasaba por allí.

–¿Por qué estás aquí, Rocco? Te dejé bien claro en la nota que no me interesa una aventura pasajera.

Los ojos de Rocco brillaron.

–Sí. Esa nota tuya, tan escueta y precisa. «Querido Rocco, lo siento, pero no me interesa una aventura. Adiós, Gracie». *Dio*. Casi me vuelvo loco cuando lo leí.

La multitud estaba tan silenciosa, que casi se hubiera podido oír el ruido de un alfiler al caer. Sin embargo, Gracie solo veía a un hombre. Apretó los puños. Abrió más los ojos.

–Quería decir justo lo que dije. No me interesa una aventura.

Rocco se acercó un poco más. Gracie retrocedió.

–A mí tampoco.

–Pero... Si solo dijiste que había algo entre nosotros... –le dijo ella, sacudiendo la cabeza.

–Y lo hay.

Gracie cada vez se sentía más confusa. Una rabia repentina, producto de la impotencia, amenazaba con apoderarse de ella.

–Rocco... ¿Por qué estás aquí? Quiero que me dejes tranquila. No estoy interesada...

Él se acercó aún más.

–Dime en qué estás interesada.

Gracie se quedó de piedra, y mintió.

–Lo único que me interesa eres tú.

–Mentirosa –Rocco sonrió.

–No soy una mentirosa. Nunca he mentido.

–Lo sé, *cara*... Pero me temo que en esto sí que estás mintiendo.

Gracie sintió el escozor de las lágrimas en los ojos. No quería llorar, pero estaba a punto.

Rocco dio otro paso adelante y la estrechó entre sus brazos. Fue como el cielo y el infierno a la misma vez. No podía moverse...

—Maldito seas, Rocco —habló sobre su pecho.

Él la hizo retroceder un poco. Le sujetaba las mejillas con ambas manos, acariciándola, atrapando sus lágrimas. Sonaba atormentado.

—No llores, por favor... No quiero hacerte llorar. Solo dime... ¿Qué es lo que te interesa?

Gracie abrió la boca. Quería arremeter contra él por el daño que le había hecho, pero no podía. Lo miró a los ojos, y lo que único que vio fue al hombre al que amaba.

—Tú eres lo que me interesa, Rocco de Marco. Estoy interesada en todo lo que tenga que ver contigo, lo que te conmueve, lo que quieres, lo que te hace feliz. Me interesa hacerte feliz. Estoy enamorada de ti, y me interesa pasar el resto de mi vida contigo. No quiero solo una aventura esporádica. Quiero algo más que eso —de repente sintió que una confianza desafiante se apoderaba de ella—. Bueno... ¿Es eso lo que querías oír? ¿Es lo suficientemente realista y sincero para ti?

Rocco sonrió. Fue una sonrisa distinta a todas las que le había visto hasta ese momento. De pronto Gracie creyó ver a ese joven inocente que debía de haber sido. El corazón le dio un vuelco.

—Oh, *cara*. Eso es exactamente lo que quería oír. Porque, ya ves... Yo también te quiero... Es solo que no quise decirlo ese día porque tenía miedo de que salieras corriendo. Sabía que me ibas a odiar por haberte hecho daño... Y quería hacer las cosas bien. Quería que te enamoraras de mí poco a poco... Para que no me dejaras nunca. Pero cuando llegué a casa te habías ido y solo encontré esa nota.

A continuación pronunció una sarta de palabras en italiano.

Gracie le tocó la barbilla, reconociendo por fin los signos de angustia en su rostro. Angustia, por ella...

–Estás hablando en italiano.

–Desde que te fuiste, no he podido dormir, ni comer, ni hablar de nada más. Hice que me pusieran unas cortinas en el despacho y mandé a todo el mundo a otra planta para que nadie pudiera verme sufrir. Tú me has devuelto a la vida, Gracie, y la idea de una vida sin ti me aterroriza más que cualquier otra cosa en este mundo.

Gracie lo miró fijamente. Toda su vida pasó ante sus ojos en un abrir y cerrar de ojos. Ella también se había sentido muy sola... hasta que le había conocido. De manera inconsciente le había dado el control desde el principio... porque en lo profundo de su ser, siempre había confiado en él.

De pronto volvió a sentir lágrimas en los ojos. Masculló un juramento.

–Yo nunca lloraba... hasta que te conocí.

–Eso es porque al final te diste cuenta de que no siempre tenías que ser la fuerte, la protectora.

Gracie asintió al tiempo que las lágrimas brotaban de sus ojos.

–Sí, maldita sea, sí.

Rocco las atrapaba sobre sus mejillas con las yemas de los dedos.

Un segundo después ella le rodeó con los brazos. Lloró y lloró sin parar. Él le acariciaba la espalda y le susurraba dulces palabras en italiano.

–Dios, te quiero, Rocco.

Ella se apartó y lo miró.

–Yo también te quiero, Gracie.

Él estaba a punto de besarla cuando ella retrocedió.

–¿Estás seguro de que no me te arrepentirás? ¿Y si vuelvo y luego te das cuenta de que en realidad quieres a una princesa de la alta sociedad?

Rocco miró a su alrededor. La gente los miraba boquiabiertos.

Sintió una descarga de energía, sabiendo que tenía a la mujer que amaba entre sus brazos y que ella le correspondía. Aquello era lo que siempre había buscado, pero no lo habría sabido nunca si no la hubiera conocido.

Volvió a mirar a Gracie.

–¿Tú qué crees?

Ella miró a su alrededor. Todo eso lo había hecho por ella, por ella...

–Muy bien, te creo –le dijo, sonrojándose.

–Creo que es hora de irse a casa.

–Sí, por favor.

Mucho después, tras darle rienda suelta a toda esa pasión que llevaban dentro, Gracie suspiró profundamente.

Rocco se apoyó sobre un codo y la miró con gesto serio. Le apartó un mechón de la cara.

–La única razón por la que no te dije que te quería

el día que te fuiste fue porque no quería asustarte. Quería empezar de cero y hacer las cosas bien, como te merecías.

–Creo que las has hecho bien, Rocco. Me tienes –dijo ella, sonriendo.

Él sacó algo del mueble que tenía detrás.

–Bueno, ahora que hemos hecho tantos progresos, quiero pasar a la siguiente fase.

–¿La siguiente fase? –repitió ella, apoyándose en el codo también.

Rocco abrió una cajita de terciopelo. En su interior había un flamante anillo con una esmeralda, rodeada de diamantes. Gracie levantó la vista.

–Este no puedes devolverlo a la tienda. Es un préstamo para toda la vida.

Gracie se incorporó. Estaba temblando. Rocco tomó su mano y le puso el anillo en la punta del dedo. La miró a los ojos. Gracie parpadeó rápidamente para ahuyentar las lágrimas.

–Gracie O'Brien, te quiero más que a mi vida. ¿Vendrías a Río de Janeiro la próxima semana y te casarías conmigo, con George y Steven como testigos?

Gracie asintió torpemente.

–Sí. Me encantaría ir a Río y regresar siendo tu esposa.

Rocco deslizó el anillo hasta el final de su dedo y la estrechó entre sus brazos con un gesto de triunfo. Sus bocas se encontraron.

Después de un momento, Rocco retrocedió.

–Bien, porque entonces podemos pasar a la fase siguiente.

–¿Y qué fase es esa?

De repente la voz de Rocco sonó más seria que nunca.

–Vivir juntos durante el resto de nuestras vidas y tener hijos a los que amaremos y les daremos todo lo que no tuvimos nosotros.

Gracie le acarició la mejilla.

–Eso me gustaría. Mucho.

Cuatro años más tarde, Gracie miró por encima de la cabecita de su recién nacido bebé. El pequeño tenía una hermanita de dos años y medio, Tessa. Le sonrió a su marido.

–¿Se arrepiente de algo, señor De Marco?

Rocco se inclinó para darle un beso a Gracie y Tessa se movió un poco. Estaba dormida sobre su hombro.

–De nada –le dijo.

BIANCA™

ABBY
GREEN

UNA SOLA NOCHE CONTIGO

Capítulo 1

MAGDA Vázquez permanecía entre las sombras, como una fugitiva, observando la entrada del lujoso hotel al que llegaba lo más granado de la sociedad de Mendoza. Apretó los labios pensando en la artificiosidad de la iluminación, que daba a la fachada un aire de cuento de hadas.

Ella siempre había sido más escéptica que fantasiosa, quizá por haber tenido una madre que la mostraba como un trofeo y un padre al que solo le hubiera interesado de ser chico.

Sacudió la cabeza para ahuyentar aquellos pensamientos y respiró hondo para frenar su acelerado corazón, al mismo tiempo que un largo vehículo plateado alcanzaba el pie de la escalinata. Le sudaron las manos y se le secó la boca. ¿Sería...?

Sí. Era Nicolás Cristóbal de Rojas, el terrateniente y bodeguero más famoso de Mendoza y de toda Argentina, que en los últimos años había triplicado el valor de su bodega, además de alcanzar reconocimiento mundial.

Iba vestido con un esmoquin negro y Magda pudo ver sus marcadas facciones cuando miró a su alrededor con expresión aburrida. Magda contuvo el aliento al volver a ver sus impactantes ojos azules. Parecía más delgado y musculoso, y su cabello castaño claro seguía contribuyendo a que destacara en medio de la multitud… además de una inconfundible aura de fuerza y de poder sexual.

A continuación Magda vio a una rubia esbelta cuyo cabello brillaba casi tanto como el vestido de lamé que llevaba y que se ceñía suavemente a cada una de sus curvas. La mujer entrelazó el brazo con el de él, y Magda sintió una inmediata punzada de dolor en el pecho a la vez que rezaba mentalmente para no sentirse afectada.

Había pasado su adolescencia soñando con él, deseándolo. Y sus estúpidos sueños habían culminado en una catástrofe que había reavivado la antigua hostilidad entre las dos familias, además de destrozar a ambos.

La última vez que había visto a Nic había sido hacía años, en un club de Londres. Cuando sus miradas se habían encontrado, Nic había teñido la suya de desprecio antes de dar media vuelta y desaparecer.

Magda se cuadró de hombros al tiempo que tomaba aire. No podía permanecer en las sombras toda la noche. Estaba allí para decirle a Nicolás Cristóbal de Rojas que había vuelto y que no tenía la menor intención de venderle sus tierras. Nic debía saberlo para que se le quitara de la cabeza ejercer la misma presión que había ejercido sobre su padre, aprovechándose de su debilidad física y emocional.

Aunque habría preferido ocultarse tras un abogado, no podía permitirse pagarlo. Y no quería que De Rojas pensara que lo temía. Por eso debía olvidar su último encuentro y concentrarse en el presente. Y en el futuro.

Ella sabía mejor que nadie hasta qué punto los De Rojas podían ser crueles, pero aun así, que Nic intentara aprovecharse de su padre, al que en cambio sí creía capaz de cualquier cosa, la había dejado atónita.

Con manos temblorosas se alisó el vestido negro con lentejuelas que había rescatado del armario de su madre para poder colarse en la prestigiosa cena anual de los Viñedos de Mendoza. Al encontrarlo, le había parecido que tenía un escote discreto, y solo al ponérselo se había dado cuenta de que, además de quedarle corto, dado que era más alta que su madre, dejaba toda la espalda al desnudo. Así que en aquel instante, con las piernas prácticamente expuestas, el cabello negro y los ojos verdes y piel pálida, herencia de una bisabuela de origen irlandés, caminó hacia el hotel, lamentando no poder pasar más desapercibida.

Nicolás Cristóbal de Rojas intentó disimular un bostezo.

—Cariño, ¿tan aburrida te resulto?

Nicolás miró a su acompañante y con una sonrisa forzada dijo:

—En absoluto.

Ella le apretó el brazo.

—Yo creo que estás aburrido. Necesitas ir a Buenos Aires a pasártelo bien. No sé cómo aguantas el tedio de este lugar —dijo, fingiendo un escalofrío. Y excusándose para ir al servicio, se alejó con un sensual mecer de caderas propio de una mujer que sabía que los hombres volvían la cabeza a su paso.

Nic, que era inmune a ese tipo de artimaña, sacudió la cabeza y agradeció que la presencia de Estela lo librara del asedio de las solteras de la alta sociedad de Mendoza. No estaba de humor ni para ellas ni para ninguna otra mujer que pretendiera algo más de él que una relación casual. Y hasta estaba dispuesto a renunciar al sexo si eso le simplificaba la vida. De hecho, sus últimos encuentros en ese campo habían sido… insatisfactorios, vacíos.

En cuanto a una relación duradera, había aprendido de la enfermiza relación de sus padres, y su elección exigiría seleccionar con mucho cuidado. Porque lo que sí sabía era que quería herederos a los que donar su legado.

Precisamente en aquel instante, una mujer apareció en la puerta del salón de baile e, inexplicablemente, Nic sintió que se le erizaba el vello. Aunque no llegaba a verle bien la cara, podía apreciar sus piernas torneadas y su figura esbelta. Pero por algún motivo le resultó familiar. De pronto ella lo vio, se quedó inmóvil por una fracción de segundo y caminó directamente hacia él.

Nic tuvo el absurdo impulso de salir huyendo. A medida que se acercaba, una idea iba tomando forma en su mente. Pero no podía ser. Hacía tantos años…

Apenas notó el murmullo sofocado de los que lo rodeaban cuando ella se paró delante de él. Una mezcla de reconocimiento e incredulidad le nubló la mente. Además de la conciencia de que era espectacular. Siempre había sido guapa, pero los años la habían convertido en una belleza de figura escultural.

Solo se dio cuenta de que la había sometido a una detenida inspección cuando fijó la mirada en sus ojos y vio que se ruborizaba, lo que bastó para que él sintiera una pulsante presión en la ingle.

Diversas emociones se agolparon en su interior, entre las que dominaron los sentimientos de traición y humillación… A pesar de los años transcurridos.

Al instante, se ocultó tras una fría máscara de indiferencia para defenderse de aquella punzada de deseo. Clavó la mirada en sus ojos verdes y tuvo que aplastar el recuerdo del sentimiento que le despertaba sumergirse en ellos.

–Magdalena Vázquez –dijo, sin un ápice de la turbación que sentía–, ¿qué demonios haces aquí?

Magda respiró hondo. El recorrido desde la puerta hasta él se le había hecho eterno y era consciente de los murmullos y comentarios que levantaba a su paso, entre los que suponía que no se diría nada bueno tras la humillante manera en la que su padre las había echado a ella y a su madre ocho años antes.

Nic esbozó una cínica sonrisa.

–Acepta mis condolencias por la muerte de tu padre.

Magda sintió una oleada de indignación.

–Los dos sabemos que no te importó lo más mínimo –dijo en un susurro para evitar ser oída por los demás.

Nicolás se cruzó de brazos, lo que le dio un aspecto aún más imponente, y ella sintió un cosquilleo en la espalda desnuda. Tenía los puños apretados.

Él se encogió de hombros.

–Mentiría si dijera lo contrario, pero me gusta ser educado.

Magda se sonrojó. Había leído hacía tiempo que

su padre había muerto. Ambos eran los sucesores de dos familias que habrían bailado de alegría sobre las tumbas de sus correspondientes difuntos, pero ella no era capaz de alegrarse de la muerte de nadie, aunque fuera un enemigo.

–Yo siento la muerte del tuyo –dijo, incómoda, pero con sinceridad.

Nicolás arqueó una ceja y preguntó:

–¿También incluyes a mi madre, que se suicidó cuando tu padre le dijo que tu madre y mi padre eran amantes desde hacía años?

Magda palideció al descubrir que Nic lo sabía, y vio en la tensión de sus facciones y en su mirada, la rabia que ocultaba tras aquella máscara de buena educación. Sacudió la cabeza. No sabía ni que su padre lo hubiera contado, ni que la madre de Nicolás se hubiera suicidado.

–No tenía ni…

Nic la paró con un gesto de la mano.

–No, claro. Estabas demasiado ocupada gastándote la fortuna familiar recorriendo Europa con tu manirrota madre.

Magda tragó saliva. Había creído que podría entrar, decir lo que quería y marcharse. Pero la antigua disputa familiar seguía viva y crepitante entre ellos dos, junto con algo más en lo que Magda no quería pensar.

Súbitamente, Nic miró a su alrededor, dejó escapar un gruñido y, tomándola por el brazo la condujo hasta un discreto rincón. Allí abandonó todo vestigio de contención y mostró un rostro sombrío y airado. Magda se soltó y se frotó el brazo.

–¡Cómo te atreves a tratarme como si fuera una niña!

–Te he preguntado que qué haces aquí, Vázquez. No eres bienvenida.

Su arrogancia indignó a Magda. Dando un paso adelante, dijo:

–Para tu información, tengo tanto derecho como tú a estar aquí. He venido a decirte que ni mi padre cedió ante tu presión para que te vendiera sus tierras, ni lo haré yo.

Nicolás la miró con desprecio.

–Solo te queda una porción de terreno yermo. En él no se produce vino desde hace años.

Magda disimuló el dolor de saber que su padre había abandonado la tierra.

–Tú y tu padre os ocupasteis de sacarlo del mercado hasta que no pudo competir.

Nicolás apretó la mandíbula.

–Lo mismo que hemos sufrido nosotros una y otra vez. Me encantaría decirte que nos dedicamos a conspirar para hundiros, pero si los vinos Vázquez dejaron de venderse, fue porque eran de inferior calidad. No necesitasteis de nuestra ayuda.

La verdad que contenían aquellas palabras abofeteó a Magda, que dio un paso atrás, más por el temor que despertaba en ella el efecto que tenía en su cuerpo que por la ferocidad de sus palabras. No pudo borrar una imagen de los tiempos en que se apretaba tanto contra él que podía sentir la prueba de cuánto lo excitaba. Era embriagador, apasionante. Lo había deseado tanto que había estado dispuesta a…

–¡Por fin te encuentro!

–Ahora no, Estela –dijo él con firmeza.

Magda agradeció la interrupción y miró a la hermosa rubia que había visto entrar en el hotel con Nic. Fue a irse, pero él la detuvo.

–Estela, espérame en la mesa –dijo bruscamente.

La mujer los miró alternativamente con los ojos muy abiertos, y se alejó silbando.

Magda sacudió el brazo para que la soltara, todavía conmocionada por el recuerdo. Notó que el vestido se le deslizaba de un hombro y vio una llamarada en los ojos azules de Nicolás. Habló precipitadamente diciéndose que se equivocaba, que no tenía el poder de perturbarlo:

–He venido a decirte que he vuelto y que no pienso vender la hacienda de los Vázquez. Antes, la quemaría. Y, por si te interesa, pienso devolverla a su gloria.

Nicolás se irguió antes de echar la cabeza atrás y dejar escapar una estentórea carcajada.

Cuando volvió a mirar a Magda, esta sintió un ardiente calor en la parte baja del cuerpo.

Nic sacudió la cabeza.

–Debiste de hacer una gran interpretación para conseguir que tu padre te la dejara en herencia. Pensaba que habría preferido dejársela a un perro antes que a ti.

Magda apretó los puños sintiendo un golpe de dolor al recordar lo enfadado que había estado su padre, con razón.

–No sabes de lo que estás hablando –dijo entre dientes.

Nicolás continuó como si no la hubiera oído.

–Es bien sabido que tu padre no tenía un peso

cuando murió. ¿Va a financiarte este capricho el empresario suizo que se ha casado con tu madre? –tensó la mandíbula–. ¿O acaso has conseguido un marido rico? ¿Encontraste uno en Londres? La última vez que te vi estabas en el lugar apropiado.

Magda se enfureció.

–No, mi madre no va a financiar nada. Y yo no tengo ni un marido rico, ni un novio, ni un amante, aunque no sea de tu incumbencia.

Nicolás la miró con sorna.

–¿Quieres decir que la mimada princesa Vázquez va a recuperar un viñedo arruinado sin ninguna ayuda? ¿Es tu nuevo hobby ahora que se han acabado las fiestas de Cannes?

Magda sintió que la invadía la ira. Nicolás no tenía ni idea de cuánto se había esforzado por demostrar a su padre que podía ser tan válida como un hombre, tan capaz como su difunto hermano. Pero ya no tendría la oportunidad de lograrlo porque su padre había muerto. Y no estaba dispuesta a perder su legado. Tenía que demostrar que podía hacerlo. No consentiría que otro hombre se interpusiera en su camino igual que había hecho su padre.

–Eso es exactamente lo que voy a hacer, De Rojas –dijo acaloradamente–. No esperes ver un cartel de «En Venta» ni ahora ni nunca.

A la vez que ella retrocedía, deseando no tener que mostrarle su espalda desnuda, él dijo con frialdad:

–Te doy dos semanas antes de que vengas suplicándome. Nunca trabajaste en el viñedo. Hace años que Vázquez no produce un buen vino, y tu padre lo remató al vender a un precio demasiado elevado. Hagas lo que hagas, fracasarás. Yo mismo me ocuparé de ello.

Magda sintió un dardo clavársele en el pecho, Nicolás sabía que no había trabajado en el viñedo porque ella se lo había dicho. Era una información íntima que él se permitía usar en su contra.

–Así que ya ves –dijo él, dando un paso adelante–, es solo cuestión de tiempo que tu propiedad forme parte de la de De Rojas. No prolongues tu agonía. Piénsalo, podrías estar en Londres la semana que viene, en un pase de modas, con bastante dinero como para comprarte lo que quisieras. Ya me ocuparé de que no tengas motivos para volver.

Magda sacudió la cabeza a la vez que intentaba ignorar la sensación de estar a un paso del abismo. El grado de hostilidad que mostraba Nicolás la asustaba.

–Este es mi hogar tanto como el tuyo. Y si quieres echarme, tendrá que ser muerta –retrocedió unos pasos más antes de añadir–: No te acerques a mi propiedad, De Rojas. No serás bienvenido.

Él sonrió con sarcasmo.

–Estoy impresionado, Vázquez. Me gustará ver hasta cuándo resistes.

Magda finalmente apartó la mirada de él y, dando media vuelta, caminó hacia la puerta con toda la dignidad que le permitieron unos zapatos, también de su madre, demasiado grandes. Solo cuando llegó al viejo y destartalado todoterreno de su padre y se sentó tras el volante, bajó la guardia y percibió el temblor que recorría su cuerpo.

Lo más espantoso era que Nic tenía razón y que

la tarea que se había propuesto estaba abocada al fracaso. Pero eso no impediría que lo intentara. Había tardado años en reconciliarse con su padre. De haberla llamado antes, ella habría acudido hacía años porque desde que tenía uso de razón, había querido trabajar en el viñedo.

Cuando recibió la sentida carta de su padre enfermo en la que manifestaba su arrepentimiento, Magda no había dudado ni un minuto en volver y salvar la tierra. La relación entre ellos nunca había sido fácil. Él nunca había ocultado que habría preferido un hijo, y que el lugar de una mujer estaba en la casa y no en el negocio de la viticultura. Pero en su lecho de muerte, la había compensado por toda una vida de desatención. Magda había rezado para llegar antes de que muriera, pero su padre había fallecido mientras ella volaba hacia Buenos Aires. El abogado de la familia la había recibido con la noticia, y ella había ido directamente al entierro.

Ni siquiera había tenido la oportunidad de ponerse en contacto con su madre, que estaba en un crucero con su cuarto marido, diez años más joven que ella.

Pero no se había sentido en ningún momento tan sola como en aquel instante, tras enfrentarse a la animosidad de Nicolás y a una tarea que, quisiera o no reconocerlo, era descomunal.

Según se contaba, los antepasados de Nic y de ella eran dos amigos españoles que habían emigrado juntos a Argentina y que, tras instalarse, habían decidido montar un viñedo. Pero en algún momento había surgido un problema entre ellos en el que una mujer tenía un papel primordial. Se hablaba de un romance truncado, de una amarga traición. Como venganza, el antepasado de Magda había jurado arruinar a los De Rojas, y para ello había fundado los Viñedos Vázquez en la propiedad colindante.

Sus vinos habían adquirido una inesperada fama en perjuicio de los De Rojas, con lo que la rivalidad había aumentado. La violencia entre las dos familias había estallado regularmente, y hasta un miembro de la familia De Rojas había sido asesinado, aunque nunca se había podido demostrar que el asesino fuera un Vázquez.

A lo largo de los años se habían dado distintos giros en la fortuna de un viñedo y otro, y cuando Magda nació, estaban a la par. La vieja hostilidad entre ambas familias había alcanzado una tregua, pero a pesar de la aparente calma, Magda había crecido sabiendo que, si tan siquiera dirigía su atención a los Viñedos De Rojas, sería castigada.

Al recordar el desprecio con el que Nic la había llamado «princesa» se ruborizó. Por aquellos tiempos, solo habían coincidido en actos sociales en los que los demás invitados se esforzaban en que las dos familias no coincidieran.

Su madre había aprovechado esas ocasiones para presentar a su hija a la última moda, forzando a Magda, de gustos sencillos y con afición a la lectura, a aparentar ser la hija interesada en la moda que ella habría querido tener. Su hermosa madre había querido una cómplice, no una hija.

Magda se había sentido tan incómoda en aquellas situaciones que había hecho lo posible por pasar desapercibida, al mismo tiempo que era consciente de la peligrosa atracción que Nicolás Cristóbal de Rojas ejercía sobre ella, seis años mayor que ella y de una arrogancia y virilidad innegables, incluso en plena adolescencia. La tensión y la distancia entre ambas familias solo había contribuido a hacerlo más fascinante y misterioso.

En cuanto cumplió doce años, su familia la envió a un internado inglés, del que únicamente volvía durante las vacaciones. Ella solo vivía para esos intervalos, y dejaba que su madre la paseara como a una muñequita solo por poder ver a Nic en los partidos de polo o en las fiestas a las que acudían ambas familias. A veces lo observaba desde la ventana de su dormitorio, inspeccionando los viñedos a caballo, y lo veía como un dios rubio, fuerte y poderoso.

Siempre que lo había visto en público, estaba rodeado de chicas. Al recordar a la rubia que lo acompañaba aquella noche, dedujo que nada había cambiado en ese aspecto…

Ocho años antes, la inestable paz que se había establecido estalló por los aires y Magda descubrió la verdadera intensidad del odio que había entre las dos familias. Que por unos días hubiera logrado que Nicolás cambiara la opinión que tenía de ella, dejó de tener importancia porque una vida de propaganda y de opiniones tergiversadas era más poderosa que una semana de intimidad alimentada por la lujuria.

Magda sacudió la cabeza y puso el motor en marcha con dedos temblorosos. Tenía la gasolina suficiente para llegar al pueblo de Villarosa, a unos veinte kilómetros de Mendoza. No dudaba de que Nic habría reservado una suite en el hotel, donde le acompañaría su rubia y esbelta amiga. En cambio ella solo tenía una casa en ruinas a la que volver, donde la compañía eléctrica había cortado el suministro por falta de pago, y en la que, tanto ella como los escasos y leales miembros que quedaban del servicio, dependían de un generador.

A la vez que aceleraba, Magda se imaginó a los antepasados de la familia De Rojas, riéndose de su patética situación.

Capítulo 2

NIC se quedó en trance mirando la delicada espalda de Magda mientras esta salía con un aire de dignidad propio de una reina.

No tenía sentido que se irritara porque él la llamara «princesa» cuando siempre lo había sido. De adolescente había pensado en ella como en una muñeca de porcelana y la palidez de su piel en dramático contraste con el cabello oscuro y los ojos verdes lo habían fascinado. En cierto momento, con una inocencia que todavía hacía que le hirviera la sangre, había llegado a creer que Magda se sentía incómoda en el ambiente privilegiado en el que se movía, y había intuido que bajo su apariencia frágil había alguien mucho más sólido.

Apretó los labios. Pronto había experimentado la solidez de aquella etérea belleza. Había estado a punto de conseguir que se cuestionara sus creencias, pero todo había sido una farsa.

Tenía la misma naturaleza seductora que su madre, una sensualidad primaria a la que ningún hombre podía resistirse. Había subyugado a su padre antes, y una generación más tarde, a él. Magda solo tenía diecisiete años entonces, y verla después de tantos años había reavivado el humillante recuerdo.

Una tarde fue a inspeccionar las viñas más próximas a la propiedad de los Vázquez. Estaba harto y frustrado con la constante melancolía de su madre, que todavía no había sido diagnosticada como una depresión; y con la cáustica y cruel violencia de su padre. Durante la cena, este, bebido, había estado protestando por el éxito de ventas de los Vázquez y había discutido con Nic, al que le irritaba que nunca aceptara sus ideas para mejorar los cultivos.

Algo le hizo alzar la cabeza y en lo alto de la loma que marcaba la linde entre ambas propiedades había visto a Magdalena Vázquez, a caballo, mirándolo fijamente. Su irritación se había transformado en una furia irracional por despertar su interés al tiempo que le recordaba la oscura rivalidad que había entre ellos y que él nunca había llegado a comprender.

La altanera imagen que presentaba sobre el caballo había espoleado a Nic a seguirla. Al verlo, ella había dado media vuelta y había puesto el caballo al galope.

Nic todavía podía sentir la sangre acelerándosele mientras la seguía. Nunca les habían dejado hablarse, pero él había observado la forma en que ella lo miraba antes de apartar la vista con timidez.

Cuando volvió a verla, con el cabello flotando al viento, cruzaba un prado como una flecha. Finalmente, en un manzanal que marcaba la frontera entre las dos haciendas, Nic había encontrado su caballo atado a un árbol y, un poco más atrás, en un claro entre los árboles, la vio a ella.

Hipnotizado por sus mejillas sonrosadas y por la mata de pelo que le caía sobre los hombros, Nic desmontó y caminó hacia ella, a la vez que su enfado se disolvía como la nieve sobre una piedra caliente. La naturaleza prohibida de aquel encuentro vibraba en el aire.

–¿Por qué me has seguido? –preguntó ella de pronto, con voz ronca.

–Puede que quisiera ver de cerca a la princesa Vázquez –dijo él irreflexivamente.

Ella palideció, le dirigió una mirada herida e hizo ademán de alejarse.

Nic alzó las manos, contrito.

–Espera. No sé por qué he dicho eso. Lo siento –tomó aire–. Te he seguido porque quería… y porque creía que tú también querías que te siguiese.

Ella se ruborizó y él, instintivamente, le acarició la mejilla. La suavidad de su piel y la nitidez con la que sus emociones se reflejaban en su rostro lo sacudieron con tanta fuerza que se quedó desconcertado.

Ella retrocedió mordiéndose el labio inferior con aspecto mortificado.

–No deberíamos estar aquí. Si alguien nos viera…

Nic vio que su pecho se alzaba, agitado. Llevaba pantalones de amazona que dejaban intuir unos muslos delgados y Nic tuvo que hacer un esfuerzo para controlarse e ignorar las oleadas de calor que lo asaltaban. Ella lo miró con un gesto desafiante que le confirmó que no era tan delicada como aparentaba.

–No soy una princesa. Me horroriza que me muestren como si fuera un maniquí. Pero es que a mi madre le gustaría que fuera como ella. Ni siquiera me dejan salir sola a montar.

La testosterona invadió el cuerpo de Nic, sonrió con tristeza.

–Yo en cambio me paso el día a caballo, trabajando en las viñas.

–Eso es lo que yo querría hacer. Pero cuando mi hermano murió, mi padre me encontró un día recogiendo la uva y me hizo entrar en casa, amenazándome con pegarme con el cinturón si volvía a hacerlo.

Nic sintió que se le hacía un nudo en el estómago. Él sabía bien lo que era tener un padre autoritario.

–Tu hermano murió hace unos años, ¿no? –preguntó.

Magda desvió la mirada y tragó saliva.

–Murió en un accidente mientras prensaban la uva. Solo tenía trece años.

–Lo siento –dijo Nic. Y preguntó–. ¿Estabais muy unidos?

Ella lo miró con desconfianza.

–Lo adoraba. Nuestro padre sufre… ataques de ira. Un día se enfadó conmigo, pero Álvaro se interpuso entre los dos. Entonces mi padre le dio una paliza. Solo tenía ocho años.

Tenía los ojos llenos de lágrimas. Nic había recibido también palizas y, sin poder contenerse, la abrazó con fuerza. La necesidad de consolar a alguien le era totalmente ajena, pero en aquel momento se sintió más unido a ella que si fuera de su propia sangre.

Magda se separó al cabo de unos segundos y con voz quebrada, dijo:

–Debo irme. Estarán buscándome.

Dio media vuelta y Nic la sujetó por el brazo. Ella se volvió.

–Espera… Ven a verme a este mismo sitio mañana –dijo él.

Nic temió que el mundo se parara y que ella le dedicara una risa despectiva. Pero Magda se ruborizó.

–Muy bien –dijo.

Se encontraron en aquel lugar secreto durante una semana, durante la que no existieron inhibiciones. Nic le contaba cosas que no había compartido con nadie. Cada día se sentía más fascinado con Magdalena Vázquez, con su etérea belleza que, tal y como fue descubriendo, ocultaba una primaria sensualidad que le despertaba un creciente deseo. Sin embargo, consiguió no tocarla. Hasta que la tensión sexual que había entre ellos los poseyó aquel último día. Cuando llegó, Magda lo estaba esperando. Sin decir una palabra, ella se cobijó en sus brazos y él la besó como si lo salvara de ahogarse. Nic le acarició el cabello, que era como seda líquida; sintió sus piernas temblorosas a medida que se echaban sobre la hierba, bajo la sombra de un árbol. Torpemente, Nic le desabrochó la blusa.

No era un joven inexperto, pero sintió que formaban un todo cuando ella lo miró con los ojos entrecerrados y las mejillas sonrosadas. Cuando le desabrochó el sujetador y le acarició los senos, estuvo a punto de perder el control.

El sabor de sus pechos y los gemidos que emitía al tiempo que mecía las caderas lo embriagaron... Por eso Nic no oyó nada hasta que notó los brazos de Magda tensarse.

Los dos alzaron la vista al mismo tiempo y vieron las siniestras figuras, mirándolos desde sus monturas. En la confusión, Nic se levantó y tapó a Magda, que se ocultó tras él. Entonces fueron separados violentamente y los empleados de sus respectivas familias los arrastraron a casa.

–¿Hola? ¿Nicolás?

Nic se sobresaltó y al mirar, vio a Estela observándolo con curiosidad. Llevaba dos copas de champán y le dio una.

–Toma, creo que lo necesitas –dijo. Nic se sentía vulnerable y expuesto, pero compuso una expresión neutra y bebió–. ¿Así que esa era una Vázquez? Parecíais enfadados.

–Es la última de la familia. Ha venido a recuperar el viñedo –dijo él, esforzándose por borrar las imágenes que su mente había invocado–. Pero ya me ocuparé yo de que me lo venda.

Irradiando tensión, se alejó de la mirada especulativa de Estela. No quería hablar de Magdalena. No estaba dispuesto a que su nombre volviera a ser motivo de rumores. Magdalena no era bienvenida, y cuanto antes lo supiera, mejor.

–¿Qué demonios pretende? –masculló Magda, mirando las dos caras de la invitación una vez más como si fuera a estallar.

El mensaje era sencillo:

Está cordialmente invitada a la cata de los mejores vinos de la renombrada Bodega De Rojas. Sábado 7 p.m. Villarosa, Mendoza. Traje etiqueta.

La invitación había llegado con el correo de la mañana. Hernán, el viticultor del rancho, era el empleado más antiguo y leal. Él y su mujer, María, el ama de llaves, habían elegido quedarse aunque Magda les había advertido que no sabía cuándo podría pagarles. Para Magda, que acababa de terminar un curso de Enología y Viticultura, pero no tenía ninguna experiencia, la ayuda de Hernán era invaluable.

–¿Sabes que si aceptas, serás la primera Vázquez invitada a su propiedad desde ni siquiera sé cuándo? –preguntó el anciano.

Magda asintió lentamente. No tenía ni idea de a qué estaba jugando Nicolás, pero no podía negar que sentía curiosidad por conocer la afamada propiedad.

Para su sorpresa, Hernán se encogió de hombros y dijo:

–Quizá debieras ir. Los tiempos han cambiado. Nicolás de Rojas es infinitamente más inteligente que sus antecesores, y eso también lo hace más peligroso.

Magda se quedó mirando la tarjeta, pensativa. Habían pasado dos semanas desde su desagradable encuentro con Nicolás, y todavía temblaba al recordarlo.

Revisando los papeles de su padre, había descubierto las cartas con las que Nicolás lo había bombardeado para convencerlo, a veces afectuoso y otras amenazante, para que vendiera. La última, el día del fallecimiento de su padre.

Por más que hubiera querido hacer pedazos la invitación, también era consciente de que no le convenía aislarse, y que debía averiguar qué tramaba.

La fiesta tendría lugar al día siguiente. Guardó la cartulina en el cajón y recolocándose el sombrero de gaucho que llevaba puesto, dijo:

–Me lo pensaré. Entretanto debemos ir a inspeccionar los viñedos del este. Son los únicos que pueden dar cosecha este año.

Hernán asintió y fueron hacia el todoterreno.

Magda combatía continuamente el pánico de saber que se había propuesto una tarea monumental con la sola ayuda de Hernán y de los amigos que se ofrecieran a colaborar. Su padre había abandonado el cuidado de las viñas en los últimos años y no había hecho nada por modernizar los modos de producción. Las viñas del este eran las únicas que habían sobrevivido a su negligencia. Daban uva de *sauvignon* con la que se hacía el vino blanco que había hecho famosa a la Bodega Vázquez. Si lograban cosecharlas y alcanzar la calidad adecuada, podrían conseguir inversores para producir vino… y al menos pagar las facturas.

Nic esperaba en tensión en el patio central de su hacienda sin apartar la mirada de la entrada principal por la que entraba una corriente continua de invitados que acudían a la cata. Cientos de velas titilaban en enormes farolas, y los camareros circulaban ofreciendo canapés y vino. Pero Nic solo estaba pendiente de ver a Magda… a la vez que se decía que solo era porque quería que se fuera.

Pero su estómago no le mentía, y Nic sabía que esa no era la única razón. Desde hacía ocho años quería destrozarla, humillarla como ella lo había humillado. Magda lo había cautivado para que bajara la guardia y él, estúpidamente, había confiado en ella. Sus palabras resonaban en su cabeza: «Estaba aburrida, ¿vale? Quería seducirte porque representabas lo prohibido. Y lo he pasado muy bien».

Una voz gangosa sonó a su derecha.

–Es cuestión de semanas que puedas quedarte con la propiedad Vázquez.

Nic apartó la mirada de la entrada por un segundo y miró a su abogado, el señor Fierro, que había sido un buen amigo de sus padres; sobre todo de su madre. Era un hombre robusto y bajo, de ojos mezquinos y calculadores. Nic nunca le había tenido aprecio, pero no se había animado a despedirlo.

Un movimiento en la entrada captó su atención. Al mirar, vio que entraba Magdalena, y la reacción automática de su cuerpo, en tensión, así como la imperiosa necesidad de verla de cerca, le resultó casi risible. Ninguna otra mujer le había hecho sentir lo mismo. Desde donde estaba, le pareció aún más hermosa que hacía dos semanas. Llevaba el cabello recogido y un vestido largo azul oscuro, sin mangas, que dejaba a la vista sus delicadas clavículas y los hombros y brazos bien torneados. Aun así, había algo que no llegaba a encajar, al igual que con el otro vestido, y que Nic no podía concretar; pero daba la sensación de que los vestidos no fueran suyos.

–¿Quién es esa? Me resulta familiar.

–Esa –dijo Nic, irritado, sin mirar a su abogado– es Magdalena Vázquez –y fue hacia ella.

Las mejillas de Magda se colorearon y sus ojos, bajo los que se veían signos de fatiga, se fijaron en él con expresión expectante. Nic sintió una opresión en el pecho, pero no estaba dispuesto a dejarse engañar de nuevo por su fingida inocencia.

Aun así, su cuerpo tenía vida propia y no pudo evitar un instantáneo y violento golpe de deseo.

–Bienvenida a mi casa.

Magda intentó disimular hasta qué punto le afectaba la visión de Nic aproximándose, y tuvo que reprimir un comentario sarcástico al oírle referirse a lo que era un palacio como «su casa». En el pasado, también la de ella había sido grandiosa, pero en aquel momento era una ruina.

No confiaba en la aparente amabilidad de Nic, que su expresión helada desmentía. Fracasando en su intento de mostrarse indiferente, preguntó:

–¿Por qué me has invitado?

–¿Por qué has venido? –preguntó él al instante.

En aquel momento, Magda se dio cuenta de que las supuestas razones de su ida resultaban meras excusas. Debía haber roto la invitación y haberla olvidado. Pero no lo hizo.

–Para decirte que sigo en pie –declaró, cuadrándose de hombros.

Nicolás ladeó la cabeza levemente y tras hacer un gesto imperceptible, un hombre apareció a su lado.

–Magdalena, este es Gerardo, el encargado. Él te enseñará la casa. Ahora tengo que saludar a los demás invitados.

En cuanto se separó de ella, Magda se sintió inexplicablemente abandonada, y, maldiciéndose por su vulnerabilidad, se volvió hacia Gerardo.

Para cuando acabó el recorrido de la casa con este, que había demostrado ser un guía encantador, Magda sentía que le daba vueltas la cabeza. La opulencia de la propiedad era espectacular, pero, por otro lado, la casa estaba decorada con una sencillez y una comodidad que la convertían en un verdadero hogar, lo que la había impresionado aún más. Su casa siempre había sido más como un frío museo lleno de antigüedades, de las que ya no quedaba ni una.

Cuando volvieron al patio central en el que ya había numerosos invitados, Gerardo se disculpó cortésmente:

–Ha sido un placer, señorita Vázquez. La dejo en manos de Eduardo, nuestro enólogo, que le dará a probar nuestros mejores vinos.

Igualmente amable, Eduardo la escoltó a la mesa de catas.

Cuando Magda vio asomar la cabeza de Nic entre los invitados, mirándola con frío sarcasmo, comprendió el motivo de que hubiera querido mostrarle su propiedad. Desviando la mirada, se concentró en Eduardo, que le dio una explicación detallada de los distintos vinos. Al cabo de un rato, aprovechando que alguien se acercaba a él con una consulta, se alejó en dirección contraria al lugar donde Nicolás entretenía a unos invitados. Odiaba ser consciente a cada instante de su presencia, como si los uniera un hilo invisible, el mismo hilo que recordaba haber sentido desde que tenía uso de razón.

Entró en una sala tenuemente iluminada, con cómodos sofás y muebles delicados, que daba acceso a un porche desde el que se accedía a un jardín rodeado por una valla. En el aire flotaba la melodía de un grupo de jazz.

Magda se acercó a la valla y contempló las magníficas hileras de viñas que se perdían en el horizonte, y pensó que eso era lo que ella quería lograr en Vázquez: devolverlo a los tiempos en que los viñedos estaban cargados de uva madura.

Oyó un ruido a su espalda y, al volverse, vio a Nic en la puerta. Era tan guapo que, por un momento, todo lo demás se desdibujó.

Haciendo un esfuerzo sobrehumano, Magda sonrió.

—¿Pensabas que enseñándome el éxito que has logrado me iría a tomar el primer vuelo con el rabo entre las piernas? –preguntó.

Él se acercó en silencio. Magda habría querido retroceder, pero la valla se lo impedía.

—Debes de encontrar esto muy aburrido después de Londres y de las pistas de esquí de Gstaad. ¿No te estás perdiendo la temporada?

Magda se puso roja, pero sonrió aún más para contrarrestar el vergonzoso recuerdo.

—No sabía que leyeras revistas del corazón, Nic.

Magda seguía recriminándose no haber sospechado de la inesperada llamada de su madre ofreciéndose a pagarle un viaje cuando poco tiempo antes se había negado a ayudarla con su proyecto. En cuanto llegó a Gstaad, se dio cuenta de que la había requerido para que la ayudara a dar la imagen de una buena madre que necesitaba proyectar para seducir a su presente marido, un divorciado pero devoto padre. Magda se había sentida demasiado herida como para discutir con su madre cuando esta le había hecho posar para una revista, como si fueran las mejores amigas.

–Coincidió con un viaje que hice a Europa. Una azafata me dio la revista equivocada, pero al verte en la portada no pude resistirme a leer lo bien que tú y tu madre os llevabais y lo unidas que estabais desde la dolorosa ruptura con tu padre –explicó Nic.

Magda sintió que se le revolvía el estómago. También ella había leído el artículo y le había costado aceptar que estaba tan necesitada de afecto como para dejarse manipular tan abiertamente por su madre. Intentó arrinconar aquel doloroso recuerdo y dijo:

–Has perdido el tiempo, Nic. Lo que he visto hoy solo me ha ayudado en mi determinación de alcanzar el éxito.

Que Nicolás tuviera una opinión tan deplorable de ella le provocaba una indignación motivadora.

–Llevo dos semanas en una casa sin electricidad –continuó–, y ya ves que no he salido huyendo. Ahora, si no te importa, debo irme. Tengo que madrugar.

Se levantó el vestido para marcharse, pero al girar, se le salió un zapato y perdió el equilibrio. Nicolás la sujetó con firmeza. Como siempre que la tocaba, Magda sintió una sacudida eléctrica.

Él la obligó a girarse y, mirándola con expresión consternada, preguntó:

–¿Qué quieres decir con que no tienes electricidad?

A pesar de su considerable altura, que a menudo la había avergonzado, al lado de Nic se sentía menuda, vulnerable.

–Desde que le cortaron la corriente a mi padre por falta de pago, usamos un generador.

Nicolás sacudió la cabeza.

–No sabía que las cosas estuvieran tan mal.

Magda intentó soltarse, pero él la retuvo.

–¡Cómo ibas a saberlo si estabas demasiado ocupado firmando cartas para arrebatar sus únicas posesiones a un moribundo! ¿Sabes que la última llegó el día de su muerte?

Nicolás la miró desconcertado.

–¿De qué estás hablando? Yo no he firmado ninguna carta. La correspondencia entre tu familia y la mía terminó cuando murió mi padre.

–Puedes mentir cuanto quieras, De Rojas. Esta tarde ha sido un error. Viniendo, he traicionado a mi familia, pero no volverá a pasar.

Nicolás la soltó y Magda se sintió ridículamente perdida y desorientada. Su enfado se diluyó al ver una llamarada profunda y primaria en los ojos de Nicolás.

–Pero has venido –dijo él con voz grave–, y hay algo entre nosotros que no puedes negar... Lo hubo en el pasado, y todavía sigue ahí.

Magda se sintió aún más perdida. Sus palabras le hicieron retrotraerse al momento en que él se había plantado ante ella y le había dicho: «No eres más que una encantadora de serpientes. Solo sentía curiosidad por comprobar cómo sabía una princesa Vázquez, y ahora ya lo sé: a veneno».

La amargura y la ira de aquel instante, ocho años atrás, eclipsó cualquier otra emoción. El impacto había sido tan fuerte que Magda no había tenido ninguna otra relación por temor a ser herida.

Tenía que marcharse antes de que Nic supiera

hasta qué punto la turbaba. Cuadrándose de hombros, lo miró fijamente.

–Te seduje en una ocasión, De Rojas. ¿De verdad habías pensado que esta tarde me animaría a intentarlo de nuevo? ¿Ocho años no han bastado para sanar tu maltrecho ego?

Nic se irguió y Magda pudo percibir que palidecía bajo su piel tostada.

–Eres una zorra.

Capítulo 3

MAGDA no sabía cómo había reunido el valor de decir aquellas palabras cuando no había superado ni mucho menos lo ocurrido hacía ocho años. Ignorando el zumbido que sentía en los oídos, añadió:

—No te preocupes, no volverás a verme. He venido para ver qué tramabas. Me has subestimado.

Dio media vuelta, pero tropezó y estuvo a punto de caerse. Al instante, un fuerte brazo le rodeó el torso justo debajo de los senos y ella sintió la adrenalina bombeándole la sangre. Intentó soltarse, pero Nicolás la sujetó con mano de hierro. Cuando fue a gritar, él le tapó la boca con la mano y ella tuvo un ataque de pánico, no por miedo a Nicolás, sino a las sensaciones que despertaba en su cuerpo. Era solo cuestión de segundos que mostrara su debilidad.

Nicolás le hizo girar para mirarla de frente. Magdalena se sintió una marioneta en sus manos, y, presa del terror, se dio cuenta de que por encima de cualquier otra cosa, estaba excitada.

—Suéltame —dijo entre dientes. El pasado se mezclaba con el presente y la dejaba inerme.

Nicolás le dedicó una sonrisa de depredador.

—Si yo te he subestimado, tú a mí mucho más. Tenemos un asunto pendiente y, aunque parezca mentira, no tiene nada que ver con los negocios.

Antes de que Magda pudiera reaccionar, él la estrechó contra su cuerpo y se inclinó para besarla. Desesperada, Magda intentó aferrarse a la realidad y no dejarse invadir por un calor que la inmovilizaba, pero sus esfuerzos fueron en vano.

Estar en brazos de Nicolás era como sentir el calor del sol tras un prolongado y frío invierno. Resultaba imposible resistirse a aquella sensación de bienestar por más que su pensamiento racional le ordenara hacerlo.

Como si sintiera el conflicto en el que se debatía, Nicolás la tomó por la nuca y se la acarició, ladeándole la cabeza para profundizar el beso. Su lengua entreabrió la barrera de sus labios, diluyendo su resistencia. Aun siendo consciente de que debía usar las manos para empujarlo, Magda se limitó a colocarlas en su pecho, sin ejercer ninguna presión. Él dejó escapar un gemido y, envalentonándose, penetró con la lengua en su boca. Bastó aquel íntimo contacto para que Magda dejara de resistirse y se apretara contra él, dejando que sus pechos se aplastaran contra su sólido torso. Podía sentir la firmeza de su erección contra el vientre, y al instante se le humedeció la entrepierna.

El mundo se convirtió en un espacio de sensaciones y desesperado anhelo. Hasta que una brisa fresca la sacudió y abrió los ojos como si volviera de un prolongado trance. Nic la miraba con frialdad. Magda se sentía como de gelatina; tenía los labios hinchados y el cabello, despeinado, le acariciaba los hombros.

–Eres… –dijo sin conseguir dar forma a sus pensamientos.

En un tono tan crudo que acabó sacándola de su ensoñación, Nic dijo:

–¿Qué quieres decir? ¿Quieres que me crea que la pasión te deja sin palabras?

La amargura que reflejaba su rostro dejó a Magdalena desconcertada, y por unos segundos olvidó su sentimiento de humillación.

–Recuerda que ya has usado conmigo ese truco, y no volverás a engañarme –continuó él–. Aun así, no puedes negar que me deseas tanto o más que cuando te tuve en mis brazos, temblorosa, hace ocho años. Puede que me sedujeras por aburrimiento, pero tu reacción no tuvo nada de aburrida. Nunca has sido capaz de enfrentarte a la realidad.

La arrogancia de sus palabras despertó finalmente a Magda que, con un movimiento brusco, se libró de su abrazo y vio que su rostro se ensombrecía.

–No me interesan tus hipótesis o lo que pienses del pasado. Esto… –dijo, indicando con un ademán lo que acababa de suceder– solo demuestra que existe química entre nosotros, y eso es algo completamente arbitrario.

Nic sonrió.

–Si no hubiera parado, podría haberte poseído aquí mismo. He tenido que taparte la boca para acallar tus gritos de placer.

Magda alzó la mano para abofetearlo, pero él la sujetó por la muñeca con expresión despectiva.

–Solo pretendía demostrar que el deseo que sientes por mí es tan poderoso como hace ocho años, aunque entonces dijeras que te repugnaba. Esta noche yo también te he puesto a prueba. Hoy tengo la cama libre. Si quieres, podemos entregarnos a esta «arbitraria química» hasta que entres en razón y me vendas tus tierras.

Magda se soltó y tuvo que dominar el impulso de intentar abofetearlo de nuevo. La versión de Nic de lo que había pasado aquella fatídica noche, era muy distinta a la de ella. Era cierto que para ella lo que había sucedido era abominable, pero por razones muy distintas de las que él creía.

Y no podía decírselo por más que lo odiara, porque si lo hacía le confirmaría que aquella tarde lo había significado todo para ella, que no lo había seducido para divertirse. No podía decirle la verdad porque mentir era su única defensa contra él.

Se irguió con gesto digno.

–Pareces olvidar que tu cama estaba ocupada hace apenas dos semanas. Gracias, pero no acepto la invitación.

Dio media vuelta y se fue.

Contra lo que esperaba, Nic no la detuvo. Solo se dio cuenta de que se había quitado los zapatos al llegar a la entrada principal. Subió al todoterreno en cuanto lo acercó el guardacoches y, cuando las luces de la hacienda se fueron alejando y empequeñeciendo en el espejo retrovisor, pudo, finalmente, respirar.

Había sido una idiota al pensar que Nicolás de Rojas no le recordaría el pasado. Era un hombre muy viril y orgulloso. Sabía que había herido su ego y… Magda se estremeció al recordar la expresión de su rostro aquel día.

Había querido creer que la semana que había transcurrido previa al terrible desenlace se habría nublado en su memoria, que los años rodeado de mujeres hermosas le habrían hecho olvidar sus inocentes encantos.

La forma en que la había besado combinada con el recuerdo de aquellos días la hicieron temblar de tal manera que tuvo que detenerse en el arcén. Apoyó la frente en el volante e intentó vaciar su mente de recuerdos, pero era imposible.

Aquel día había logrado escabullirse y salir a montar. Siempre confiaba en ver a Nic, y encontrarlo a apenas unos metros la había dejado de piedra. La intensidad de su mirada la había asustado, moviéndola a poner el caballo al galope sin saber hacia dónde. Recordaba haber girado la cabeza y ver que la seguía y cómo su ansiedad había alcanzado un nivel casi angustioso. La fricción de la montura entre las piernas había estado a punto de hacerle gritar; tal era su estado de hipersensibilidad. Para cuando llegó al manzanal estaba en tensión, como la cuerda de un arco.

Aquel manzanal era uno de sus lugares favoritos. Nic había llegado y su masculina proximidad la había paralizado. Él la había tocado con delicadeza. Y había hablado con el corazón. Tras años de sentirse aislada, Magda se sintió más cómoda con él que con ninguna otra persona, a pesar de que, en teoría, era el hijo del enemigo de su familia.

El primer día, cuando iba a irse, había sentido que el corazón le pesaba como si fuera de plomo. Hasta que Nic había sugerido encontrarse allí al día siguiente. Y al otro.

La semana había adquirido una naturaleza irreal, de ensueño. Aquellos instantes secretos bajo las ramas de los manzanos eran la única realidad que Magda valoraba. Nic la consumía y poblaba sus sueños de carnalidad. Para el final de la semana, lo deseaba tanto que estuvo a punto de echarse en sus brazos en más de una ocasión.

Finalmente, él la había besado y acariciado. Incluso tantos años después, Magdalena se ruborizaba al recordar cómo se había retorcido en sus manos, anhelando que pasara algo más a lo que ni siquiera podía ponerle nombre.

Y entonces se había producido el cataclismo.

Los sirvientes de sus respectivas familias los habían separado. Era evidente que su ausencia no había pasado desapercibida. Nic la había protegido y ella se había abotonado precipitadamente la blusa mientras los hombres gritaban. Y luego, estos los habían llevado a sus respectivas casas. Magda recordaba haber lanzado una mirada hacia Nic, al que obligaban a subir a su caballo, mientras él protestaba y los insultaba. Ella había llorado al ver que uno de los hombres lo golpeaba; pero para entonces, también a ella la habían subido al caballo y la llevaban en dirección contraria.

Cuando llegó a casa, su madre la esperaba pálida y furiosa.

–¿Es verdad que estabas con Nicolás de Rojas?

Por primera vez en su vida, Magda había sentido el fuego de la rebeldía.

–Sí –dijo, alzando la barbilla.

No había estado preparada para que su madre la

abofeteara. Alzando la mano hacia su caliente mejilla, miró espantada a la mujer que solo la tocaba en público para fingir una ternura entre ellas que no existía en la intimidad. A continuación, su madre había estallado en un llanto histérico, y Magdalena la había acompañado instintivamente al interior, donde le había dado una copa de brandy. Finalmente, su madre la había mirado con una calma temblorosa y, atónita, Magda le había preguntado:

–¿Tan malo es que estuviera con Nicolás? Nos… gustamos.

Su madre le había hecho sentarse a su lado.

–No puedes volver a verlo, Magda. Te lo prohíbo. Piensa en tu padre.

Magda se había levantado, alterada.

–¡No podéis impedir que nos veamos! ¡A nosotros no nos concierne esa estúpida pelea familiar! –exclamó.

Su madre se puso a su vez en pie.

–Magdalena, no puedes desobedecerme.

Algo estalló en el interior de Magda, que llevaba años viviendo con la frustración de un padre volátil, que no había superado la muerte de su hijo, y con el egoísta ensimismamiento de su madre.

–¡No puedes impedir que siga viendo a Nicolás! –gritó.

Se produjo un silencio sepulcral en el que su madre pareció a punto de desmayarse. Sus manos temblaban tan violentamente que Magda le quitó la copa.

–Madre, tu dramatismo no me afecta. Puede que sirva con papá, pero…

–Te voy a explicar por qué no puedes volver a verlo.

Algo en el tono de solemnidad con el que su madre dijo aquellas palabras la hizo enmudecer.

–¿A qué te refieres?

Y cuando su madre habló su mundo se hizo añicos.

–Desde pequeña, estuve enamorada de Sebastián de Rojas –dijo su madre, angustiada–. Como no era de aquí, no tenía ni idea de la enemistad que había entre las dos familias…

–¿Qué tiene que ver con nosotros que estuvieras enamorada del padre de Nicolás? –preguntó Magda con aspereza.

Su madre se sentó, retorciéndose las manos sobre el regazo y esquivando su mirada.

–Yo quería casarme con él, pero su familia le obligó a casarse con la candidata que habían elegido ellos… Pronto nació Nicolás –se le quebró la voz antes de continuar–. Entonces conocí a tu padre. Y en parte me casé con él para estar cerca de Sebastián. Cuando volvimos a vernos nos hicimos amantes –hizo una pausa y sus labios se fruncieron en un gesto de amargura–. Yo sabía que le gustaba acostarse con la mujer de su enemigo, pero que no pondría en riesgo su reputación.

Magda oía la voz de su madre como si estuviera muy lejos.

–Se fue a un viaje por Europa y cuando volvió, yo estaba embarazada de tu hermano, Álvaro. Desde entonces, dejamos de vernos.

La madre de Magda había empezado a llorar, pero esta no sentía ninguna compasión por ella. Le parecía inaudito que se hubiera casado con un hombre al que no amaba para conseguir sus fines.

–Sigo sin entender qué tiene que ver eso con Nicolás y conmigo –Magda fue a marcharse, pero se detuvo al oír que su madre se levantaba.

–Pues tiene que ver mucho con que no podáis veros –dijo. Tras una pausa, continuó–: Sebastián y yo nos vimos en un par de ocasiones. Tras una de ellas, me quedé embarazada... de ti –se puso roja hasta la raíz del cabello–. Pero en aquellos días también me acosté con tu padre. El caso es que no estoy segura de que Sebastián no sea tu padre.

Magda la miró en silencio. Las palabras habían chocado contra una muralla invisible y no estaba segura de haber entendido correctamente. Su madre pareció notarlo.

–No puedes ver a Nicolás de Rojas porque podría ser tu hermanastro –dijo brutalmente.

La copa se le cayó de la mano, pero Magda siguió sin reaccionar, hasta que el rugido de ira que oyó a su espalda la sacudió. Su padre estaba en la puerta, tan furioso que parecía a punto de que le diera una apoplejía. Tenía los ojos desorbitados.

–¡Lo sabía! –gritó–. Siempre supe que había algo entre vosotros. ¿También Álvaro era hijo de ese bastardo?

El recuerdo de lo que siguió era una nebulosa para Magda. Hubo muchos gritos y lloros, y su padre la llevó a su dormitorio y la encerró. Al día siguiente, tras una noche en vela, ella había escapado por la ventana y había tomado un caballo. Instintivamente, se había dirigido al manzanal y había desmontado sin darse cuenta de que no estaba sola. Nic salió de detrás de unos árboles con expresión tensa.

Magda sintió un nudo en el estómago. Lo que hasta el día anterior había sido un sentimiento puro y libre, se había enturbiado y teñido de suciedad.

–¿Qué haces aquí?

–Quería saber si volverías –dijo Nic con una sonrisa crispada.

Con el corazón pesado por lo que sabía, ella masculló:

–He venido a estar sola. No quería verte –al ver la cara de dolor de Nic y para evitar que hablara, añadió precipitadamente–: Márchate. Ya.

Él se acercó y la tomó por los brazos.

–No me creo que vayas a dejar que te intimiden.

Magda se sacudió sus manos de encima. Sentía la histeria ascender por su garganta mezclada con bilis.

–¡Quítame las manos de encima! ¡No soporto que me toques! –se alejó de él unos pasos y se agachó para vomitar. Al incorporarse temblaba violentamente. Nic la miraba, pálido–. Vete. No quiero volver a verte.

–Ayer no tuve esa impresión.

–Eso fue ayer –dijo ella, sintiendo náuseas de nuevo.

Nicolás no se movía y ella sintió una creciente desesperación. No podía mirarlo sabiendo lo que sentía por él y que fuera pecado. Sintió un calambre en el estómago y dijo lo primero que se le pasó por la cabeza:

–Estaba aburrida, ¿vale? Quería seducirte porque representabas lo prohibido. Y lo he pasado muy bien.

Magda levantó la cabeza del volante del todoterreno. Los faros de un coche que pasó en sentido contrario la cegaron por un instante. Sentía la cabeza pesada por la acumulación de recuerdos. Se obligó a apartarlos de su mente. No quería recordar la siguiente escena, cuando Nic adoptó una frialdad glacial y le dijo que sabía a veneno. Se había acercado a ella con gesto amenazador y había dicho:

—Solía pensar que la enemistad entre nuestras familias era irrelevante. Pero ahora sé que estaba equivocado.

Después, se fue, y Magda se dejó caer al suelo y lloró hasta quedarse dormida, exhausta.

Al volver a casa había encontrado sus maletas hechas y a su padre esperándola con su madre junto al coche. Las había llevado al aeropuerto en un sepulcral silencio, y al dejarlas había dicho:

—Ya no sois ni mi esposa ni mi hija.

Magda y su madre habían volado a Buenos Aires. Cuando llegaron a casa de su tía, en las afueras de la ciudad, Magda le había dicho a su madre:

—Creo que lo menos que me merezco es saber quién es mi verdadero padre.

Su madre había accedido a regañadientes, pero una de las condiciones para conseguir una prueba de ADN de su futuro exmarido fue que su madre tuviera que renunciar a un generoso acuerdo de divorcio, algo por lo que nunca la había perdonado.

Un mes después, Magda tenía los resultados y descubría que no tenía ningún vínculo de sangre con Nicolás de Rojas. Descubrirlo no le produjo ningún consuelo, pues sabía que se llevaría las sórdidas revelaciones de su madre a la tumba; y más después de que Nicolás le hubiera dejado claro que solo lo movía el deseo. Cada vez que pensaba en cómo se había dejado engañar creyendo que compartía con ella lo más auténtico de su ser, cuando en realidad solo la estaba manipulando, todavía sentía una mortificadora vergüenza.

Magda puso el todoterreno en marcha y reanudó la vuelta a casa. Había escrito a su padre contándole los resultados de la prueba, pero él, como si ella tuviera que purgar los pecados de su madre, no la había perdonado. Hasta que, en su lecho de muerte, la había hecho llamar. Magda había tenido que prometerle que olvidaría a Nicolás de Rojas y que se centraría en salvar las Bodegas Vázquez.

–Anoche te dejaste esto, Cenicienta.

Magda se tensó al oír la familiar voz y alzó la mirada desde la viña que estaba inspeccionando. Había dormido tan mal y había tenido tantas pesadillas que por un momento pensó que aquella era una más. Pero cuando ni los zapatos ni la figura desaparecieron, dedujo que era real.

Se puso en pie y tomó los zapatos.

–No deberías haberte molestado.

Se sentía polvorienta. Llevaba unos vaqueros gastados, una camiseta y botas de montar. Afortunadamente, el sombrero de gaucho la protegía del sol y de los ojos azules de Nicolás.

–Me intriga saber por qué llevas vestidos y zapatos de una talla más grande que la tuya.

Magda lo miró desafiante, aunque ni siquiera le sorprendió que supiera qué número de zapatos calzaba. Sin pensárselo, masculló:

–Son de mi madre.

Él enarcó una ceja.

–¿Han perdido tu equipaje?

Magda se alejó de él para librarse del magnetismo de su mirada.

–Sí, las veinticuatro maletas de diseño que poseo –dijo con sarcasmo. Entonces se dio cuenta de que Nicolás estaba comprobando en persona el patético estado de su cosecha. Volviéndose airada, le espetó–: ¿Cómo has entrado? Esto es propiedad privada.

Él chasqueó la lengua y se cruzó de brazos.

–¡Qué falta de amabilidad! Y eso que yo hice un esfuerzo sobrehumano para mostrarme cortés anoche… Estamos haciendo historia, Magda: es la primera vez que un miembro de nuestras familias entra en la propiedad de la del otro –declaró, y añadió con gesto amargo–: Aparte del sórdido affaire entre tu madre y mi padre, claro; y nuestro… insatisfactorio desliz.

Magda sintió náuseas y esquivó su mirada.

–De eso hace mucho tiempo –dijo, alzando la mirada, desafiante.

Pero el rostro de Nic se había ensombrecido y Magda sintió un escalofrío.

–Eres un enigma, Magdalena Vázquez. Me cuesta imaginarte como una chica estudiosa.

Magda se quedó muda hasta que recordó la conversación que había tenido con Eduardo.

–¿Exiges a tus empleados que te resuman sus conversaciones? –preguntó con amargura–. ¿O tienes micrófonos en la casa?

Nicolás la miró con incredulidad.

–¿De verdad quieres que crea que has hecho un curso de Enología y Viticultura en medio de tu frenética vida social?

Enfurecida, Magda lo miró con ojos centelleantes.

–Tu frenética vida social no impidió que fueras el más joven Maestro de Vinos del mundo.

Los ojos de él brillaron en respuesta.

–Así que ¿me has seguido la pista, Magda?

Ella se ruborizó y miró en otra dirección, antes de que el orgullo la obligara a mirarlo de nuevo. No se dejaría amedrentar.

–Es verdad. Me gradué el año pasado con notas excelentes. Puedes consultar los informes de la Universidad de Burdeos si no me crees.

–¿Quién te sufragó los estudios? ¿Un amante generoso? ¿O conseguiste las buenas notas usando tus dotes de seducción?

Capítulo 4

MAGDA tembló de rabia.

–Así es, Nic. Seduje a mis profesores. Así de buena soy en la cama y así de corruptos son ellos.

Nic enrojeció. Nunca era tan desagradable con las mujeres, pero Magda sacaba lo peor de él. Que se hubiera graduado en la Universidad de Burdeos hacía que se cuestionara la opinión que tenía de ella.

–¿Fue a lo que dedicaste tu dinero? –preguntó, incómodo.

Magda pareció no querer contestar, pero finalmente, dijo:

–El dueño de un viñedo en el que estaba trabajando, me pagó los estudios –tras una pausa, alzó la barbilla y añadió–: Y antes de que lo preguntes, no me acosté con él, sino que dirigía un programa de becas en colaboración con la universidad para la formación de sus empleados.

–¡Qué suerte tuviste! –dijo él, tan distraído por lo que veía que apenas escuchaba.

El pecho de Magda se pegaba a la camiseta con su agitada respiración; la camiseta se le había subido, dejando ver un poco de su vientre, y varios mechones se escapaban de una floja trenza en la que se recogía el cabello y se le pegaban a las sudorosas mejillas. Nunca había visto a una mujer tan hermosa.

Sintió una punzada de dolor en el pecho al recordar cómo un beso había bastado para que ella le entregara su voluntad y él perdiera la suya. Había tenido que hacer un esfuerzo sobrehumano para no echársela al hombro y llevarla a su dormitorio como si fuera un hombre de las cavernas.

Y aunque le había causado una placentera satisfacción comprobar que Magda lo deseaba, no había llegado a ser plena, pues solo había servido para que supiera que quería más, que quería llegar a conocerla íntimamente y terminar lo que había empezado ocho años atrás.

Magda no comprendía por qué la miraba con aquella expresión asesina. Pero aún le gustaba menos que pareciera tan cómodo en su territorio. Se cruzó de brazos.

–Quiero que te vayas ahora mismo. No eres bienvenido.

Él la miró con los ojos entrecerrados, como si acabara de recordar algo.

–Enséñame las cartas que dices que yo firmé –replicó bruscamente.

Magda se quedó desconcertada, pero se dio cuenta de que no tenía nada que perder si con ello conseguía que Nic se fuera.

–Muy bien –dijo–. Están en casa.

Caminó hacia el exterior de las viñas, y él la siguió. Magda observó que Hernán la seguía con la mirada, y le hizo una señal para indicarle que todo iba bien. Llegaron hasta el impecable todoterreno de Nic, que había aparcado al lado del suyo. Él abrió la puerta del acompañante y, tras unos segundos de titubeo, Magda se quitó el sombrero y subió.

Mientras maniobraba, Nic comentó:

–Tu todoterreno está hecho un asco. Puede ser una trampa mortal.

–Supongo que te alegra –dijo ella.

–Quiero que te vayas, no que te mueras, Magda –dijo él, mirándola con severidad. Tras cambiar de marcha, preguntó–: ¿Cuánto tiempo pasaste en Francia?

Magda dudó en contestar porque no quería darle información personal.

–Fui allí con veintiún años, después de pasar un año en Inglaterra.

Nic hizo una mueca de desagrado.

–Debió de ser entonces cuando te vi en el club.

Magda se estremeció al recordar la mirada de desprecio que le había dirigido Nic antes de dar media vuelta y marcharse, seguido por un enjambre de bellezas. Ansiaba decirle que solo estaba allí porque se había encontrado con unos amigos que habían insistido en que les acompañara a celebrar el cumpleaños de uno de ellos. Incluso le habían tenido que dejar la ropa, y por eso llevaba un vestido de lamé, tan ceñido que dejaba poco espacio a la imaginación.

Pero en lugar de justificarse, se limitó a decir:

–Sí –y miró por la ventanilla. Nic la miró de soslayo y tuvo la intuición de que se guardaba algo.

Era evidente que debía de haberlo pasado en grande

en Londres antes de ir a Francia a trabajar en el viñedo, en una decisión que quizá había tomado al quedarse sin dinero.

Nic empezaba a pensar que tal vez había subestimado su ambición; y recordó la melancolía con la que le había dicho en el pasado que siempre había querido trabajar en la bodega. Igual que el resto de lo que le había dicho entonces, lo había considerado parte de la farsa, pero si había estudiado Enología y Viticultura, debía de estar más comprometida con el proyecto de lo que él había calculado.

Llegaron a la casa, que aunque estaba casi en ruinas, conservaba parte de su antiguo esplendor. Comprobar el grado en el que sus fortunas habían recorrido un camino opuesto le produjo menos satisfacción de lo que habría esperado.

Magda bajó y él la siguió al interior.

—María, ¿puedes traernos café, por favor?

María se marchó con diligencia, como si esa fuera su actividad habitual, y Magda le dio las gracias mentalmente por contribuir a que Nic creyera que mantenían cierto grado de normalidad.

Al llegar al estudio de su padre, fue directa al escritorio y le pasó las cartas en silencio. María entró con el café y, mientras Magda lo servía, Nic las estudió. Ella esperó a ver cómo reaccionaba y aunque inicialmente las observó con indiferencia, se le dilataron las aletas de la nariz y su rostro fue adquiriendo un gesto de ira. Finalmente, miró a Magda y dijo:

—Esta no es mi firma.

Ella frunció el ceño.

—Tu nombre aparece debajo.

–Lo sé –dijo él con gravedad–. Pero no es mi firma –añadió. Y tras tomar un papel y un bolígrafo firmó y se lo pasó–: Soy zurdo y tengo una firma muy particular.

Magda la miró. Era muy distinta a la de las cartas. Nic no mentía.

–Entonces, ¿quién las mandó?

–Las primeras son de mi padre y de su abogado. A partir de la muerte de mi padre, alguien falsificó mi firma. Sospecho quién, pero prefiero confirmarlo.

Magda asintió. Y Nic, tras tomarse el café de un trago, dijo:

–Ya te he quitado demasiado tiempo.

Magda se recriminó por sentirse más desilusionada que aliviada, y por la vulnerabilidad que le causaba saber que no era él el autor de las cartas. Lo acompañó a la puerta.

–¿Eso quiere decir que ya no vas a presionarme para que venda la tierra? –preguntó, aun sabiendo la respuesta.

Nic la miró con una falsa sonrisa.

–No ha cambiado nada, Magda. Sigo queriendo que te vayas y acabar con las Bodegas Vázquez. Pero conozco formas de persuadirte mucho más placenteras.

Magda se maldijo por ser tan crédula y por el cosquilleo que sintió cuando él habló de placer.

–Ya te lo he dicho antes, De Rojas; no pienso moverme de aquí.

Nic sacudió la cabeza.

–Deberías enfrentarte a los hechos, Magda. Necesitas capital para hacer este viñedo lucrativo, y aun entonces harán falta años para devolver su excelencia a los vinos. Tu título no te va a servir de nada con una tierra estéril. Y ni siquiera tienes electricidad.

Magda le dedicó una sonrisa luminosa, arrepintiéndose de haberle dado esa información.

–Te equivocas. He conseguido ingresar dinero en la cuenta. Y ahora, si no te importa, preferiría perderte de vista.

Magda cerró la puerta con alivio y suspiró profundamente al oír arrancar el todoterreno. Se apoyó en la puerta y sopló para retirarse un mechón de la frente.

María salió de la cocina y fue hacia ella.

–Necesitamos más gasoil. El generador se ha parado.

Magda se habría echado a reír de no haber temido acabar llorando. A Nic le había dicho una inocente mentira para hacerle creer que las cosas no iban tan mal. Pero la realidad era que estaban aún peor de lo que él creía. Necesitaba una enorme inyección de capital. Pero no podía contar con Nic para eso. Se estremeció al pensar en los métodos que él había insinuado. Estaba segura de que, con ello, solo pretendía vengarse de ella y de su madre.

Nic apretó con fuerza el volante y tuvo que hacer un esfuerzo para relajarse. Sabía que Magda mentía respecto a la electricidad y le irritaba estar acorralándola de tal manera que se sintiera obligada a fingir.

Golpeó el volante con una mano. Solo al marcharse se había dado cuenta de que la verdadera razón de haber roto la prohibición de entrar en la propiedad Vázquez era ver a Magda.

Esa necesidad había convertido en imprescindible devolverle los zapatos y había hecho que el encuentro adoptara la forma de un tercer grado.

En cuanto la había visto, había sentido un violento deseo y había recordado su aroma y su sabor, tal y como lo había conocido años atrás. Ni siquiera se había acostado con ella, y sin embargo, estaba seguro de que la habría identificado a ciegas entre una multitud de mujeres.

Se maldijo y la maldijo al pensar en su cabezonería, que le recordaba a sí mismo: una inamovible determinación de resistir y triunfar.

De pequeño, él había sido un niño débil y enfermizo, y aunque con los años se había vuelto fuerte y saludable, su padre nunca había llegado a creer en él. Ni siquiera, recordó Nic con amargura, tras conseguir la increíble hazaña de ser nombrado Maestro de Vinos a los veintiocho años cuando las probabilidades de conseguirlo a la primera eran de un siete por cien.

Nic sabía que su fragilidad inicial era la causa de que su madre hubiera sido siempre excesivamente protectora, pero desde que tuvo uso de razón, fue consciente de que debía superar sus alergias y su debilidad congénita. Y poco a poco, lo había conseguido gracias a su determinación y a la obsesión de conseguir que su padre dejara de considerarlo una desilusión.

Para cuando cumplió doce años era más alto y fuerte que sus compañeros de clase, y el asma había desaparecido. El médico que atendía a su familia había llegado a decir con asombro: «Nunca había visto nada igual».

Nic sabía que no era un milagro, pero Magda era la única persona a la que le había contado cuánto había luchado para conseguirlo. Todavía le dolía el corazón al recordar sus ojos verdes abriéndose con compasiva comprensión.

Volvió a apretar el volante con rabia al pensar lo crédulo que había sido. Su propia desesperación le había hecho imaginar que había un vínculo entre ellos. Y ya nunca se había sentido cercano a ninguna mujer.

Cuando le decía a Magda que quería perderla de vista, sabía que era más por sí mismo que por la rivalidad entre sus familias. Temía la obsesión que despertaba en él. La deseaba con una intensidad tan violenta y tenía que hacer tal esfuerzo para controlarse que temía volverse loco. Y sin embargo, intuía que la única manera de recuperar la cordura sería tenerla echada, bajo su cuerpo, suplicando que la poseyera.

Llegó a casa de malhumor y decidió aprovecharlo para despedir a su abogado. Pensar en lo que había hecho lo sacaba de sus casillas, y prefería actuar cuanto antes.

Dos días más tarde, Magda volvía a casa con la compra para Hernán, María y ella. Estaba angustiada. Apenas tenían dinero para la comida y no quedaba gasoil. Por un instante, pensó en lo fácil que sería darse por vencida, llamar a Nic y decirle que había ganado.

Miró en la distancia y al ver el perfil de la hacienda se le hizo un nudo en la garganta. Aunque su padre nunca le hubiera dejado participar en el trabajo, ella siempre había adorado el proceso de convertir la uva en vino.

En ningún otro lugar del mundo se sentía tan identificada con su entorno. Las colinas nevadas de los Andes en el horizonte era una imagen que había llevado siempre grabada en la mente. Y después de haber conseguido volver, no iba a permitir que Nic la echara porque quería expandir su imperio.

Sin embargo, acababa de visitar el banco en Villarosa, donde el director le había negado un préstamo. Tampoco los otros propietarios de la zona con los que había contactado habían mostrado el menor deseo de invertir en el viñedo. Al menos uno de ellos había sido lo bastante sincero como para admitir que no podían arriesgarse a enfrentarse a De Rojas.

Así que cuando llegó a casa y lo vio apoyado en su resplandeciente todoterreno, le hirvió la sangre. Bajó del suyo y sujetó las bolsas contra el pecho como si fueran un escudo. Cuando Nic hizo ademán de ayudarla, ella las apretó con fuerza.

–Te he dicho que no eres bienvenido.

Nic tuvo el descaro de sonreír.

–¿Siempre estás tan irascible por la tarde? Intentaré recordarlo para verte solo por las mañanas.

Magda percibió que la seguía al interior. Dejó las bolsas en la mesa más próxima y se volvió con los brazos en jarras.

–He dicho que no eres bienvenido. De hecho, he oído tu nombre tantas veces esta última semana que estoy harta de ti. Vete, por favor.

Habría querido empujarlo, pero tenía miedo de tocarlo. Ni siquiera necesitaba establecer contacto físico para sentir al instante el deseo de saborearlo, de embriagarse con su aroma.

Estaba vestido elegantemente, con pantalón negro y camisa blanca. También ella se había puesto un modelo conservador para ir al banco.

Como si le hubiera leído el pensamiento, él deslizó la mirada por su falda de tubo y su blusa antes de volverla al rostro y al moño en el que se había recogido el cabello.

—Me gusta este aspecto de… oficinista –comentó con sorna. Antes de que Magda pudiera replicar, añadió–: Sé que has estado buscando financiación y por el malhumor que tienes, deduzco que has fracasado.

Magda tuvo que reprimir el impulso de maldecir.

—Parece ser que la comunidad vinícola teme ofender a su miembro más exitoso. ¿Qué se siente al ser el cacique de la provincia, Nic? ¿Te hace sentir poderoso saber que la gente te teme? Supongo que así evitas tener competencia. Y que es fácil tener éxito en el vacío.

—Tu padre podría contártelo con todo detalle si siguiera vivo –dijo él, airado–. Tu familia fue la primera en aplastar la competencia local. Si te hubieras documentado, sabrías que desde que tu viñedo perdió fuerza, han surgido más cultivadores locales, y que he invertido en varios de ellos.

Magda se ruborizó. Nic volvía a decir y hacer algo que no esperaba. Él continuó con superioridad.

—He venido a decirte que fue el abogado de mi padre el que envió las cartas porque se lo prometió a mi padre antes de su muerte. Sospecho que además siempre estuvo enamorado de mi madre y que cuando ella se suicidó, decidió vengarse de tu padre por haberle hablado de la relación entre tu madre y mi padre.

Magda se sentó en una silla, abatida, y dijo:

—Gracias por contármelo.

—También he pagado tu factura de la luz.

Magda se puso en pie de un salto.

—¡Quién te ha dado permiso para hacerlo! No te necesito.

Él presionó un interruptor y se encendió la luz. Luego dijo:

—No podía permitir que tuvierais un accidente.

Magda se sintió impotente. No le faltaba razón. Hernán se había tropezado unos días antes en la oscuridad, y no podía arriesgarse a perderlo.

—Ya te dije que quería que te fueras, no que te mueras —dijo él con sorna—. ¿Tanto te cuesta dar las gracias?

—¿Qué quieres de mí? —preguntó ella, suspicaz.

Él se aproximó y Magda disimuló el temblor que la recorría.

—Que cenes conmigo, en mi casa.

Magda habría querido salir huyendo pero, tomando aire, dijo:

—Está bien.

Tras unos segundos en los que el aire pareció vibrar y cargarse de electricidad, Nic dio media vuelta y se marchó. Magda se dejó caer en una silla. Nic acababa de hacer un acto de extrema generosidad, pero al instante la invitaba a cenar para confundirla y demostrarle que la afectaba a muchos más niveles que el profesional.

María llegó entusiasmada desde la cocina y la abrazó emocionada.

–¡Niña, tenemos luz! Sabía que todo iría bien…

Magda no fue capaz de decirle que la espada de Damocles seguía pendiendo sobre ellos.

–Buenas tardes, señorita Vázquez. Adelante.

Magda siguió a Gerardo, que la llevó a un salón y tras conducirla hasta el mueble bar, dijo:

–El señor De Rojas se reunirá con usted enseguida. Está hablando por teléfono. ¿Desea beber algo?

–Agua con gas, por favor –dijo. No tenía la menor intención de perder el control aquella noche.

Gerardo le sirvió la bebida y, tras excusarse, se retiró. Magda fue hasta una pared cubierta de fotografías familiares y las inspeccionó con curiosidad.

–Perdona que te haya hecho esperar.

Magda se volvió y vio a Nic en la puerta. Llevaba una camisa azul celeste que resaltaba sus ojos.

–No pasa nada. Apenas te has retrasado –dijo, haciendo acopio de una seguridad que estaba lejos de sentir.

Nic se acercó a ella y, señalando las fotografías con la barbilla, explicó:

–Se remontan al siglo XIX, cuando mis antepasados dejaron España para venir aquí.

Magda sonrió.

–Nosotros tenemos una pared parecida. Es curioso que también mis antepasados tengan un aspecto fiero.

–Eran tiempos muy duros. Había que luchar para sobrevivir.

Magda lo miró de reojo y recordó la ocasión en la que él le había revelado cuánto había tenido que luchar para superar su fragilidad física. En el presente era tan masculino y fuerte que costaba creerlo. Nic le indicó con la mano que lo siguiera.

—Vayamos al comedor.

Nic le separó la silla educadamente y la ayudó a sentarse antes de ocupar el lado opuesto. Se trataba de una mesa íntima y pequeña, iluminada con velas.

—¿Quieres un vino de aperitivo? —ofreció él.

Magda asintió. Tenía curiosidad por ver qué le ofrecía un Maestro de Vinos, de los que solo había unos cien en todo el mundo.

Él le sirvió una copa de una botella cuya etiqueta Magda no pudo ver. Lo hizo girar en la copa y aspiró su aroma. En cuanto este llegó a su nariz, palideció. Nic la observaba atentamente.

En lugar de probar el vino, Magda lo dejó en la mesa con mano temblorosa y dijo:

—¿Se trata de una broma?

Capítulo 5

NIC fingió una total inocencia.

–¿A qué te refieres?

–¿Por qué me has servido un vino de mis bodegas? ¿Creías que no lo reconocería? –preguntó Magda, poniéndose en pie indignada.

Nic la sujetó por la muñeca.

–Siéntate, por favor. Admito que sentía curiosidad por comprobarlo.

Magda liberó su muñeca, pero no se sentó.

–Por supuesto que lo reconozco. Crecí viendo madurar esa uva –dijo con pasión. Y se sentó bruscamente.

–No pretendía molestarte –dijo él, frunciendo el ceño.

–No, solo querías ponerme a prueba para ver si había conseguido mi título acostándome con mis profesores.

Nic enrojeció.

–Te equivocas. Estoy seguro de que lo conseguiste por méritos propios.

Magda parpadeó para controlar las lágrimas que amenazaban con derramarse por culpa de una mezcla de pena por su padre y la presión a la que Nic la sometía al evocar con tanta facilidad la pasión del pasado. Dominándose, tomó un sorbo. Cerró los ojos y dejó el líquido reposar en su boca antes de dejarlo descender por su garganta. Entonces abrió los ojos y con un brillo refulgente, miró a Nic.

–Si no me equivoco, se trata de un vino de la cosecha del noventa y nueve. Ganó el premio mundial de los vinos blancos.

Nic la miró fijamente.

–Así es. Mi padre compró una caja de todos los vinos Vázquez para analizarlos. Igual que el tuyo hacía con los nuestros.

Magda asintió. La situación había recuperado cierto equilibrio. Desvió la mirada y luego la volvió a Nic.

–Lo siento, me has tomado desprevenida. Ese era uno de mis vinos favoritos –apartó la servilleta–. Siempre que lo he tomado fuera me produce melancolía porque me recuerda a casa.

Miró hacia otro lado de nuevo al sentir la intensidad de la mirada de Nic.

–Solía servirlo en los bares en que trabajé –continuó–, y aprovechaba para olerlo y preguntarme si mantenía la calidad, si habría sido un buen año.

Nic observó las sombras que la luz de las velas proyectaba en su rostro. Sus pómulos parecían más altos, sus labios más llenos; el top de seda gris que llevaba dejaba al descubierto sus clavículas y su pecho se movía al ritmo de su respiración con una sensualidad que lo desbordaba. Su belleza natural y su primaria sensualidad lo obnubilaban, y de pronto sintió que perdía terreno, que la seguridad que había sentido hasta entonces lo abandonaba.

Magda hablaba de los vinos de la misma manera que él los sentía. Para él, cada uno tenía su propia y compleja personalidad.

Magda fue a dar otro sorbo cuando la expresión con la que Nic la miraba la paralizó.

–¿Qué pasa?

Nic sacudió la cabeza y se puso rojo.

–Nada. No debería haberte puesto a prueba –dijo, frunciendo los labios–. Sacas lo peor que hay en mí.

Magda ignoró el hormigueo que sintió.

–Supongo que puedo considerarlo un cumplido.

Él alzó la copa.

–¡Salud! –dijo. Y bebió.

Magda se sintió aliviada al ver que llevaban el primer plato. Comieron en silencio mientras ella se amonestaba por haber reaccionado tan emocionalmente y por haberse puesto tan poética al hablar de los vinos.

Cuando llegó el segundo plato, concentró toda su atención en la carne y en saborear cada bocado.

Para su sorpresa, lograron mantener una conversación civilizada sobre temas neutrales, y cuando Nic le pasó una copa de vino tinto, la tomó sin tan siquiera ser consciente de hasta qué punto se había relajado.

–Prueba esto –dijo Nic–. Es una nueva mezcla en la que estoy trabajando. Todavía no lo he comercializado.

Magda dejó el tenedor.

–¿Seguro que quieres compartir secretos con el enemigo?

Nic sonrió.

–Después de ver tu viñedo, no creo que seas una amenaza inmediata.

Magda se sonrojó y dio un sorbo sin apartar la mirada de Nic, hasta que cerró los ojos para concentrarse en identificar los distintos componentes.

Cuando los abrió, Nic la estaba observando.

–Es un clásico *malbec* –dijo ella–, pero no se parece a ningún otro vino que haya probado antes. Tiene algo especial.

Nic ladeó la cabeza.

–Muy perspicaz.

–Me gusta –admitió Magda a regañadientes–. ¿Qué tiene? ¿*Pinot*?

–Ahora entiendo que sacaras tan buenas notas –dijo Nic, sonriendo.

Magda sintió una absurda oleada de felicidad. En ese momento se llevaron los platos.

Nic se puso en pie e indicó a Magda que lo precediera al patio. Allí había una mesa preparada, también con velas que bailaban en la brisa nocturna. Magda habría querido marcharse, pero no quería dar a Nic la satisfacción de saber que la perturbaba. El empleado volvió con unas tartaletas de limón y Nic abrió una botella de vino dulce.

–No hace falta que te tomes tantas molestias. No te va a servir de nada –dijo Magda para contrarrestar la sensación de estar dejándose embaucar.

Nic sonrió.

–No lo hago con ningún objetivo oculto. Ya has demostrado que puedes vivir sin confort, Magda. Te había infravalorado.

–Eso es verdad, Nic –dijo ella en tensión–. Crees que he pasado el tiempo entre pistas de esquí y fiestas, pero no tienes ni idea de lo que ha sido mi vida desde que me marché.

–¿Por qué no me lo cuentas? –preguntó él con cautela.

Magda habría querido negarse, pero pudo más el deseo de que tuviera una mejor opinión de ella.

–Cuando nos fuimos de aquí, mi padre nos dejó sin nada –apretó los labios–. Pasamos tres años en Buenos Aires, en casa de una tía, hasta que nos echó. Para entonces, mi madre tenía un pretendiente rico y me dio un billete de ida a Londres para quitarme de en medio.

Magda no quería explicarle por qué su madre la culpaba de haberse quedado sin nada tras el divorcio. Con la mirada fija en la oscuridad, continuó:

–Allí encontré trabajo en un hotel de día y de camarera por las noches. La noche que me viste en el club fue pura coincidencia –Magda se ruborizó al recordar la imagen que debía de dar con aquel provocativo vestido. Continuó–: Cuando reuní suficiente dinero, fui a Francia para recolectar uva en verano. Terminé en un viñedo de Burdeos, donde Pierre Vacheron me acogió.

Lanzó una breve mirada a Nic.

–Se enteró de que sabía algo de vino y decidió darme una beca. Probablemente seguiría allí de no haber recibido una carta de mi padre pidiéndome que volviera; Pierre me ofreció un trabajo.

Nic la miró imperturbable.

–La revista contaba una historia muy distinta.

Magda decidió que, ya que le había contado todo lo demás, también podía explicarle aquel viaje. Cuando acabó, dejó el tenedor sobre el plato, se dijo que no debía confundir la amabilidad de Nic con un sentimiento sincero. Solo pretendía desestabilizarla, y ella se lo estaba facilitando.

—Con todo esto quiero demostrarte que no me dejaré tentar con facilidad por las comodidades que proporciona el dinero.

—No subestimes mi determinación —dijo él, que sentía emociones confusas.

—Así que estamos donde empezamos.

—Efectivamente. Y todavía no hemos terminado —dijo él. Y tomándola por sorpresa, le hizo levantarse y la besó con una incendiaria pasión.

En lugar de defenderse, Magda apoyó las manos en sus firmes bíceps y se arqueó contra su cuerpo. Se besaron y mordisquearon hasta que Magda notó el sabor de la sangre; sus lenguas ejecutaron una danza frenética. Y Magda supo que daría cualquier cosa por prolongar aquel beso.

Pero Nic lo detuvo bruscamente y la empujó con ambas manos.

—Vete de aquí, Magda.

Ella lo miró desconcertada y jadeante. Vio sangre en el labio de Nic y supo que era ella quien lo había mordido. Necesitando recuperar cierto control, dijo:

—Encantada. No pienso prostituirme para conservar el viñedo, Nic.

Nic se quedó sumido en una nebulosa de frustración sexual. En parte no comprendía cómo había dejado ir a Magda, pero al recordar la pasión con la que ella le había devuelto el beso, mezclada con las emociones que había despertado en él al hablarle de sus últimos años, se había sentido demasiado vulnerable como para seguir adelante.

Caminó hasta la valla que circundaba la casa, se asió a ella y respiró profundamente. Besar a Magda le había hecho recordar vívidamente la inocencia con la que él se había dejado seducir en el pasado. Incluso recordaba cómo, al tocarla, le había hecho sentir náuseas y había vomitado: tal era el grado de repugnancia que le causaba.

Aquel día, algo muy profundo e íntimo se había roto en su interior, transformándolo en alguien más duro e impenetrable. Ninguna mujer había roto su muralla de escepticismo, y sin embargo, Magda, con dos besos, había logrado resquebrajarla. Había creído que podía hacerlo y permanecer inmune, pero probar su boca de nuevo había demostrado ser peligroso y lo devolvía a un lugar en el que temía perder la cordura.

Apretó los dientes con determinación. La única manera de superarlo sería poseerla. Pero solo en los términos que él decidiera. La obligaría a ser sincera consigo misma y con él. No habría ni dramas, ni arrepentimientos, ni recriminaciones. Solo la satisfacción del deseo y el cierre de una etapa que había quedado inconclusa.

Un par de días más tarde, Magda recibió una invitación a nombre de su padre para acudir al baile de gala anual de la Asociación de Viticultores de Sudamérica, que aquel año se celebraba en Buenos Aires.

Magda suspiró. Podía ser una oportunidad excepcional para hacer contactos, pero no podía costearse el vuelo.

En ese momento sonó el teléfono.

–¿Sí?

–¿Has recibido la invitación? –preguntó una voz familiar que la hizo tensarse al instante.

–¿Qué invitación?

–¡Qué mal finges, Magda! Seguro que la estás mirando y que sueñas con encontrar en el baile a un inversor.

Magda hizo una mueca al teléfono antes de contestar.

–¡Ah, te refieres a esa! Sí la he recibido, ¿por qué?

–Porque voy en avión privado y pensaba que podías venir conmigo.

Magda se quedó boquiabierta, pero reaccionó al instante.

–No, gracias –dijo con fingida dulzura–. Ya he hecho mis planes. Nos veremos allí.

Oyó que Nic mascullaba algo sobre «cabezonería» antes de colgar. El corazón le latía con fuerza. Ya no tenía más remedio que ir si no quería que Nic se aprovechara de su debilidad.

Magda llegó a Buenos Aires agotada tras un viaje de dos días en autocar y, cargando la bolsa al hombro, se dirigió a uno de los hoteles más baratos de la ciudad, próximo al hotel Grand Palace, donde se celebraba el baile.

Para cuando llegó a su dormitorio y se miró al espejo, pensó con desaliento que tendría que hacer un gran trabajo si quería proyectar una imagen de bodeguera de éxito.

Varias horas más tarde, con el estómago encogido, entró en el salón. Había conseguido adaptar otro de los vestidos de su madre. Era de un verde brillante, de corte discreto, con escote cerrado y manga larga. Pero cuando caminaba, un corte vertical dejaba a la vista una de sus piernas. Había usado su tarjeta de crédito para comprarse unos zapatos baratos, pero de aspecto aceptable, y para ir a la peluquería, donde le habían dejado el cabello lustroso, que le caía en cascada sobre los hombros. Al comprobar lo elegante que iba todo el mundo, se alegró de haberse arreglado tanto y confió en que no se notara que sus pendientes de esmeraldas eran pura bisutería.

Entonces vio a Nic al otro lado de la sala e, instintivamente, asió con fuerza el bolso que sujetaba contra el pecho como un escudo. Odiaba la manera en que algo vibraba en su interior en cuanto lo veía, pero, afortunadamente, él estaba ocupado atendiendo a una mujer a la que sonreía con complicidad.

Como si pudiera percibirla, Nic alzó la mirada y al verla, se borró la sonrisa de su rostro. La mujer con la que estaba hablando se volvió, y Magda sintió que se le hacía un nudo en el estómago al reconocer a la impresionante rubia que lo había acompañado en su primer encuentro en Mendoza.

Un camarero pasó por su lado y Magda tomó una copa de champán mecánicamente al ver que Nic tomaba a la mujer de la mano y se dirigía hacia ella. Él se aproximó sin apartar la mirada, dejándola paralizada donde estaba. Magda nunca se había sentido tan sola ni tan expuesta. No podía soportar la idea de que Nic quisiera humillarla de aquella manera, presentándole a su amante...

–Magda, me alegro de que hayas llegado –dijo él con amabilidad. Magda sintió los ojos de la mujer rubia estudiándola con curiosidad y sintió que se ruborizaba–. Quiero presentarte a alguien.

Magda se decidió entonces a mirar a la mujer y le sorprendió descubrir que era mucho más joven de lo que había creído. No debía de pasar de los veinte años, y la idea de que Nic saliera con una mujer de esa edad y que quisiera presentársela, le dio ganas de vomitar.

–Esta es mi prima Estela. Estaba en una sesión fotográfica el día de la cata y por eso no coincidisteis. Además de ser una modelo muy cotizada, no aguanta más de dos días en el campo.

Estela le dio un golpe en el hombro y se rio.

–No exageres, primo. Aguanto hasta tres.

Magda intentó recuperar el habla a la vez que evitaba pensar por qué se sentía tan aliviada.

–Encantada de conocerte, Estela –dijo con voz ronca.

–Igualmente, Magda –la joven se volvió a Nic con una espléndida sonrisa y dijo–: Será mejor que encuentre a mi acompañante o mandará un equipo de salvamento a buscarme.

–Vas a tener que presentarme a tu pretendiente.

Magda miró a Nic y vio que miraba a su prima con fingida severidad. Ella puso los ojos en blanco.

–Vale, pero no le hagas el tercer grado –dijo. Y tras

plantarle un beso en la mejilla, se fue con un sinuoso movimiento de caderas.

Magda no estaba preparada para la transformación del gesto afectuoso de Nic al mirar a su prima al frío y severo cuando la miró a ella.

—Su padre era hermano de mi madre. Murió cuando ella era una niña y yo me he convertido en una figura paternal.

—Parece muy agradable —dijo Magda, sintiendo que la embargaba la emoción.

Alguien chocó con ella por la espalda y Magda frunció el ceño al sentir el golpe en un hematoma previo.

—¿Qué te pasa? —preguntó Nic con lo que pareció sincera preocupación.

—Nada. Solo estoy un poco dolorida por haber… —Magda se calló a tiempo, pero tras unos segundos, Nic la miró como si lo hubiera adivinado.

—¡Has venido en autocar! —sacudió la cabeza—. De verdad que eres la criatura más testaruda que conozco. ¿Cuánto has tardado?

—Dieciséis horas —admitió ella.

—Supongo que has venido para buscar un inversor.

—O eso, o lo pierdo todo a tu favor —dijo Magda, ruborizándose.

—Te convertirías en una mujer muy rica.

Magda sintió una opresión en el pecho al oírle expresar de nuevo las ansias que tenía de perderla de vista.

—¿Cuándo se te va a meter en la cabeza que no todo es cuestión de dinero?

Nic fue a decir algo, pero sonó el gong anunciando que la cena estaba lista. Magda aprovechó el movimiento general para escabullirse de él. Necesitaba poder hablar con cuanta gente pudiera.

Durante toda la cena, Nic siguió discretamente a Magda, que estaba sentada al otro lado de la mesa, junto a Alex Morales, uno de los viticultores más famosos de Estados Unidos, al que Nic nunca había apreciado aun sin saber qué despertaba su animadversión.

En lugar de charlar con las mujeres sentadas a su lado que intentaban captar su atención, se dedicó a imaginar a Magda suplicando a Morales con ojos muy abiertos que invirtiera en su viñedo. Cada vez que la escena pasaba por su mente, tenía que hacer un esfuerzo sobrehumano para no obligarla a levantarse y a marcharse con él.

Magda miró a su atento y educado compañero de cena con incredulidad.

—¿De verdad quieres hablarlo en más detalle?

Él le dedicó una seductora sonrisa.

—Por supuesto, querida.

Para el gusto de Magda era excesivamente encantador, pero no podía dejar pasar la oportunidad de conseguir un inversor solo por una primera impresión.

Haberse sentado al lado de Alex Morales era un golpe de suerte, y más aún que él se mostrara interesado en saber más de su propiedad en Mendoza. Si Morales invertía en su bodega, podría librarse de la presión de Nic.

Aunque había percibido la mirada de Nic a lo

largo de la cena, había intentado abstraerse de su presencia. Sin embargo, en aquel momento, llevada por la excitación, no pudo evitar mirar en su dirección, y le irritó encontrar sus ojos azules sin el más leve titubeo. Él la miraba con severidad. Ella le sonrió y sus ojos centellearon. Por más que supiera que podía ser una ingenua, Magda estaba entusiasmada con la posibilidad de encontrar una solución a sus problemas.

Los invitados ya empezaban a levantarse y a ir hacia la sala de baile. Morales tomó a Magda de la mano para llevarla a la pista y ella pensó que se la retenía más de lo necesario, pero no quiso pensar en ello.

Él se inclinó con un encantador gesto de vieja cortesía.

–Si me disculpas, tengo que hacer una llamada, pero estaré libre en media hora si quieres que sigamos con nuestra conversación.

Magda estaba demasiado entusiasmada como para disimular.

–Desde luego.

Él sonrió dejando a la vista una perfecta dentadura.

–¿Por qué no vienes a mi habitación en unos… treinta y cinco minutos?

Añadió el número y dio media vuelta, pero Magda se sintió súbitamente invadida por el pánico. La situación había adquirido un cariz que la desconcertaba. Posó la mano sobre el brazo de Morales, que se volvió con expresión expectante.

–Lo siento, pero –dijo ella–… ¿no podríamos quedar en el bar?

Morales sonrió con actitud paternalista.

–Tengo que llamar desde mi habitación, por eso me parecía oportuno vernos allí. El bar estará lleno de gente. Pero si la conversación no es tan importante como para…

–No, no –dijo ella precipitadamente–. Tu habitación está bien. Nos vemos allí.

Él se despidió con una inclinación de cabeza y se fue. Al instante lo reemplazó otra persona, mucho más perturbadora. Magda intentó pasar de largo, pero Nic le bloqueó el paso.

Ella lo miró airada.

–¿Sí?

Nic la miró con ojos centelleantes:

–No confío en ese hombre.

Capítulo 6

LO QUE pasa es que no soportas que alguien crea en mi proyecto y esté dispuesto a invertir en el viñedo –dijo Magda con sarcasmo.

–Seguro que quiere invertir –dijo Nic con ojos centelleantes–, pero dudo que sea en tu propiedad. ¿Dónde habéis quedado?

Magda alzó la barbilla y pasó de largo, pero él la sujetó por el brazo. Ella se irritó consigo misma por la inmediata reacción física que sentía con tan solo sentir su mano.

–¿Vas a verlo a su habitación? –preguntó él incrédulo. Al ver que Magda se ponía roja, Nic añadió–: Magda, eres demasiado inexperta para tratar con alguien como Morales. Te utilizará y luego se deshará de ti.

Magda reaccionó visceralmente. Nic no tenía ni idea de hasta qué punto era inexperta, tanto físicamente como en situaciones como aquella, pero el orgullo le hizo adoptar una actitud desafiante. Sonriendo con un aire paternalista que imitó de Morales, dijo:

–¿De verdad crees que no he conocido a hombres como él en mi vida? Solo necesito jugar bien mis cartas, Nic.

Él le soltó el brazo con expresión de rechazo.

–Disculpa si he creído que podías encontrarte en una situación incómoda. Si Morales es el inversor que quieres y estás dispuesta a hacer lo que sea necesario, está claro que he subestimado tu ambición.

Y se fue, dejando a Magda turbada e insegura. ¿Por qué no confiaría Nic en Morales? Pensó en su sibilina sonrisa y se estremeció. Pero incluso si se insinuaba, ella debía ser capaz de rechazarlo.

No le gustó ni que Nic le hiciera avergonzarse de sí misma ni pensar, aunque solo fuera por un momento, que le preocupaba su seguridad. No estaba acostumbrada a que la defendieran. Solo lo había hecho su hermano, y de eso hacía muchos años.

Dándose cuenta de que estaba en medio de la sala, pensativa, miró el reloj y masculló entre dientes. Era la hora. Apartando una leve inquietud, se dirigió a los ascensores.

Nic estaba charlando con unos conocidos en uno de los bares del hotel cuando de reojo vio la figura verde de Magda cruzar el vestíbulo y entrar en un ascensor.

Pensar lo que iba a hacer le encogió el estómago. Había subestimado su avaricia y su obsesión por triunfar a costa de lo que fuera.

Nic se debatió por un largo rato con la rabia que lo cegaba, hasta que tuvo la súbita imagen del rostro de Magda y se preguntó si estaría actuando para vengarse de él.

Dejó el vaso y se excusó. En perspectiva, y cuando no la tenía delante y su presencia no lo ofuscaba, su osadía resultaba más una pose que un sentimiento real.

Preguntó el número de habitación de Morales y apretó el botón del ascensor. Entonces algo lo detuvo: ¿Y si había malinterpretado el ardor con que Magda lo había besado? ¿Y si cambiaba de estrategia con cada hombre de acuerdo a lo que pensaba que querían?

Las puertas del ascensor se abrieron y titubeó. ¿Podía arriesgarse a ir en busca de Magda y que lo humillara? ¿Qué diría cuando llegara a la habitación? ¿Y si hacía el ridículo?

–¡Nic, por fin te encuentro! Quiero presentarte a Luis.

Nic miró a su prima, que entrelazó el brazo con el de él, y de pronto volvió a ver las circunstancias en perspectiva. No sentía nada más que desconfianza y antipatía por Magda, aparte de un irritante deseo, mientras que Estela lo quería incondicionalmente. Era evidente a quién debía dedicarle su tiempo.

–Pues llévame a verlo –dijo, sonriendo a Estela. Y se dejó conducir por ella, aunque el sonido de las puertas del ascensor cerrándose a su espalda le pareció un mal augurio.

Magda se encontraba en medio de una pesadilla. Se había encerrado en el cuarto de baño de la habitación de Morales y temblaba de la cabeza a los pies. No sabía cuánto tiempo llevaba allí, pero al menos él había dejado de golpear la puerta y de insultarla.

Se miró en el espejo. Tenía los ojos abiertos de espanto, el cabello alborotado, el vestido roto en el cuello y le sangraba un labio. Todavía no podía asimilar lo que había pasado.

La primera señal había sido encontrarlo más ebrio que durante la cena, pero inicialmente había estado atento y amable. Ella había hablado de la bodega con entusiasmo y él se había sentado a su lado en el sofá. De pronto, le había puesto la mano en el muslo y ella había reaccionado bruscamente, retirándosela y separándose de él. En ese momento, Morales se había transformado en un monstruo.

En la pelea que había seguido, él le había roto el vestido y la había abofeteado; ella había logrado zafarse de él y había corrido a refugiarse al cuarto de baño. Morales había gritado obscenidades y la había aterrorizado amenazando con tirar la puerta. Pero después de un buen rato, había cesado en sus ataques y se había hecho el silencio.

Magda fue hasta la puerta y apoyó la oreja para escuchar. El corazón le dio un vuelco al percibir un ronquido. Con el pulso acelerado, entreabrió la puerta sigilosamente.

Morales estaba echado en el sofá, dormido con la boca abierta. A punto de llorar de alivio, Magda fue hasta la puerta de la habitación. Estaba tan nerviosa que le costó abrirla. Cuando salió al pasillo se dio cuenta de que, durante la pelea, había perdido los zapatos, pero no tenía la menor intención de entrar a recuperarlos.

Ansiosa por alejarse, fue hacia el ascensor.

Nic dobló una esquina de camino a su habitación y se quedó de piedra al ver a una figura caminar hacia él.

Sabía que aquella era la planta de Morales e, in-conscientemente, esa era una de las razones por las que había insistido en acompañar a Estela a su habitación.

La ira se apoderó de él, junto con un sentimiento mucho más poderoso y perturbador: Los celos. En ese momento, Magda lo miró y se paró en secó, como un animal atrapado por los faros de un coche. Nic creyó oír que de su garganta brotaba algo parecido a un sollozo. Pero ella dio media vuelta y se alejó de él.

Al ver el estado de su ropa y de su cabello, y observar que iba descalza, sintió el amargor de la bilis en la boca, y antes de que se diera cuenta de lo que hacía, fue tras ella. Cuando estaba tan cerca que podía tocarla, se detuvo y dijo con sarcasmo:

–¿Le has dado a Morales lo que quería o solo lo bastante como para mantenerlo interesado?

Magda percibió el asco y la desilusión de su tono. Se detuvo y, sin volverse, con los hombros en tensión, contestó:

–Déjame en paz, Nic.

Su voz, ronca y quebrada, indignó aún más a Nic, que pensó que estaba jugando con sus emociones. Posando la mano en su hombro, la hizo volverse, pero cuando vio su rostro sintió que le daba un vuelco el corazón. Instintivamente posó ambas manos sobre sus hombros.

–Magda, ¿qué ha pasado? ¿Te ha hecho eso Morales?

Magda intentó desviar la mirada, pero él la tomó por la barbilla e inspeccionó su rostro, a la vez que maldecía. Ella se soltó con un gesto brusco de la cabeza. La mancha de sangre de su labio contrastaba dramáticamente con la palidez de su piel.

–¿Qué vas a decir, Nic, que ya me lo dijiste?

Magda estaba haciendo un esfuerzo sobrehumano para no desplomarse, para evitar que Nic fuera testigo de su espantosa humillación. Nunca se había sentido tan frágil, tan débil o inútil. Y odiaba estar todavía tan aterrorizada que lo único que deseaba era aferrarse a él. Bajó la mirada al sentir que las lágrimas le picaban en los ojos.

–Cuando he dicho que no confiaba en Morales ha sido de forma intuitiva –dijo él, mortificado–. Nunca me ha gustado, pero no tenía ni idea de que pudiera ser violento.

–Pues tu intuición era acertada –dijo ella con amargura.

–¿Cuándo te ha hecho esto? ¿Después de…? –preguntó Nic.

Magda lo miró horrorizada. ¿Creía que se había acostado con Morales? ¿Tan baja era la opinión que tenía de ella? Tuvo ganas de devolver y sin embargo, suponía que solo ella tenía la culpa, por haber querido hacerle creer que era una mujer experimentada.

Súbitamente, dejó de luchar y se sintió exhausta. El temblor se intensificó y le recorrió todo el cuerpo.

–No me he acostado con él. No tenía intención de hacerlo –con la mirada perdida, añadió–: Jamás… con un hombre así… para conseguir algo. Puedes llamarme ingenua, pero fui a su habitación creyendo que quería hablar de negocios.

Tras suspirar profundamente, desvió de nuevo la mirada y continuó:

–Pero se me ha echado encima. Estaba borracho. Me ha roto el vestido y me ha abofeteado…

Magda estalló en sollozos que fue incapaz de controlar. De pronto se vio rodeada por el calor de unos poderosos brazos y por fin se sintió segura.

Nic la estrechó con fuerza, encontrándola extremadamente delgada y frágil. Quería creerla por encima de todo, y se dejó llevar por su instinto de protección.

Verla derrotada le resultaba tan difícil como verla desafiante y triunfadora. Nadie podía fingir el terror que su cuerpo le transmitía. La ira se apoderó de él. Su padre pegaba a su madre siempre que esta lo enfadaba, y Nic no podía soportar que se ejerciera violencia sobre las mujeres. La intensidad del odio que sintió por Morales lo asustó.

Aun así, había una parte de sí que no podía creer que Magda no supiera a lo que se exponía al quedar en su habitación. ¿Cómo podía ser tan ingenua una mujer experimentada como ella?

En el fondo, estaba enfadado consigo mismo por haber dejado que se enfrentara a aquella situación, por haber consentido que su orgullo le impidiera ir a buscarla, tal y como le pedía su instinto. Aquella mujer lo sumía en tal confusión que había permitido que corriera peligro antes que ser objeto de su burla. Era patético.

La sujetó en sus brazos hasta que los sollozos fueron remitiendo. Le masajeó la espalda, calmándola. Y la sensación de que ya había vivido aquella situación, años atrás, lo asaltó. Como siempre que recordaba aquellos instantes, esperó que los acompañara el dolor, pero no fue así.

Magda dejó de llorar y de temblar y se quedó inmóvil como un ratón. Nic podía sentir su respiración a través de la camisa y su actitud fraternal fue transformándose en una acalorada excitación. El cuerpo de Magda se amoldaba al suyo como si fueran dos piezas que encajaran a la perfección.

Nic apretó los dientes, pero no pudo detener la respuesta de su cuerpo a la proximidad de Magda, a la sensación de tener sus senos aplastados contra su pecho.

Cuando ella se movió levemente, él aflojó el abrazo. Ella entonces notó que se había echado en sus brazos como una damisela en apuros y, avergonzada, se separó de él a regañadientes. Manteniendo el equilibrio con dificultad, sus ojos se abrieron desmesuradamente al mirar a Nic.

—Te he manchado de sangre —dijo.

—No pasa nada —repuso él sin molestarse en comprobarlo.

La vergüenza de Magda se incrementó al ser consciente de que el temor había pasado a ser una sensación mucho más sensual, al fluir su sangre a determinadas zonas de su cuerpo que reaccionaban a estar tan cerca de Nic. Tenía los pezones endurecidos y sentía un húmedo calor entre las piernas.

Nic mantenía las manos en sus hombros y escrutaba su rostro.

–¿Dónde crees que vas?

Magda lo miró con prevención, temiendo que viera en sus ojos el deseo que despertaba en ella.

–A mi hotel –dijo ella, estremeciéndose a pesar de que intentaba controlar sus emociones–. Quiero darme una ducha. Me siento sucia.

Nic no hizo ademán de detenerla, pero en cuanto se soltó, Magda comprobó horrorizada que le flaqueaban las piernas. Él la tomó en brazos tan precipitadamente que Magda no pudo reaccionar.

–Vas a venir conmigo.

Magda intentó protestar, pero estaba demasiado débil. Dejándose llevar por Nic se traicionaba a sí misma, pero no tenía fuerzas para luchar. Apenas si fue consciente de que entraban en el ascensor y subían a una habitación con magníficas vistas de Buenos Aires.

Nic la depositó con delicadeza en un sofá.

–¿Te puedo dejar un momento?

Magda asintió y le vio tomar el teléfono mientras que con la otra mano se quitaba la pajarita y la chaqueta, y se desabotonaba el cuello de la camisa.

–Envíen un botiquín, por favor –dijo Nic antes de colgar e ir al servicio.

Magda oyó correr el agua y Nic reapareció. Tras agacharse a su lado, dijo:

–¿Te sientes capaz de darte una ducha?

Magda, que sentía náuseas con solo pensar en Morales, asintió enfáticamente.

–Hay un albornoz en el cuarto de baño. Cuando salgas, te curaré el labio.

Magda entró en el baño y se apoyó en la puerta

unos instantes. Temblorosa, se desvistió y entró en la ducha, dejando que el agua corriera sobre su cuerpo antes de enjabonarse. Al salir, se secó y se dejó el cabello suelto. Tras apretar con fuerza el cinturón del albornoz, salió con cautela. Nic, que estaba frente a la ventana, le daba la espalda. En cuanto la oyó, dejó sobre la mesa el vaso del que bebía un líquido de color ámbar y fue hacia ella.

–Deja que vea ese labio.

Magda se llevó el dedo al labio e hizo una mueca de dolor. Nic le alzó la barbilla para mirarlo bajo la luz y ella contuvo el aliento. Su proximidad hacía que se activara cada terminación nerviosa de su cuerpo. Era la primera vez que veía a Nic en el papel de enfermero. Él la soltó e impregnó un algodón con un antiséptico.

–Puede que te escueza un poco.

Lo aplicó al labio y Magda sintió que le ardían los ojos, pero no protestó.

–Al menos ha dejado de sangrar. La hinchazón habrá desaparecido para mañana.

–¿Tienes experiencia en labios partidos? –bromeó Magda.

Le sorprendió que Nic se tensara.

–He tenido unos cuantos –se limitó a decir él.

Entonces algo llamó la atención de Magda, que le tomó la mano para mirarla.

–¿Qué te ha pasado en los nudillos?

Magda se la retuvo cuando él intentó retirarla.

–He ido a ver a Morales mientras estabas en la ducha –dijo.

–¿Le has pegado? –preguntó Magda abriendo mucho los ojos.

–Tiene suerte de que solo le haya dejado una marca en la barbilla.

Sobrecogida por una intensa emoción, Magda le besó la mano. Luego alzó la mirada.

–Odio la violencia –dijo–. Pero en este caso…, gracias.

Los ojos de Nic estaban tan azules que Magda sintió que se zambullía en ellos. Una tensa quietud flotó en el aire hasta que Nic dijo:

–Morales dice que te has acostado con él.

Magda tardó unos segundos en asimilar sus palabras e interpretar la mirada de Nic. Le soltó la mano, sin poder creer que Nic pensara… Sintió náuseas.

–Piensas que te he mentido –dijo en tono apagado, dando un paso atrás y sintiéndose vulnerable y expuesta.

¿Cómo había podido pensar que su actitud caballerosa y protectora significaba que había cambiado la opinión que tenía de ella? En el silencio que se produjo, Magda desvió la mirada consciente de que no serviría de nada proclamar su inocencia. Volvió a mirarlo y dijo, desafiante.

–¿Y a ti qué más te da?

Nic se sintió como si le hubiera dado un puñetazo en el pecho. En el pasillo, al encontrarla tan alterada, la había creído, pero al enfrentarse a Morales y que este dijera: «¿Qué pasa, De Rojas, estás celoso porque se ha acostado conmigo y no contigo?», Nic se había enfurecido y, antes de saber lo que estaba haciendo, le había dado un puñetazo. Pero lo que realmente le inquietaba era saber que había actuado así no tanto por lo que Morales le había hecho a Magda, como por la ira que le causaba pensar que la versión de Morales pudiera ser verdad.

Apenas hacía unos segundos, cuando ella le había besado los nudillos, había creído perderse en sus preciosos ojos verdes. Otra vez. La última vez que no se había resistido, aquella misma mujer lo había aniquilado.

Y aunque sabía que ya no era el hombre joven e inocente del pasado, Magda seguía teniendo la habilidad de retirar la capa protectora de su piel, dejando al descubierto lo más íntimo de su ser.

—Lo único que me importa es que un hombre ha abusado de su fuerza —dijo con frialdad—. Aparte de eso, tú sabrás lo que haces.

Magda estaba horrorizada y enfadada consigo misma por haberse dejado engañar por una mínima muestra de ternura. Una vez más, Nic le demostraba lo ingenua que era, igual que acababa de hacerlo Morales.

—Tienes razón —dijo, imitando su frialdad—. No es de tu incumbencia.

Fue al cuarto de baño a por su vestido.

—¿Dónde vas? —preguntó él.

—Tengo que volver a mi hotel —dijo ella, girándose—. El autocar a Mendoza sale a las seis de la mañana.

Nic dejó escapar un exabrupto que escandalizó a Magda.

—No vas a volver a tu hotel —dijo con aspereza—. Es demasiado tarde, y mañana vienes conmigo. No vas a hacer un viaje de dieciséis horas.

Magda tuvo ganas de dar una patada en el suelo.

—Puede que me creyera que te importo algo si no acabaras de acusarme de acostarme con un hombre para conseguir su financiación. ¡Con un hombre violento! Para serte sincera, mi habitación infestada de cucarachas me resulta más tentadora que quedarme aquí y soportar tu reprobatoria condena.

Nic cortó el aire con la mano.

–¡Maldita sea, Magda! Si es preciso me iré a otra habitación, pero tú no te vas de aquí. Dime dónde hay que ir a recoger tus cosas.

Magda puso los brazos en jarras.

–Maldito seas, Nic de Rojas. ¿Cómo te atreves a hacerte el caballero cuando está claro que piensas que no soy más que una…?

Nic recorrió la distancia que los separaba en una fracción de segundo. Magda retrocedió al tenerlo tan cerca y sintió un latido en la garganta. Era evidente que estaba furioso, pero lo que la desconcertó fue darse cuenta de que no era con ella.

–Dime el nombre del hotel y el número de habitación, Magda. No acepto un «no» por respuesta.

Magda pensó con horror en su hotel y en el interminable viaje a Mendoza en el estado de debilidad en que se encontraba. Nic creía que acababa de venderse para conservar su propiedad y aun así insistía en cuidar de ella, como si fuera un paquete contaminado del que tuviera que encargarse. Pero su mirada decía que estaba dispuesto a encerrarla si no contestaba. Tragándose el orgullo, dijo:

–Hotel Esmeralda. Habitación 410.

Nic volvía a su habitación tras haber reservado otra y haber recogido las cosas de Magda.

Había necesitado separarse de ella para poder ordenar sus pensamientos. En el fondo de su ser, no creía que se hubiera acostado con Morales..., pero sus hipnóticos ojos verdes lo habían obligado a erigir una muralla entre ambos porque la facilidad con la que Magda le hacía sentir emociones lo aterrorizaba.

Se detuvo ante la puerta. En una mano, llevaba la maleta de Magda, que era ridículamente ligera comparada con la de cualquier otra mujer.

Cuando entró, reinaba una quietud total. En parte había temido que lo esperara desafiante, pero al recorrer la habitación la descubrió acurrucada en el sofá, con la cabeza apoyada en un brazo y el cabello esparcido sobre los hombros. Mirándola, sintió una opresión en el pecho. Dejó la maleta y se agachó a su lado, pero Magda no se movió. Poseído por una emoción que no pudo controlar, Nic le retiró un mechón de cabello tras la oreja. Estaba pálida y su cabello negro contrastaba dramáticamente con su piel. Sin poder contenerse, Nic se inclinó y le besó el corte del labio.

Magda estaba dormida, pero en sueños le estaba pasando algo maravilloso. Se sentía cobijada y segura, y algo mucho más intenso... Sentía deseo. Soñaba que Nic le besaba los labios con delicadeza, prolongadamente, como si no pudiera separarse de ellos.

Magda se obligó a salir de su profundo sueño y entornó los ojos pesadamente. Ante sí descubrió los de Nic, que la miraban con una solemnidad que conectó al instante con una parte profunda de su ser. Magda ya no sabía si soñaba o si estaba despierta.

Movió los labios con cautela, temiendo perder el cálido contacto de los de él. Nic intensificó la presión y Magda entreabrió los suyos. Sus ojos se cerraron porque la intensidad de los de Nic la cegaba. Sintió la punta de su lengua explorándole la boca, y oyó un gemido escapar del fondo de su garganta. Instintivamente, se hundió más en el sofá, consciente de que tenía el pecho de Nic pegado a sus senos. La presión de sus labios sobre los de ella se intensificó y Magda sintió fuego en las venas. Ladeó la cabeza y Nic hundió los dedos en su cabello, sujetándole la nuca para profundizar el beso.

Magda se sintió eufórica. Cuando los labios de Nic dejaron su boca para deslizarse por su barbilla y su cuello, echó la cabeza hacia atrás y sintió una contracción en el vientre. Si aquello era un sueño, no quería despertar. Nic siguió deslizándose hacia abajo y le abrió el albornoz. Una corriente de aire le acarició los senos y ella posó las manos en los hombros de Nic como si quisiera impedir que se moviera.

Magda alzó la cabeza y al mirar hacia abajo vio el rubio cabello de Nic acariciándole la piel por encima de los senos. Con la mano, él retiró el albornoz hacia los lados y se los cubrió, pellizcándole los pezones. Magda contuvo el aliento y se arqueó, buscando instintivamente un mayor contacto.

Entonces la boca de Nic ocupó el lugar de sus manos y le mordisqueó los pezones, acariciándola con su húmedo aliento. Magda nunca había sentido un deseo tan intenso tomar forma en su interior. Al menos desde la catastrófica semana que había cambiado su vida.

Su urgencia pareció transmitirse a Nic, que bajó la mano por su vientre y aún más abajo. Su boca volvió a buscar la de ella…, y de pronto, Magda gritó de dolor al sentir una aguda punzada en el labio partido.

Fue como si les echaran un cubo de agua fría. Nic se puso en pie de un salto y Magda se llevó los dedos al labio, del que había vuelto a fluir la sangre. Se incorporó, desorientada. ¿Cómo era posible que hubiera estado besando a Nic?

Ni siquiera ver que él tenía las mejillas rojas y que también parecía aturdido le sirvió de consuelo. Magda fue al cuarto de baño y se miró en el espejo. Apenas sangraba. Humedeció un paño y se lo aplicó sobre el labio. Tenía los ojos brillantes, las mejillas sonrosadas; el pecho, agitado como si acabara de correr una maratón. Y más abajo, entre las piernas, notaba un húmedo calor. Los dedos de Nic casi la habían tocado allí y Magda apretó las piernas como si con ello pudiera apagar el deseo.

Cuando sintió que había recuperado el control parcialmente, salió y vio a Nic paralizado y mirándola con inquietud.

—Preferiría que te fueras —dijo ella.

Una llamarada prendió en los ojos de Nic, que se acercó hasta quedarse delante de ella.

—Tú también lo deseabas. No finjas lo contrario.

Magda se ruborizó. Era cierto que se había despertado con un delicado beso de Nic. Sabía que podía haberlo rechazado y que no lo había hecho. El dolor que le había causado la mala opinión que Nic tenía de ella no se había mitigado. Para él, aquello no era más que atracción sexual. Ni siquiera le importaba que pudiera haberse acostado con otro hombre hacía apenas unas horas.

Nic alargó la mano como si fuera a tocarle el labio y ella dio un salto atrás.

–Estoy bien, Nic. Por favor, vete.

Él le lanzó una mirada iracunda y un nervio latió en su sien. Finalmente, retrocedió.

–Vendré a las ocho a recogerte. Espero que estés lista.

Magda asintió en silencio.

Nic fue hasta la puerta. Al llegar, se giró.

–No creas que esto ha sido todo, Magda, ni mucho menos –dijo en tono de advertencia.

Capítulo 7

MAGDA se alegró de que Nic estuviera pensativo y de que hicieran el viaje en silencio. Por la mañana había sometido su herida a una detallada inspección y había dicho:

—La inflamación ha bajado. En un par de días estará bien.

Y Magda había reprimido el impulso de decirle que ya lo sabía porque en el fondo le gustaba que se tomara la molestia de comprobarlo.

El pequeño avión privado tenía asientos de cuero y todos los lujos imaginables. Nic ocupó un asiento en diagonal al de ella. Magda rechazó una copa de champán y se acomodaron en un tenso silencio.

Magda miró en su dirección y vio que tenía la cabeza echada hacia atrás y los ojos cerrados. Pero la tensión de la mandíbula le indicó que no dormía. Sus pestañas proyectaban una sombra sobre sus mejillas. Llevaba la camisa abierta y se podía ver un poco del vello de su pecho y de su piel cetrina. Cuando vio que Nic había abierto los ojos y la observaba, se avergonzó de que la descubriera estudiándolo como una admiradora adolescente. Aunque mantenía una actitud relajada, Magda podía percibir que estaba en tensión, alerta como un animal a punto de abalanzarse sobre su presa, y eso la inquietó.

–Quiero hacerte una proposición –dijo él entonces.

Magda cruzó las piernas y carraspeó.

–¿Qué tipo de proposición?

Nic apoyó los codos en las rodillas y dijo:

–Ya has demostrado hasta qué punto te importa mantener la propiedad.

Magda se sofocó al pensar lo inerme que había estado ante alguien como Alex Morales y la facilidad con la que la había dominado.

–No repetiría lo que hice ayer. Fui una estúpida –dijo a la defensiva.

Nic se encogió de hombros.

–No sabías lo que hacías.

A Magda le molestó el comentario, pero Nic tenía razón.

–¿Qué ibas a proponerme? –preguntó para dejar de hablar de la noche anterior.

–Supongo que vas a seguir buscando inversores y que no piensas vender –dijo Nic.

–Así es –manifestó Magda, asintiendo con firmeza.

Nic sacudió la cabeza.

–No te va a resultar sencillo. Morales te calumniará. Si me dijo a mí que os habíais acostado, a estas alturas estará diciéndoselo a todo el mundo.

Magda sintió náuseas, y habría querido gritar su inocencia, pero sabía que Nic no estaba interesado.

–¿Y eso… qué significa? –preguntó.

–Que si quieres un inversor, tendrás que buscarlo en Europa.

Magda se sintió aún peor. No tenía dinero para un viaje así, ni podía pedirle ayuda a su antiguo jefe, quien, aunque tenía un negocio floreciente, no contaba con el capital necesario como para invertir.

Miró a Nic con aprensión.

−¿Qué pretendes? ¿Demostrarme que estoy en una situación crítica? −preguntó, abatida.

Nic la miró. La tenía precisamente donde la quería. O casi. Porque donde verdaderamente la quería era en su cama. Aunque se sentía despreciable, acalló cualquier sentimiento de culpabilidad. La noche anterior le había servido para comprobar que, en lo tocante a Magda, perdía el control. Tenía que poseerla, pero al mismo tiempo protegerse. Magda tenía demasiado poder sobre él. La miró fijamente y dijo:

−Yo invertiré en tu propiedad.

Magda palideció inicialmente y su piel pareció de porcelana. Luego se le colorearon las mejillas y sacudió la cabeza.

−Ni hablar. Quieres arruinarme.

Nic sonrió.

−Tengo que admitir que al principio quería que te fueras… pero desde que has venido, la vida me resulta más… entretenida.

Magda desvió la mirada y se cruzó de brazos, y su pecho atrajo la mirada de Nic allí donde la fina camiseta dejaba entrever la perfecta forma de sus senos. Un mechón de cabello caía sobre uno de ellos, tentadoramente próximo a un pezón.

Nic apretó los dientes. Tenía que ser suya o se volvería loco.

Magda estaba furiosa. Así que Nic la encontraba «entretenida»...

Oyó un ruido y cuando miró, vio que Nic se había sentado frente a ella y que atrapaba sus piernas entre las suyas.

–¿Se puede saber qué estás haciendo? –dijo ella entre dientes.

Nic sonrió.

–Voy a demostrarte que no tienes otra opción que aceptar mi propuesta si no quieres perder la hacienda y que tus trabajadores se queden sin nada después de tantos años trabajando para vosotros.

Magda abrió la boca pero volvió a cerrarla. Nic tenía razón. Hernán y María no tenían nada. Ni siquiera podía pagarlos.

Como si le leyera el pensamiento, Nic dijo:

–Si me dejas invertir, Hernán y María estarán seguros. Les organizaré un plan de pensiones. Hernán puede trabajar en el viñedo y tú podrás contratar un nuevo enólogo –antes de que Magda reaccionara, añadió–: Necesitas barriles nuevos, y los dos sabemos que son caros. Además de una nueva prensa.

Magda se ruborizó.

–La prensa manual está muy de moda.

Nic ladeó la cabeza.

–Para algunas uvas está muy bien, pero tienes que pensar en mecanizar el proceso. Lo mismo sucede con la recolección.

–¡Tú sigues recogiendo a mano! –dijo Magda como si fuera una acusación.

–Sí, para algunas uvas, pero la mayoría se recogen a máquina.

Magda sintió un peso en el pecho. Nic tenía una perfecta combinación de nueva y vieja tecnología, que era exactamente lo que ella quería conseguir en Vázquez.

Él continuó:

—Parte de tus viñas son salvables. Si cuidas de ellas este año, puedes conseguir una cosecha respetable el que viene. ¿Y cómo vas a recoger la uva de las viñas que han dado fruto? ¿Con la exclusiva ayuda de Hernán?

Magda se sintió desanimada. Nic estaba empeñado en mostrarle todas las dificultades a las que se enfrentaba.

—Redactaré un contrato para que sirva de documento legal. Invertiré en maquinaria y trabajadores. Supervisaré la producción de tu primera cosecha, sea el año que viene o al siguiente. Y después, me retiraré y todo será tuyo.

Magda lo miró con suspicacia.

—¿Te retirarás?

Nic sonrió con sarcasmo.

—Con un considerable porcentaje de los beneficios, Magda, hasta que me devuelvas el préstamo. Durante un tiempo no vas a hacer dinero, pero tendrás la oportunidad de conservar tu propiedad y de proteger a tus trabajadores.

Magda sintió un rayo de esperanza. La oferta era extremadamente generosa. Pero de pronto se dio cuenta del peligro que representaba tener a Nic supervisando el proceso.

—Quieres convertir a Vázquez en una extensión de De Rojas.

Nic sacudió la cabeza.

–No. Me interesa más ayudar a crear un poco de competición saludable. Y siento curiosidad por saber cómo te las arreglas.

A Magda le costaba imaginar que Nic aceptara sus decisiones.

–¿Lo pondrás por escrito? –preguntó ella.

Nic asintió.

–Claro. Lo pondremos todo por escrito.

Aunque le hubiera gustado decirle que no necesitaba su ayuda, Magda sabía que no podía dejarse llevar por el orgullo.

–Tendré que pensármelo –dijo, crispada.

Nic sonrió con desdén.

–No tienes mucho que pensar, Magda. Te estoy ofreciendo la oportunidad de salvarte o ahogarte.

Tras ese comentario, Nic volvió a su asiento y estiró las piernas. Echó la cabeza hacia atrás y en unos minutos, roncaba suavemente.

Magda consiguió relajarse parcialmente, pero su cabeza bullía con las implicaciones de la oferta de Nic.

Miró con suspicacia su inocente expresión dormido. Tenía que haber una motivación oculta; no podía ser tan sencillo. Miró por la ventanilla hacia la extensa pampa. Tenía ante sí la posibilidad de hacer lo que siempre había deseado: trabajar la tierra, conservar la propiedad, devolverle su esplendor. Además, se sentía responsable de Hernán y María, que eran mayores y pronto tendrían que jubilarse.

Magda suspiró profundamente y finalmente, el cansancio se adueñó de ella y se quedó dormida.

–Magda…

Magda se despertó sobresaltada. Cuando enfocó la mirada vio el rostro de Nic tan cerca del de ella que podía advertir las suaves arrugas alrededor de sus ojos. Se sintió acalorada y supo que había tenido un sueño erótico con él. Irguiéndose, vio que Nic apretaba los dientes.

–Vamos a aterrizar en cinco minutos. Abróchate el cinturón.

Magda obedeció con dedos temblorosos y aliviada de que Nic volviera a su asiento. Con él tan cerca no lograba respirar.

Aterrizaron con suavidad a los pocos minutos. El todoterreno de Nic los esperaba, y fueron hacia Vázquez. Magda se sentía como si hubiera participado en un combate de boxeo. Miró el tenso perfil de Nic preguntándose si habría soñado la conversación o si realmente se había ofrecido a invertir.

Cuando vislumbró el perfil de la hacienda, Magda suspiró aliviada. Nic detuvo el vehículo a los pies de la entrada y señalando la casa, dijo:

–La renovación de la casa se incluirá en la inversión.

Magda sintió que se le aceleraba el corazón. No se trataba de un sueño.

–¿Por qué estás haciendo esto? –preguntó con suspicacia.

Nic se limitó a encogerse de hombros con indiferencia.

–Tengo el dinero y no me gustaría que un buen viñedo desapareciera.

Magda se esforzó por descubrir dónde estaba la

clave. Estaba convencida de que había una razón que se le escapaba. Se giró en el asiento y lo miró de frente.

–¿Y qué hay de la rivalidad entre las dos familias? ¿Cómo sé que no quieres hacerte con el viñedo?

Nic apretó los labios y sus ojos brillaron fugazmente.

–Una vez me dijiste que para ti esa rivalidad no significaba nada.

Magda sintió la emoción que siempre la embargaba al recordar aquel tiempo.

–Tú dijiste lo mismo, pero luego…Todo volvió a empezar.

El rostro de Nic era inescrutable.

–Nuestros padres han muerto, Magda. Solo quedamos tú y yo. Debemos mirar hacia delante.

Magda no conseguía llegar a confiar en él. Había un brillo en sus ojos que no lograba identificar.

–Pero voy a poner una condición para la oferta, que no aparecerá en el contrato.

Magda se puso alerta. Resoplando, dijo:

–Sabía que era demasiado bueno como para ser verdad. ¿Cuál es la condición?

Tras una prolongada pausa que puso a Magda fuera de sí, Nic finalmente dijo:

–Que pases una noche conmigo, Magda. Una noche en mi cama para acabar lo que empezamos hace ocho años.

Magda lo miró atónita. Ella era consciente de lo que había entre ellos, de que el aire se llenaba de electricidad en cuanto se encontraban. Ella misma había estado el día anterior a punto de pedirle que la tomara. Pero hasta ese momento había pensado que podría ignorarlo.

De pronto, Nic lo expresaba de viva voz. Había basado la proposición en la explosiva química que había entre ellos. Magda sacudió la cabeza. Tenía la garganta seca.

–Aunque te cueste creerlo, anoche un hombre me hizo esa misma proposición y la rechacé. ¿Qué te hace pensar que la tuya es diferente?

Nic se inclinó hacia ella, aproximándose tanto que Magda pudo sentir su aliento en la cara. Le recorrió la mejilla con los dedos y los bajó hasta el pulso que palpitaba en su cuello. Los pezones de Magda se endurecieron al instante, presionando la tela del sujetador.

Nic sonrió como si supiera la respuesta que estaba consiguiendo y movió levemente el antebrazo para rozárselos.

–La diferencia, Magda, es que a él no lo deseabas. En cambio puedo oler el deseo que sientes por mí. Por eso vas a aceptar mi oferta.

Magda tuvo un ataque de pánico. Con la mano, palpó la puerta en busca de la manija. Abrió y estuvo a punto de caerse al suelo. Nic también bajó y fue hacia ella. Magda tardó en darse cuenta de que le tendía su bolso. Ella lo tomó bruscamente.

–Ya sabes dónde encontrarme –dijo él con una sonrisita–. Esperaré tu respuesta… si es que quieres salvar tu propiedad y ser sincera contigo misma.

Y, tras subirse al todoterreno, arrancó y se fue, dejando detrás una nube de polvo.

Durante una semana, Magda tuvo pesadillas en las que oía las últimas palabras de Nic. Y de día se enfrentaba a la cruda realidad de que, sin capital, Hernán y ella no podrían hacer nada con la poca uva que tenían.

La conversación con Nic le daba vueltas en la cabeza, y se ruborizaba cada vez que recordaba la frialdad con la que había hablado del deseo que percibía en ella.

Tenía razón y no tenía sentido negarlo. Le asustaba que los días se le hicieran eternos, no poder dejar de pensar en él, darse cuenta de hasta qué punto se había acostumbrado a sus inesperadas visitas… Y lo vacía que se sentía cuando no aparecía.

Aunque quisiera evitarlo, no podía dejar de pensar en la condición que había puesto para ayudarla. En cierta medida, hacerlo de aquella manera, con límites definidos, sin falsos sentimentalismos, debía resultarle más fácil.

Magda sabía que ante Nic de Rojas siempre era débil. Que este podía haber fingido seducirla en vez de ser sincero y que ella habría caído en el engaño. Sin embargo, tal y como lo había planteado, no había trampas ni ambigüedades. Quizá sería la forma de dar por cerrado el episodio del pasado y avanzar hacia el futuro.

Subconscientemente, bloqueaba la noción de que tendría que ver a Nic a diario, que la conclusión de lo que habían empezado tiempo atrás no sería completa. Pero aun así, los días pasaron y no se animó a tomar el teléfono y a hacer la llamada que cambiaría su vida.

Una noche, al final de la semana, Magda estaba en el despacho de su padre cuando Hernán se presentó con expresión angustiada.

–Estoy preocupado por ti y por la casa –dijo él, que temblaba de la cabeza a los pies–. No vas a poder hacer nada, Magda. Tendrás que vender.

Magda lo miró espantada.

–¿Y qué será de ti y de María?

Hernán se encogió de hombros, pero no engañó a Magda.

–No te preocupes por nosotros, niña. Nos las arreglaremos.

Magda sabía lo que Vázquez significaba para Hernán, y cuánto le debía la bodega a él. Hernán era un excelente viticultor, responsable de los mayores éxitos alcanzados por su padre. No podía abandonarlo a aquellas alturas. Ni a él ni a María.

–Puede que haya otra solución –dijo Magda.

Y le explicó la oferta de Nic sin mencionar la condición que la afectaba a ella.

Hernán la miró con incredulidad.

–Entonces… supongo que vas a aceptarla –comentó–. Es la única posibilidad de salvar la propiedad.

Magda lo miró con solemnidad.

–Es una decisión difícil. ¿Cómo sé que puedo confiar en él?

Magda no hablaba de la parte práctica del acuerdo, sino de la posibilidad de que acostarse con Nic la destrozara, de si podía confiar en sí misma.

Entonces, Hernán hizo una mueca y pareció envejecer diez años.

–¿Qué sucede, Hernán?

Este apartó la mirada y cuando la volvió de nuevo hacia ella, su piel tenía un tono cerúleo.

–Magda, María no está bien. Necesita un tratamiento que no podemos pagar.

Magda fue hasta él y lo abrazó.

–No queríamos que te preocuparas –dijo él entre lágrimas–. Pensábamos que si vendías, iríamos a Buenos Aires con nuestro hijo.

Magda sacudió la cabeza. Sabía que Hernán y María odiaban la ciudad. Su hijo no ganaba lo bastante para mantener a su propia familia y a sus padres.

–No tenéis que ir a ninguna parte. Si acepto la oferta de Nic de Rojas, me ocuparé de vosotros dos. Sobre todo de María.

Él le tomó la mano y dijo:

–No queremos ser una carga para ti.

Ella le apretó la mano.

–Hernán, esta familia te debe mucho. Lo menos que os merecéis es atención médica y seguridad, y pienso proporcionárosla –tomó aire–. Esta noche llamaré a Nic de Rojas.

La emoción que afloró al rostro de Hernán, sus ojos llenos de lágrimas, fue suficiente para que Magda supiera que ya no se podía echar atrás. Aquellas dos personas eran más importantes para ella que cualquier escrúpulo personal.

La tarde siguiente, Magda iba en coche a casa de Nic con una bolsa de viaje. Estaba tan tensa que temía quebrarse en cualquier momento, y tenía que obligarse a respirar. Había pasado un día extraño y cargado de emotividad.

La noche anterior había llamado a Nic para decirle que aceptaba el trato con la condición de que María recibiera la mejor atención médica posible. Nic había accedido sin titubear y su reacción había vuelto a desconcertar a Magda. Aquella misma mañana se había presentado con un médico que había visto a Hernán y a María, y esta había sido enviada a un hospital privado de Mendoza aquella misma tarde. La alegría y el alivio que tanto ella como Hernán habían manifestado habían emocionado profundamente a Magda.

Por otro lado, había reaccionado al ver a Nic con una excitación y un nerviosismo como si hiciera meses, y no días, desde que habían coincidido por última vez. Al verlo de cerca y observar que parecía cansado, había sentido el ridículo impulso de preguntarle si todo iba bien.

Tras marcharse Hernán y María, se había vuelto hacia él.

–¿Y qué va a pasar ahora? –preguntó Magda con aprensión, ya en las escaleras de la casa.

Nic la miró tan fijamente que ella sintió que se ruborizaba con violencia.

–Vendrás a mi casa a las ocho de la tarde.

Y sin añadir más, Nic se había subido al todoterreno y se había marchado.

Magda se concentró en la conducción y trató de no pensar en lo que la esperaba.

Nic recorría su despacho de arriba abajo. No quería admitir hasta qué punto había sentido pánico al recibir finalmente la llamada de Magda. Durante los días anteriores no había dejado de preguntarse qué estaría haciendo y si habría encontrado otro inversor.

No dudó ni un segundo en aceptar su condición. Habría aceptado lo que fuera por tenerla por una noche. Nic se detuvo y miró hacia los viñedos, que empezaban a difuminarse en la luz del atardecer. Una noche. Podría hacerlo. Con una noche solía bastarle con cualquier mujer... Pero Magda había sido distinta a todas desde el momento en que la conoció.

Se pasó la mano por el cabello con impaciencia. Sobre el escritorio tenía el documento del acuerdo. Hasta que había oído su voz la noche anterior no había sido consciente de hasta qué punto la ansiaba.

Y al verla por la mañana el deseo lo había poseído como una bestia salvaje.

Aquel contrato significaba que Magda no podría decir a posteriori que lo había hecho por aburrimiento, o que se arrepentía de lo que había hecho. Su empeño en conservar la propiedad era demasiado poderoso. Como era poderoso el deseo que sentía hacia él aunque lo negara y aunque, de no haber sido por el acuerdo, no hubiera llegado a aceptarlo nunca. El documento significaba que no podría echarse atrás y que él no necesitaba exponerse, tal y como había hecho en el pasado.

Entonces, ¿por qué los papeles que tenía sobre el escritorio le parecían una burla?

Magda miró con aprensión la caja roja que había en la cama del dormitorio al que una doncella la había acompañado.

–Un regalo del señor De Rojas. La espera a las ocho en el comedor. Si necesita algo, llámeme –le había dicho.

Magda lo abrió y sacó lo que parecían metros y metros de satén gris oscuro. Alzó el vestido y contuvo el aliento. Era espectacular. Sin tirantes, con el cuerpo fruncido, corte alto de cintura y tablas de satén y gasa que caían hasta el suelo. La caja también contenía unos zapatos plateados, y ropa interior gris oscura de encaje, además de otra caja pequeña con unos pendientes de diamantes en forma de lágrima, y un brazalete a juego.

Ver todos aquellos objetos tan caros extendidos sobre la cama le produjo un rechazo inmediato, aunque se dijo que sentirse tratada como una cortesana la ayudaría a no implicarse emocionalmente.

A las ocho en punto llamaba a la puerta que una doncella joven y tímida le había indicado. Tras hacer sonar los nudillos entró. Una gran mesa para dos, iluminada por velas, ocupaba el centro de un comedor formal. Nic estaba de pie, junto a la ventana, con las manos en los bolsillos, vestido con traje oscuro y camisa blanca.

–Te has puesto el vestido –dijo Nic.

Magda se asió al pomo de la puerta y reprimió el deseo de decirle que estaba cumpliendo con el papel que le había asignado.

–Sí, gracias.

Nic esbozó una sonrisa.

–Puedes separarte de la puerta. No muerdo.

La idea de sus dientes clavándosele en la piel estremeció a Magda, que soltó el pomo bruscamente al tiempo que un miembro del servicio y tras consultar con Nic se marchaba. Entonces este sirvió dos copas de champán y le entregó una.

–Salud –dijo, mirándola fijamente.

–Salud –repitió ella, desviando la mirada y dando un sorbo.

–Estás preciosa –dijo él.

Magda sintió un cosquilleo. No estaba acostumbrada a recibir cumplidos ni a que Nic se comportara con tanta naturalidad.

–Tú también estás muy guapo –dijo. Y, ruborizándose, dio otro sorbo antes de decir alguna otra tontería. Para romper un incómodo silencio preguntó por María.

Nic explicó que le estaban haciendo pruebas relacionadas con el corazón.

–Gracias de nuevo –dijo ella–. Hernán y ella no hubieran podido pagar un tratamiento.

–Quedarán incluidos en el seguro médico que pago a mis empleados –dijo él.

–¿Eso me incluye a mí? –preguntó ella con amargura.

–Tú eres mi socia, Magda, no una empleada –dijo. Y le indicó que se sentara. La mesa estaba puesta con vajilla de porcelana y cubertería de plata. Magda sentía el champán burbujear en sus venas y en su cabeza.

Cuando Nic ocupó el asiento situado frente al suyo, tan elegante y sofisticado, se sintió intimidada. El servicio entró y les sirvió una crema templada. El pánico y la claustrofobia se fueron apoderando de Magda a medida que se aproximaba el momento en que se suponía que subirían al dormitorio a mantener relaciones. No podía imaginar que Nic adoptara otra actitud que la frialdad con la que se estaba comportando, y su determinación de actuar como si pudiera no implicarse emocionalmente se iba disolviendo por segundos.

Llegó el servicio para retirar los platos y Magda sintió una creciente agitación. Nic frunció el ceño.

–¿Estás bien? Pareces acalorada.

La indiferencia con la que manifestó su supuesta preocupación acabó de sacar a Magda de sus casillas. Habría querido gritar que por supuesto que no se encontraba bien. Se puso en pie con tanta brusquedad que los cubiertos chocaron contra el plato. Alzó la mano, temblorosa, y el brazalete de diamantes brilló como fuego helado.

–No puedo seguir adelante. No puedo fingir que esto es normal cuando no lo es en absoluto.

Capítulo 8

MAGDA se quitó bruscamente el brazalete y los pendientes y se sintió mejor al instante.

–Yo no soy así, Nic. No puedo actuar como si no pasara nada.

Nic se puso en pie con ojos centelleantes.

–Es demasiado tarde para echarte atrás, Magda. Si no cumples esta noche, te quedarás sin nada.

Magda se agachó y se quitó los zapatos. Necesitaba espacio y aire fresco.

–Si seguimos adelante –dijo–, lo haremos a mi manera.

Y sujetándose el vestido, corrió hacia la puerta principal precipitadamente. Oyó una maldición a su espalda y supo que Nic la seguía. Ni siquiera sabía dónde se dirigía, pero al salir, vio los establos a la izquierda y de pronto lo supo.

Estaba sacando a un caballo de su cubículo y colocándole una silla cuando oyó decir:

–¿Qué demonios crees que estás haciendo?

Magda se volvió hacia Nic cuadrándose de hombros.

–Hacer las cosas a mi manera –contestó. Y de un salto, montó y miró a Nic desde la altura de la montura.

Él titubeó por unos segundos. Luego se quitó la chaqueta bruscamente, mascullando algo, y sacó a su vez un caballo. Un enorme purasangre negro. Magda clavó los talones en el suyo y salió del establo. El sol acababa de ponerse y el cielo conservaba un maravilloso tono violeta.

Largas filas de viñas se prolongaban hasta el horizonte. Magda hizo girar el caballo hacia la dirección opuesta y lo puso al trote, en dirección a la linde entre las dos propiedades.

Pronto oyó pisadas a su espalda, pero no se volvió. Siempre se había sentido libre cabalgando. El aire fresco le acariciaba las mejillas y el vestido flotaba a lo largo de sus piernas.

Nic llegó a su altura y antes de que ella pudiera reaccionar, le sujetó las riendas y obligó a su caballo a detenerse.

−¿Qué crees que…?

−¿Dónde se supone que vamos? −preguntó él sin pretender ocultar su ira.

−Lo sabes perfectamente −dijo ella, negándose a dejarse intimidar.

Los ojos de Nic chispearon y su rostro se ensombreció.

−No pienso volver allí contigo.

Magda tiró de las riendas para arrancárselas de la mano.

−Si de verdad quieres esta noche, tendrá que ser allí.

Nic la observó en silencio. Tenía la respiración agitada y sentía que se quemaba por dentro, aunque no sabía si de rabia o de deseo.

–¿Qué pretendes? ¿Es un patético intento de hacerte la romántica? Preferiría que fuera en mi cama. O incluso en los establos.

Magda trató de ignorar el dolor que le causó su crudeza.

–Será allí o en ninguna parte –dijo.

Y sin más, puso el caballo al galope. Tras una leve vacilación, Nic la siguió. Cuando llegó al manzanal, la impresión fue tan fuerte que se mareó. Llevaba años evitando acudir a aquel lugar como si fuera la peste. Magda había desmontado y esperaba de pie, exactamente como años atrás. Excepto que se trataba de una mujer madura, con los hombros desnudos y senos que llenaban el vestido.

Nic bajó del caballo y caminó hacia ella. Magda estaba pálida, con los ojos muy abiertos, pero a pesar de su aparente vulnerabilidad, Nic intentó ocultar hasta qué punto le afectaba volver a aquel lugar.

Súbitamente, Magda no comprendió cómo había sido capaz de realizar un gesto tan dramático, pero había actuado visceralmente y ya no había vuelta atrás.

–Aquí empezó todo y aquí terminará hoy, para siempre.

Nic se acercó y ella sintió que se quedaba sin aliento. Deteniéndose a unos pasos de ella, Nic la observó y en tono displicente, dijo:

–¿A qué estás esperando?

Magda, que por un instante había creído que retornar a aquel lugar lo afectaría emocionalmente en alguna medida, apaciguándolo, perdió el valor que la había impulsado a actuar.

No tenía la menor idea de cómo comportarse. Nic creía que se había acostado con Morales y que conocía las artes de la seducción, cuando la realidad era que no había hecho nunca nada parecido. Y la razón de su inexperiencia estaba en aquel momento ante ella. La cicatriz que había dejado el final de una perfecta semana le había impedido buscar compañía masculina por temor al rechazo y por un irracional miedo.

Un repentino enfado se apoderó de ella al pensar que Nic no había padecido ninguna de esas consecuencias. La rabia le dio fuerzas para acercarse a él, tomarlo por la camisa y atraerlo hacia sí.

Entonces empezó a besarlo, cerrando los ojos para aislarse emocionalmente de lo que hacía. Nic mantuvo los labios cerrados y ella pensó que era imposible que no se diera cuenta de lo inexperta que era.

Pero todo cambio de un instante a otro. Súbitamente, Nic la abrazó con fuerza y respondió al beso con una intensidad devastadora, inclinándole la cabeza hacia atrás, entrelazando su lengua con la de ella, exponiendo su cuello para mordisquearlo.

Magda se sintió poseída por una ardiente languidez a la vez que notaba una pulsante tensión entre las piernas. Sus senos empujaban la seda y sus brazos estaban aprisionados contra el pecho de Nic.

Cuando este alzó la cabeza, Magda estaba embriagada, no podía abrir los ojos. Entonces él le tomó el rostro entre las manos y cuando ella abrió los ojos, se encontró con los de él, azules como el mar: dos calientes y agitados océanos.

Nic le acarició las mejillas con los pulgares y volvió a besarla, aunque con mayor delicadeza. Y esa ternura hizo que Magda sintiera un gran vacío abrírsele en la boca del estómago al recordar tiempos pasados en los que Nic había sido todo consideración y suavidad.. antes de que todo se agriara.

Nic le besó el cuello y los hombros y amoldó sus caderas a las de ella, sujetándola por las nalgas y elevándola para que su sexo erecto quedara atrapado en el vértice de sus piernas.

Ella dejó escapar el aliento con fuerza e hizo ademán de retroceder ante la íntima embestida, pero él la sujetó con firmeza y clavó sus azules ojos en ella al tiempo que se mecía atrás y adelante hasta que Magda, jadeante, respondió pegándose a él.

El deseo acumulado de tantos años empezó a emerger y Magda susurró su aprobación cuando él la ayudó a tumbarse en la hierba. Quemándola con la mirada y con los labios, se deslizó hacia abajo y acarició sus senos por encima de la ropa. Luego buscó la cremallera del vestido en la espalda. Ella se irguió levemente para darle acceso y, tras bajarla, Nic le bajó el cuerpo hasta exponer primero un seno y luego el otro. Entonces, tomó ambos en sus manos y los acarició, pasándole los pulgares una y otra vez por los endurecidos pezones. Ella respiró agitadamente.

–¿Qué quieres que haga? –preguntó él.

Magda entornó los ojos; sentía los párpados pesados. No supo qué decir porque lo que le acudió a los labios fue que lo deseaba a él.

–¿Quieres que te saboree?

En lugar de esperar una respuesta y sin dejar de acariciarle los senos, le hizo sentir su firme erección antes de agachar la cabeza y cerrar los labios en torno a una de sus rosadas puntas. Sin atender a los gemidos de Magda, lo mordisqueó y succionó con fruición, hasta que ella alzó las caderas hacia él. Entonces Nic dedicó su atención a su otro seno hasta que Magda creyó enloquecer de placer. Movía la cabeza de un lado a otro. No podía pensar, solo sentir.

Nic le subió la falda y sus dedos tocaron la braga de Magda donde esta se sentía caliente y húmeda. Él alzó la cabeza y ella sintió frío en los húmedos pezones. Abrió los ojos y vio que Nic la miraba. Este empezó a mover los dedos delante y atrás, ejerciendo una presión que la hizo gemir.

—Ya estás lista para mí, ¿verdad?

Magda asintió. Llevaba años preparada.

—Dime cuánto me deseas.

Magda no podía pensar mientras él la tocaba tan íntimamente. Las palabras salieron de su boca sin pensarlas.

—Nic, te deseo. Siempre te he deseado.

Nic se detuvo bruscamente y una expresión escéptica cruzó su rostro.

—Serías capaz de decir cualquier cosa, ¿verdad?

Magda negó con la cabeza y estuvo a punto de llorar cuando él volvió a mover sus dedos, con más fuerza en aquella ocasión, como si estuviera enfadado y al sentir la ansiedad de Magda, quisiera torturarla.

—Eso no es verdad —dijo ella.

Pero enmudeció al sentir los dedos de Nic por debajo de la tela, acercándose a los pliegues que ocultaban la parte de su cuerpo donde residía su deseo más primario.

–Claro que sí… pero ya da lo mismo. Solo importa esto.

Y Nic la besó apasionadamente a la vez que penetraba en su húmeda cueva con un dedo, arrancándole un grito de la garganta. Ella tiró de su camisa. Quería verlo, sentirlo contra sus senos. Y mientras tanto, los dedos de Nic mantenían la fricción provocándole un placer que amenazaba con hacerla estallar.

Él entonces le bajó las bragas y se quitó la camisa. Un vello dorado le cubría los pectorales. Luego se desabrochó los pantalones y se los quitó. El bulto que se percibía bajo sus calzoncillos excitó a Magda. Vagamente oyó un papel rasgarse y a continuación, Nic liberó su sexo y se puso un preservativo antes de abrirle las piernas y colocarse entre ellas.

Pronto sus dedos estaban de nuevo en su entrepierna y Magda gritó de placer al tiempo que alzaba el torso para sentir el de él.

–Por favor –gimió–. Por favor, haz algo.

Ni siquiera sabía qué pedir. Solo, que quería más.

Él sostuvo parte de su peso en sus manos y le dejó sentir la punta de su pene en la entrada a su interior. Al sentir la desconocida invasión, ella notó que se le contraían los músculos y que se le abrían los ojos. Quería lo que estaba a punto de suceder y, sin embargo, una reacción instintiva al posible dolor, la tensó.

Nic se adentró suavemente y ella sintió un dolor agudo atravesándola. Él frunció el ceño y masculló:

–Estás tan prieta…

Instintivamente, Magda se arqueó para facilitar la penetración y gritó al sentir una nueva punzada de dolor, pero aun así, sujetó a Nic por las nalgas para impedir que se separara de ella.

Él la miró súbitamente con consternación.

—Dios mío, Magda, ¿eres…?

—No lo digas —dijo ella con fiereza—. Y no pares.

Nic permaneció paralizado, con su sexo parcialmente introducido en Magda. Sentía un torbellino de emociones, pero la predominante era de victoria. Magda era suya, solo suya.

Incluso cuando le había dicho que lo deseaba había asumido que interpretaba un papel. Pero lo que acababa de descubrir lo cambiaba todo y hacía que sus ideas se tambalearan hasta límites que no era capaz de adivinar en aquel momento.

Por fin recuperó parte del control y apretando los dientes, dijo:

—Será un dolor intenso pero pasajero, te lo prometo.

Magda lo miró. Estaba sofocada, despeinada, preciosa. Le mordisqueó el labio inferior antes de decir:

—De acuerdo.

La confianza en él que percibió Nic en su mirada estuvo a punto de partirlo en dos. Sintiendo que el sudor le perlaba el pecho, apretó la mandíbula y se fue adentrando en el ceñido interior de Magda. Ella gritó y le apretó las nalgas, y Nic estuvo a punto de estallar al sentir su interior estrechándose contra su sexo.

Magda lloró, pero siguió empujándolo hacia su interior, logrando que él se sintiera débil por comparación. Apoyó la frente en la de ella y la besó con delicadeza. Podía sentir el salado sabor de sus lágrimas.

–Ya ha pasado lo peor, querida –dijo con dulzura–. Ahora intenta relajarte. Deja que me mueva y te sentirás mejor. Lo prometo.

Magda se sentía un poco mareada por el dolor, pero algo en ella se derritió al escuchar las dulces palabras de Nic. Algo que había enterrado hacía mucho y que volvía a recuperar la vida. Se sentía como un guerrero y quiso enfrentarse al dolor con aquel hombre. Lo besó en el hombro como para indicarle que confiaba en él. No podía hablar.

Lentamente, sintió que sus músculos se adaptaban a él, relajándose y acomodándolo. Él la penetró un poco más hasta que Magda notó, asombrada, que sus pelvis estaban en contacto. El dolor había sido reemplazado por sensaciones, por un cosquilleo en las terminaciones nerviosas.

Nic empezó a retroceder y ella lo asió con fuerza. Él la besó y dijo:

–No, cariño, déjame hacer. Suelta.

Ella obedeció y él siguió retrocediendo lentamente, al mismo ritmo que Magda sentía que se multiplicaban las sensaciones que sentía en el vientre. Cuando casi había salido, Nic volvió a entrar, en aquella ocasión con mucha más facilidad.

Magda meció las caderas a una velocidad creciente hasta que Nic masculló:

–Para, Magda. Ya me está costando bastante… No voy a durar…

Ella se detuvo, admirando su fuerza y su tamaño, y la delicadeza con la que estaba actuando. Permaneció lo más quieta que pudo, pero en su interior iba aumentando una pulsante sensación que borraba el dolor para convertirlo en puro placer; un placer de una naturaleza distinta a cualquier otro que hubiera experimentado. Clavando los talones en la tierra, a la altura de los muslos de Nic, se movió imperceptiblemente y al instante él respondió con vaivenes cada vez más amplios y rápidos. Magda sintió la sangre fluir por sus venas; tenía el corazón a cien y sabía que buscaba algo ansiosamente sin saber de qué se trataba.

Notó la mano de Nic entre ellos, justo en el punto en el que él entraba y salía de ella con imparable precisión, adentrándose más y más con cada arremetida.

Magda le rodeó las caderas con las piernas para sentir su penetración más profundamente, justo en el momento en el que él encontró con el pulgar su sensible clítoris y lo acarició. Un placer explosivo estalló en el interior de Magda, radiando desde ese punto al resto de su ser. Una gigantesca ola la alcanzó, haciéndola removerse, sacudirse frenéticamente bajo Nic, a la vez que de su garganta brotaba un prolongado gemido.

Entonces él se quedó en tensión una fracción de segundo, con todos los músculos inmóviles mientras Magda lo sentía palpitante en su interior. Y de pronto volvió a acelerar y estalló a su vez, cayendo finalmente sobre ella, exhausto.

Magda se abrazó a él y supo en aquel instante que lo amaba. Que siempre lo había amado y que entregarse tal como acababa de hacer la convertía en suya para siempre. Aunque acabara rompiéndole el corazón en mil pedazos.

Magda apenas fue consciente del viaje de vuelta, bajo la luz de la luna. Iba montada delante de Nic, cobijada en sus brazos, mientras este tiraba de las riendas del otro caballo y con el otro brazo le rodeaba la cintura. Magda se sentía aletargada y descansaba la cabeza en el pecho de Nic.

A Nic, tener a Magda tan cerca le resultaba deliciosamente excitante. Nunca había sentido una explosión de placer tan violenta como la que acababa de experimentar. Y le bastaba con recordar la sensación de adentrarse en su ajustado cobijo para sentir que su libido se disparaba.

En su mente bullían los pensamientos, pero uno se imponía a los demás: Magda era virgen. Se había entregado a él con una pasión y una generosidad que no recordaba haber percibido en ninguna otra mujer. Nunca olvidaría su mirada de total confianza aun en medio del dolor.

Temía estar perdiendo el control, pero aun así ni podía ni quería dejar de asir a Magda con fuerza, o tratar de evitar el vivificante hormigueo que sentía al percibir su aliento en la piel.

Magda solo recuperó la conciencia plenamente cuando Nic la subió en brazos por las escaleras. Reinaba un silencio absoluto. Magda alzó la mirada hacia Nic e instintivamente, le puso la mano en la mejilla. Luego oyó una puerta golpear la pared y vio que entraban en una habitación suavemente iluminada y muy masculina. El dormitorio de Nic. Una vez más, Magda notó que su sentido común intentaba abrirse paso en la niebla de su mente, pero estaba en una burbuja que no quería que estallara.

Nic la dejó sentada en la cama y se agachó frente a ella.

–¿Estás dolorida?

Magda se sintió absurdamente avergonzada y se ruborizó.

–Solo un poco.

Le bastaba con mirarlo para que se le acelerara la sangre y su deseo se avivara.

–Dame un minuto y te haré sentir mejor –dijo él. Y tras darle un beso, fue al cuarto de baño.

Magda lo observó y se le dilató el pecho. Pequeños retazos de realidad la asaltaron, pero ella los ahuyentó.

Nic volvió al poco tiempo y, tras quitarse la camisa, fue hasta ella y la tomó en brazos. Magda se cobijó contra su pecho, sintiéndose segura y protegida.

El cuarto de baño se había llenado de vapor y se oía la ducha. Nic la dejó en el suelo y a Magda le sorprendió descubrir hasta qué punto le temblaban las piernas. Luego él empezó a quitarle el vestido, que se había manchado de tierra. A medida que lo deslizaba hacia el suelo, la devoraba con la mirada. Alzó las manos y cubrió sus pálidos senos, cuyos pezones se endurecieron al instante.

Nic bajó las manos bruscamente y masculló:

–No puedo dejar de tocarte.

Magda le tomó las manos y las posó sobre sus senos.

–No pares. Me gusta.

Los ojos de Nic la quemaron y el leve temblor que percibió en sus manos la enterneció.

–No, si empiezo… –dijo él. Y volvió a bajar las manos.

Después de quitarle el vestido por los pies y acabar de desvestirse, la guió hasta el poderoso caño de la ducha. Magda echó la cabeza hacia atrás para dejar correr el agua sobre su cuerpo, y ronroneó al sentir que Nic empezaba a enjabonarla.

Para cuando acabó, ella estaba apoyada contra la pared, suplicándole que parara. Con expresión de un primario deseo estampado en el rostro, Nic le pasó el jabón.

–Ahora te toca a ti.

Magda lo tomó y empezó a enjabonarlo. Nic apoyó las manos a ambos lados de su cabeza, atrapándola y formando una cueva en la que le entregaba su cuerpo. Magda abrió los ojos a medida que pasaba el jabón por sus hombros y su pecho, y cuando llegó a su vientre y vio su sexo, orgulloso y erecto, brillaron de satisfacción. Fascinada, se lo rodeó con la mano enjabonada y él contuvo el aliento. Era como acero envuelto en seda.

Luego le ordenó darse la vuelta.

–¿Estás segura de que no quieres seguir? –bromeó Nic. Pero obedeció.

Magda alzó las manos hacia su cuello, pero se quedó paralizada al ver las marcas blancas que cruzaban sus poderosos músculos y que le recorrían la espalda desde el cuello hasta la cintura.

Como si acabara de darse cuenta de lo que estaba mirando, Nic se volvió súbitamente.

–¿Qué son esas marcas? –preguntó ella, horrorizada.

Él la miró fijamente y en lugar de contestar, cerró el grifo. Salió de la ducha, se puso una toalla a la cintura y le pasó otra, que Magda tomó en silencio con un escalofrío.

Se frotó el cabello con energía y, enrollándosela bajo los hombros, siguió a Nic. Él estaba mirando por la ventana, con los brazos cruzados. Magda se quedó parada, consciente de que se movía en un terreno desconocido.

–¿Nic?

Podía percibir la tensión de sus hombros. Las cicatrices destacaban aún más que hacía unos minutos. Un recuerdo acudió a su mente como un fogonazo, cuando, ocho años atrás, los hombres del padre de Nic habían tenido que pegarle para que los acompañara.

Magda se obligó a ir hasta él y, mirándolo de frente, dijo:

–Sucedió aquel día, ¿verdad? Aquellos hombres te pegaron…

Nic miraba por encima de la cabeza de Magda, con la mandíbula apretada, en tensión. Ella sintió que se le rompía el corazón.

–¿Acaso te importa? –preguntó él con frialdad.

La pasión había desaparecido. De su cuerpo solo emanaba animadversión, rechazo. Exactamente igual que el día en el que Magda había vuelto a verlo… y no había podido ocultar su espanto.

–Solo… Solo quiero saber qué pasó…

Nic la miró. Sus ojos eran dos cubos de hielo que helaron a Magda.

–¿De verdad quieres que te cuente los sórdidos detalles? –preguntó él, enarcando una ceja en un gesto despectivo.

Capítulo 9

MAGDA asintió con el corazón palpitante. Dudaba que fueran más sórdidos que los que había descubierto ella.

Con gesto imperturbable, Nic comenzó:

–Los hombres de mi padre me trajeron y le explicaron con quién me habían encontrado y lo que hacíamos. Nunca le había visto tan furioso. Me sacó al patio y mientras los hombres me sujetaban, me dio de latigazos.

Magda lo miró, aunque en su mente lo veía como cuando se encontraron al día siguiente, antes de que se volviera frío y cruel. Estaba pálido. Pero había acudido a verla a pesar del dolor. ¿Quizá las crueles palabras que le había dedicado no eran más que fruto de la rabia? De ser así… Magda prefirió no albergar vanas esperanzas.

Nic continuó:

–Con el tiempo me he dado cuenta de por qué le perturbó tanto que pudiera hacer el amor con la hija de su antigua amante; pero entonces no lo sabía –al ver que Magda se estremecía, añadió despectivamente–: No hace falta que finjas, Magda. Suponía que te gustaría saber el melodrama que inspiraron nuestras acciones. ¿No era eso lo que buscabas para aliviar tu aburrimiento?

«¡Melodrama! ¡Aburrimiento!», estuvo a punto de gritar Magda. Nic no tenía ni idea de lo que le hacía sentir saber que le habían dado una paliza por ella. Se llevó la mano a la boca, corrió al cuarto de baño y llegó justo a tiempo de devolver. Cuando sintió a su espalda la presencia de Nic, dijo, débilmente:

–Por favor, déjame sola.

–No, permite que te ayude –dijo él con más firmeza que amabilidad.

Sin dar tiempo a que Magda protestara, le humedeció el rostro con un paño y le dio un cepillo con pasta de dientes. Luego le tomó la mano y la llevó al dormitorio, donde ella se soltó para sentarse en el borde de la cama.

Nic la observó con curiosidad.

–Magdalena Vázquez, eres todo un enigma. Quisiste reírte de mí hace años y cuando te cuento lo que pasó, te pones enferma.

Magda sabía que estaba pensando en lo que ella le había dicho entonces y quiso que supiera que no era verdad.

–Jamás quise reírme de ti ni humillarte –dijo con voz ronca–. Juro por lo más sagrado que nunca tuve ningún plan. Cuando me seguiste aquel primer día, me sentía aterrorizada y… exultante. Te deseaba, y jamás me planteé seducirte como una diversión –con un hilo de voz, añadió–: Aquella semana… lo fue todo para mí.

Nic la tomó por los brazos para levantarla.

–No intentes rescribir la historia, Magda –dijo, entre dientes–. Me sedujiste para divertirte. Aquella semana fue para ti un puro entretenimiento.

Magda sacudió la cabeza. Como en el pasado, sintió que no podía contarle toda la verdad. Tendría que omitir algunos detalles

–No… Quería volver a verte. Cuando me llevaron a casa, mi madre estaba lívida. Tuvimos una espantosa pelea y me contó lo de la relación con tu padre… Mi padre nos oyó… –tomando aire, siguió–: Cuando te vi al día siguiente, no fui capaz de hablarte del asunto. Estaba avergonzada y aterrorizada de que nos descubrieran. Y para que te fueras, me inventé todo aquello, pero no era verdad…

Magda nunca se había sentido tan desnuda. Desvió la mirada por temor a que él supiera que había una verdad aún más terrible. Él le alzó la barbilla y escudriñó su rostro.

–Hasta que tu padre vino varias semanas después y nos contó lo de la relación entre mi padre y tu madre, creí que os habíais ido para huir de mí.

Magda sacudió la cabeza. Pensar en la interpretación que Nic había dado a los sucesos le produjo un dolor en el pecho. De nuevo sintió náuseas, y se preguntó si Nic conocería el oscuro secreto que ella había acarreado todos aquellos años.

–¿Qué les dijo mi padre a tus padres? –preguntó con cautela.

Nic se pasó una mano por el cabello con impaciencia.

–Quería hablar con mi madre –dijo con una amarga sonrisa–. Solo recuerdo que la encontré histérica. Tuve que llamar al médico para que la sedara. Al cabo de unos días, se tomó una sobredosis de pastillas y dejó una nota a mi padre diciéndole que lo sabía todo. Su suicidio reavivó el odio entre las dos familias. La furia que sintió mi padre le provocó un ataque al corazón…

Magda sintió un nudo en el estómago. No parecía que la madre de Nic le hubiera contado todo. Quizá aunque su padre se lo hubiera contado a ella, había sido demasiado espantoso para asimilarlo. Magda no pudo contenerse y alargó la mano para tocarle el brazo.

–Lo siento.

Nic sonrió con amargura.

–Mi madre nunca fue particularmente estable. No hizo falta mucho para empujarla al abismo.

Magda sintió que pisaba un terreno muy sensible.

–Debe de haber sido difícil crecer con tanta… inestabilidad.

Nic se rio con sarcasmo y retiró el brazo para soltarse de Magda.

–Ni que lo digas. O mi padre estaba intentando robustecer a su debilucho hijo, o mi madre lloraba por los rincones.

A Magda se le encogió el corazón.

–Pero demostraste a tu padre que se equivocaba.

Una sombra cruzó el rostro de Nic.

–Nada era suficiente para él –dijo, haciendo una mueca–. Nunca me respetó.

Magda sintió que se le llenaban los ojos de lágrimas. No sabía que Nic hubiera sufrido la violencia física de su padre. Nic debió de ver sus húmedos ojos porque se acercó precipitadamente y la abrazó. Ella tenía un nudo en la garganta y Nic dijo con fiereza:

–Es hora de que dejemos de hablar y recordemos qué hacemos aquí ahora…

Y sin esperar respuesta, la besó con determinación

como si intentara hacerle olvidar las lágrimas que corrían por sus mejillas. Ella cedió finalmente y se aferró a su cuello con la misma fuerza que el dolor que sentía en el pecho y que no cesó aun cuando su llanto se transformó en gemidos de placer.

Cuando Magda se despertó a la mañana siguiente, tardó en recordar dónde estaba y qué había sucedido. El cuerpo le dolía placenteramente y sentía la entrepierna sensible y levemente escocida.

El vestido, la cena, el manzanal… el dormitorio de Nic. Abrió los ojos y miró a su alrededor. No estaba en el dormitorio de Nic. Él debía de haberla devuelto al suyo cuando, ya al amanecer, se había quedado dormida.

Al instante le intranquilizó pensar que Nic había estado ansioso por perderla de vista y Magda supo por qué: se arrepentía de haberse abierto a ella, de haberle contado lo que había sufrido. Y pensar en él, el día en que había vuelto al manzanal con la espalda marcada a latigazos, hizo que el llanto volviera a amenazarla.

Una llamada a la puerta la sobresaltó. Parpadeó con fuerza por temor a que fuera Nic y la viera tan emocionada. Pero se trataba de la doncella que la había acompañado el día anterior, que acudía con el desayuno.

Magda se incorporó y la muchacha dejó la bandeja en una mesa y dijo:

–El señor De Rojas dice que la verá esta tarde en su casa.

El contrato.

Magda sintió un nudo en el estómago. Dio las gracias a la chica y en cuanto esta se fue, Magda se envolvió en una toalla y fue a la ventana. La vista del viñedo con las cumbres nevadas de los Andes en el horizonte era espectacular.

Entonces vio a Nic entre las hileras de las viñas e, instintivamente, retrocedió de un salto. En ese momento él miró en su dirección y ella se agachó, sintiéndose ridícula y humillada.

Nic ni siquiera se molestaba en decírselo en persona. Había conseguido tenerla donde quería para poder rechazarla y así vengarse de lo sucedido años atrás. No sentía nada por ella.

Nic se maldijo por mirar hacia la ventana con la esperanza de atisbar a Magda. La noche anterior había estado profundamente dormida cuando la dejó en su cama, con la pálida piel marcada por pequeños hematomas fruto de la pasión del sexo.

Solo recordarlo le endurecía el miembro. Masculló entre dientes y, tras arrancar una uva, la mordió con rabia. Eduardo, su enólogo, lo observaba.

–En un par de días podemos recogerlas. Luego revisaremos el resto –dijo, ansioso por quedarse a solas.

Eduardo captó el mensaje y se fue mientras Nic suspiraba aliviado. Estaba confuso, inquieto. Magda era la primera mujer a la que había abrazado como si no quisiera soltarla nunca. Por eso mismo había decidido devolverla a su dormitorio. También, al contrario que con otras mujeres, la deseaba aún más después de haberse acostado con ella.

La noche anterior, aunque había sentido pánico al darse cuenta de adónde se dirigían, tenía que admitir que también él había ansiado salir del escenario formal que él mismo había preparado.

Cuando la había visto en el manzanal, aunque en parte había sido aterrador, había sentido que aquel era el lugar lógico en el que debían encontrarse. Y al descubrir que era virgen...

Magda era suya, solo suya.

No se dio cuenta de que tenía la mano llena de uvas hasta que notó su jugo deslizársele entre los dedos. Se miró la mano y vio que temblaba. Recordó las lágrimas de Magda cuando le habló de sus padres; la facilidad con la que le hacía sentirse comprendido... Exactamente igual que antes... El pasado y el presente se mezclaban peligrosamente.

Acostarse con Magda debía haber sido algo aséptico, pero se había convertido en la prueba de lo peligrosa que era, de lo fácil que le resultaba que le diera información. Igual que entonces.

Incluso le costaba asimilar lo que ella le había contado porque le añadía una nueva perspectiva a todo.

Por un instante sintió pánico, una emoción que le era completamente ajena. Y entonces recordó el contrato y respiró profundamente. El contrato marcaría los límites que la noche anterior había desdibujado.

Magda actuaba aturdida, como anestesiada. Solo así conseguía bloquear las imágenes de la noche.

La casa estaba muy vacía sin Hernán y María. Había hablado con él y María tenía que ser operada, así que pasarían más tiempo fuera de lo que habían calculado.

Sintiéndose desasosegada e inquieta por la previsible visita de Nic con el contrato, Magda fue a las bodegas para empezar a hacer un inventario. Estaba segura de que Nic esperaría que lo tuviera todo listo para cuando hiciera la inversión.

Ni siquiera eso la animaba. Solo sentía indiferencia, hastío.

Para justificar lo que sentía cada vez que se recordaba en brazos de Nic, se dijo que solo se debía a que había sido su primer amante. Lo apartó de su pensamiento con determinación y se concentró en tomar notas, hasta que se dio cuenta de que no sabía cuánto tiempo había pasado y que le dolía el cuello de agacharse para leer las etiquetas de las botellas. Había tenido la esperanza de encontrar una vieja joya oculta, pero no fue tan afortunada.

De pronto oyó una voz familiar que la llamaba en tono desabrido, y por un instante, Magda tuvo la tentación de esconderse. Pero irguiéndose, se cuadró de hombros y gritó:

—Estoy aquí abajo.

Nic bajó, con una camisa holgada y vaqueros, y el cabello despeinado, tan guapo que Magda sintió un cosquilleo en la parte baja del vientre.

Con paso decidido y ojos centelleantes fue hasta ella y dijo:

—¿Cómo demonios se puede dar contigo? ¿Por qué no llevas un móvil?

Magda se enfadó consigo misma por sentirse al borde de las lágrimas.

—Ahora ya me has encontrado —dijo con aspereza.

Nic pareció adoptar una actitud menos severa.

—He recorrido toda la propiedad buscándote. ¿Y si te hubieras caído y te hubieras hecho un esguince o...? —se calló y soltó un juramento—. Necesito saber dónde estás.

Esas últimas palabras hicieron que el corazón de Magda diera un salto de alegría, pero ella misma se ocupó de apartar cualquier esperanza de importar a Nic.

—No finjas que te preocupo, Nic —dijo, retrocediendo unos pasos—. Lo que pasa es que no te gusta perder tiempo buscando a tus socios. ¿Has traído el contrato?

Magda creyó percibir que Nic palidecía, pero supuso que solo eran imaginaciones suyas.

—Sí —dijo él tras un breve silencio—. Está en el despacho de tu padre.

Magda lo precedió y Nic aprovechó los siguientes minutos para recuperar el control. Su supuesta calma había desaparecido por completo cuando había llegado a la propiedad y no había localizado a Magda por ninguna parte. Imaginarla tendida, inválida, en medio del campo, le había causado pánico. Y al encontrarla había sentido un alivio indescriptible.

Para cuando llegaron al despacho del padre de Magda, sentía que había recuperado de nuevo las riendas de la situación. Ella tomó el documento que había sobre el escritorio y lo ojeó. Luego alzó una mirada de indiferencia hacia Nic que despertó la ira de este a la vez que le bombeaba la sangre a la ingle. Habría dado lo que hubiera sido por volver a verla abandonada, entregada a él. En aquel mismo instante.

–Hernán va a tardar en volver unos días. Esperaré a que revise esto conmigo.

Al observar que Magda tragaba con dificultad y que se sonrojaba, Nic se alegró de que estuviera más nerviosa de lo que aparentaba.

–He sabido lo de María. El médico me ha dicho que la operación es sencilla y que no espera complicaciones.

–Me alegro mucho… pero no quiero molestar a Hernán por ahora.

Nic experimentó de nuevo un peculiar alivio, como si acabara de ser indultado. En el fondo odiaba aquel contrato. Lo único que quería era a Magda.

A esta no le gustó la forma en que él la miraba a la vez que se aproximaba al escritorio. Nic apoyó la mano en él y con voz ronca, dijo:

–Me parece bien, pero hasta que se firme el acuerdo esto no ha terminado.

–¿A qué te refieres? –preguntó ella, en guardia.

Él rodeó el escritorio, tiró de Magda para que se pusiera en pie y la abrazó a la vez que decía:

–A esto.

Magda intentó en vano que la soltara, golpeándole con los puños, pero Nic empezó a besarle delicadamente la línea del mentón y el cuello, y sus protestas se fueron debilitando.

Nic la tomó en brazos y preguntó:

–¿Dónde está tu dormitorio?

Magda, con el corazón desbocado y la respiración

agitada, era consciente de que había mil razones para resistirse, y sin embargo, había algo mágico e irreal en aquel instante; una liviandad que hasta entonces no se había dado entre ellos.

–Arriba. La segunda puerta a la derecha.

La mirada que Nic le dirigió hizo sentir a Magda que flotaba, al mismo tiempo que se odiaba por ser tan débil.

Cuando llegaron al dormitorio, la realidad dejó de existir para convertirse en puro presente. Mientras no firmara el contrato, era una mujer libre en lugar de estar subordinada a Nic de Rojas.

Nic empezó a abrirle la camisa y ella hizo lo mismo con la de él. Ambos las dejaron caer al suelo, y él le soltó el cabello, pasando los dedos delicadamente por su melena y luego masajeándole la nuca y obligándola a mirarlo.

–No... Esto no ha terminado –dijo él, con una ternura que hizo estremecer a Magda.

Y mientras la besaba apasionadamente, le desabrochó el sujetador, que dejó caer al suelo. Luego cubrió sus firmes senos, pellizcándole los pezones hasta hacer gemir a Magda. Entonces separó su boca de la de ella y, elevándole un pecho, rodeó el pezón con sus labios al tiempo que la sujetaba por la espalda y ella hundía los dedos en su cabello.

Cuando la echó en la cama y le desabrochó los vaqueros, ella alzó las caderas para que se los quitara. Les siguieron las bragas. Pero Magda no tuvo tiempo de que le entrara la timidez porque estaba demasiado ansiosa por ver a Nic desnudo.

Un suave suspiro escapó de su garganta cuando él

se colocó entre sus piernas y con los dedos, le acarició su punto más sensible. Cualquier resquicio de pensamiento racional la abandonó. Para cuando Nic se puso un preservativo y se adentró en su húmedo y cálido interior, Magda decidió que se enfrentaría a las dolorosas consecuencias de prolongar aquel placer cuando pudiera.

Cuando se despertó muchas horas más tarde, era de noche. Estaba sola en la cama y sintió frío en cuanto recordó lo que había pasado. Acostarse con Nic cada vez que lo veía no había sido parte del plan original… Pero todavía no habían firmado el contrato y ya se enfrentaría a la realidad cuando firmaran.

Se tensó al oír un ruido procedente del piso inferior. Se levantó, se vistió precipitadamente y se alisó el cabello con las manos.

Al acercarse a la puerta de la cocina, oyó que alguien silbaba, y cuando se asomó por la ranura, se quedó boquiabierta. Nic estaba haciendo tortitas.

En cuanto se dio cuenta de la presencia de Magda, dejó de silbar.

–¿Cómo te gustan, con chocolate o con fresas?

Magda lo miró como si fuera un marciano.

–¿De dónde has sacado los ingredientes?

–He ido de compras –dijo él.

–¿Cuándo? –Magda abrió los ojos desmesuradamente–. ¿Qué hora es?

Nic miró su reloj.

–Las nueve. Has dormido unas cuatro horas.

–Deberías haberme despertado –dijo ella, desviando la mirada para que no viera en ella lo aliviada que estaba de que no se hubiera ido.

–Me ha dado lástima –dijo Nic. Y se reservó explicarle lo que le había costado resistir la tentación de besar sus voluptuosos e hinchados labios, y apretarla contra su endurecido cuerpo.

Al bajar a la cocina y descubrir lo mal provista que estaba, había sentido lástima y, por primera vez en años, había ido a comprar. Y entre tanto, había descubierto que hacía tiempo que no se sentía tan bien.

Se había dicho que, puesto que no habían firmado el contrato, podían continuar el affaire, y con ello, esperar a saciarse de ella, como le sucedía con todas las demás. Pero no había logrado engañarse. Su deseo hacia Magda crecía exponencialmente y el aroma a sexo que flotaba en el aire era más intenso que el perfume más embriagador. Súbitamente, quiso retirar todos los ingredientes de la encimera y poseer a Magda allí mismo.

Ella se sentó en un taburete y lo observó mientras preparaba las tortitas. Había hecho unas seis.

–¿Tenemos invitados? –bromeó.

Él sonrió con picardía.

–Preparaba cientos cuando trabajé un verano en los viñedos en Francia mientras hacía el máster en Vino.

Magda sacudió la cabeza.

–Tuviste mucho mérito. Tu padre debió de sentirse muy orgulloso de que... –al ver la cara que ponía Nic, Magda se calló.

–Murió después de que me dieran los resultados. No pareció impresionarle –dijo él. Y en un tono completamente distinto, añadió, alzando dos jarras alternativamente–: ¿Nata y fresas, o chocolate?

Magda se sorprendió teniendo una imagen erótica de Nic dejando caer unas gotas de chocolate en sus pezones y luego succionándolos, y se ruborizó.

–Nata y fresas –dijo, aturullada.

Como si le hubiera leído el pensamiento, Nic le dedicó una sonrisa maliciosa y dejó la jarra de chocolate en la mesa.

–Luego pasaremos al chocolate –dijo.

Y le dio una copa de vino espumoso que Magda probó, dejando que su efervescencia nublara la realidad de saber que aquella felicidad era transitoria.

«Nic, ¿qué estamos haciendo?».

Nic cerró los ojos para bloquear el recuerdo de la voz de Magda hacía un rato. Se había puesto los pantalones y la camisa, y al volverse, ella lo miraba desde la cama, incorporada sobre los codos, despeinada y deliciosamente sexy. La sábana apenas ocultaba la curva de sus senos, y el cuerpo de Nic había vuelto a vibrar con un renovado y violento deseo.

Habían pasado tres días con sus tres apasionadas noches. Había acudido a Vázquez a diario, en teoría para hablar de planes de futuro, pero en cada una de las ocasiones habían acabado en la cama. El deseo que los devoraba era insaciable.

Nic golpeó el volante con la mano.

Magda se había convertido en una obsesión, le corría por las venas, ocupaba un lugar del que quería que se fuera y al que no se había aproximado ninguna otra mujer. Desde la semana en el manzanal, en la que se había mostrado más vulnerable que en toda su vida, había cerrado su corazón a los sentimientos.

Sin embargo, sabía que tenía que revisar lo ocurrido hacía ocho años. Magda había sido inocente y ni siquiera sabía el poder que tenía. Sus palabras lo habían destrozado. La vehemencia con la que las había expresado y la repugnancia con la que había reaccionado a su tacto, seguían vivas en su mente. Pero tenía que admitir que podía haberse tratado de una reacción histérica a lo que su madre le había contado.

Sus palabras volvieron a resonar en sus oídos. «Nic, ¿qué estamos haciendo?».

Él se había acercado a la cama y le había dado un prolongado beso en los labios. Cuando su corazón se había acelerado y sabía que estaba alcanzando un punto sin retorno, la soltó y retrocediendo, dijo:

–Esto es lo que vamos a hacer hasta que firmemos el contrato.

Ella se había tensado y había tirado de la sábana.

–¿Y luego se acabó? ¿Sin más?

Nic había mirado sus grandes ojos verdes y había visto algo en ellos que le había inquietado: una imagen de sí mismo haciendo el ridículo. Y ese era un escenario al que no quería volver.

–No puede ser nada más… –había dicho, a pesar de tener la garganta atenazada–. Al menos, si quieres que invierta en tu propiedad.

Magda había palidecido, pero luego lo había mirado con frialdad antes de decir:

–Solo quería asegurarme de que no había ninguna confusión.

Su indiferencia había enfurecido a Nic, que se había agachado para besarla y solo se había dado por satisfecho cuando emitió un gemido que le indicó que había perdido el control.

–Volveré más tarde para tratar algunos detalles –dijo, incorporándose.

–Voy a ver a María esta tarde –declaró Magda, desafiante–. Han adelantado su operación.

–Entonces vendré a recogerte e iremos juntos –contestó él entre dientes–, después de que repasemos algunos detalles.

Nic era consciente de que una vez que María fuera operada y se estuviera recuperando, Hernán volvería a Villarosa, revisaría el contrato y Magda lo firmaría. La tregua habría llegado a su fin.

Porque Magdalena Vázquez estaba unida a demasiadas emociones y recuerdos, y entre ellos no podía haber nada más que un vínculo profesional.

Capítulo 10

MAGDA notó vibrar en el bolsillo el teléfono que Nic le había dado y lo sacó frunciendo el ceño.

–¿Dónde estás? –dijo Nic en tono autoritario.

Magda sintió que se derretía, pero apretó los dientes.

–En la bodega –contestó. Y apagó con dedos temblorosos sin tan siquiera despedirse.

Estaba alterada desde por la mañana, cuando Nic había expresado tan abiertamente que aquella relación acababa con la firma del contrato. Por más que supiera que por su propio bien debía estar agradecida y que tenían demasiada historia y conflictos en su pasado personal y familiar, no podía evitar sentir una profunda desilusión.

Suspiró y casi al mismo tiempo dio un salto, sobresaltándose al oír:

–Ten cuidado no vayas a caerte en un barril.

Magda se volvió y vio a Nic subiendo por la rampa de acceso a los barriles. Estaba tan concentrada que no le había oído llegar. Desvió la mirada para que no pudiera ver en su rostro lo turbada que estaba.

–Una vez me caí… Tenía unos nueve años.

–¿Cómo pasó? –preguntó Nic.

–Estaba jugando al escondite con Álvaro, mi hermano –dijo Magda, esbozando una sonrisa–. Hernán estaba trabajando y yo, que estaba fascinada con las cubetas llenas de uva, me asomé demasiado y me caí. Por suerte, Hernán me pescó al instante.

Magda se llevó la mano al cabello y miró a Nic.

–Me sujetó por el pelo. Y yo me disguste más por el dolor que por haber estado a punto de ahogarme –dejó caer la mano–. Hernán me trajo a casa y él y María me limpiaron y nunca se lo dijeron a mis padres –Magda se estremeció–. De haberse enterado, mi padre me habría encerrado en mi cuarto una semana sin comer.

–¿Solía hacer eso a menudo? –preguntó Nic en tono crispado.

Magda se encogió de hombros y se entretuvo arañando un barril.

–A veces…, cuando se enfadaba. Se hizo más habitual después de que Álvaro muriera. Le enfurecía tener una hija inútil a la que no podría donar su legado.

Al darse cuenta de que había estado hablando sin pensar lo que decía, cambió bruscamente de tema.

–Estos barriles necesitan una restauración.

Cuando Nic tardó en contestar, lo miró.

–Podemos sustituirlos por unos de acero –dijo Nic–. Todo depende de lo que quieras.

Magda lo siguió al nivel del suelo y pasaron la siguiente hora comentando las ventajas e inconvenientes de poner en marcha el equipamiento que quedaba o sustituirlo por una nueva tecnología.

Para cuando fueron a ver a María, Magda se encontraba más relajada, pero volvió a inquietarse en cuanto vio cuánto se preocupaba Nic por ella, y el empeño que ponía en que recibiera la mejor atención posible.

Apenas habló en el viaje de vuelta, que iniciaron tras dejar a Hernán, agobiado pero optimista, junto a María.

–¿Por qué cambió de idea tu padre? –preguntó súbitamente Nic, sobresaltándola.

–¿Sobre qué? –preguntó ella, distraída.

–Os había repudiado a ti y a tu madre. ¿Por qué al final te lo dejó todo?

Magda se tensó. El recuerdo de aquella espantosa tarde y de lo que había descubierto la dejó muda.

–Para el coche –dijo súbitamente.

Nic detuvo el vehículo en el arcén y ella bajó tambaleante.

Él la siguió y le tocó el hombro.

–Magda, ¿qué sucede?

Ella lo miró con ojos desorbitados y se separó de él con brusquedad. Nic tuvo la sensación de haber vivido aquel instante: la mirada de Magda, la expresión de horror al tocarla...

–Hay algo que no te he dicho –dijo ella finalmente en tono abatido, como si le costara hablar–. Algo que pasó aquella tarde y que no sabes.

Nic sintió una opresión en el pecho.

–¿A qué te refieres? –al ver que Magda titubeaba y se alejaba de él, fue hasta ella e insistió–: Cuéntamelo, Magda.

Ella todavía se resistió.

–Al principio no te lo dije porque no podía… Luego porque no quería que te envenenara como me envenenó a mí.

Nic sacudió la cabeza en total confusión.

–Magda, no nos vamos a ir hasta que me lo cuentes.

Magda miró a su alrededor. Se sintió débil y fue a sentarse.

–No te he contado todo lo que pasó aquella tarde –empezó, titubeante–. Es cierto que cuando llegué, mi madre estaba lívida. Me dijo que no debía volver a verte y yo le contesté que no podía impedírmelo –tomó aire–. Quería seguir viéndote… Pero entonces me habló de su relación con tu padre; yo insistí en que no tenía nada que ver con nosotros y fui a marcharme. Entonces me contó algo más.

Mirando fijamente a Nic, le repitió las palabras de su madre.

–Por eso no podía volver a verte –concluyó–. Y mi padre oyó toda la conversación.

Nic sintió náuseas, y solo las dominó con un extraordinario esfuerzo. Magda se puso en pie al ver el horror reflejado en su rostro.

–Cuando llegamos a Buenos Aires, le exigí a mi madre que consiguiera una prueba de ADN de mi padre. El accedió a cambio de no darle nada en el acuerdo de divorcio. La prueba indicó que era su hija. Pero para entonces era demasiado tarde para decírtelo. Habían pasado demasiadas cosas y yo seguía traumatizada por la posibilidad de que hubiera sido cierto

–Magda se estremeció–. Escribí a mi padre, pero no supe nada de él hasta justo antes de su muerte.

–¡Dios mío, Magda! –dijo Nic, pasándose la mano por el cabello con la mirada perdida.

Ella se mordió el labio inferior con tanta fuerza que se hizo sangre.

–Aquella tarde… ni siquiera fui consciente de volver al manzanal, por eso reaccioné como lo hice cuando te vi. ¿Cómo iba a decirte lo que mi madre me había contado? Era demasiado espantoso.

–Tu padre debió de decírselo a mi madre –repuso Nic con amargura–. Por eso tomó una decisión tan dramática.

–Sospecho que sí. Lo siento mucho.

–¡Por Dios, Magda, tú no tuviste la culpa!

El tono áspero de Nic hizo estremecer a Magda. Un temblor le empezó en las piernas y se apoderó de todo su cuerpo.

–Lo siento. No debería habértelo dicho.

Magda oyó maldecir a Nic y luego, él se volvió hacia ella y la abrazó con fuerza hasta que los temblores se transformaron en un suave estremecimiento. Entonces él le masajeó la espalda y le pasó la mano por el cabello, como si fuera un potro que necesitara calmarse.

Al cabo de un rato, retrocedió, posó las manos en sus hombros y dijo:

–Me alegro de que me lo hayas contado.

Magda asintió con la cabeza, y Nic la tomó de la mano, la llevó al todoterreno, la ayudó a subir como si fuera una niña, y le ató el cinturón de seguridad. Magda se sentía ausente, abstraída.

Con el rostro ensombrecido, Nic se puso tras el volante. Cuando ella se dio cuenta de que se saltaba el desvío a su hacienda, preguntó:

–¿Dónde me llevas?

–A mi casa –Nic la miró–. Esta noche duermes conmigo.

Magda sintió que empezaba a despertar. Algo había cambiado entre ellos. Cuando Nic la había tocado hacía un rato había habido algo de platónico en su tacto, y Magda se preguntó si, aunque finalmente no hubiera sido verdad, la mera posibilidad de lo que le había contado, habría apagado su deseo.

Al llegar, Nic la tomó de la mano y la llevó directamente hacia su dormitorio. Magda se sintió intranquila e insegura. En cuanto entraron, se soltó.

–¿Qué estamos haciendo aquí? –preguntó, avergonzándose de sí misma por desearlo tan violentamente.

Él se plantó delante de ella y dijo:

–Vamos a exorcizar nuestros demonios aquí y ahora.

A Magda se le aceleró el corazón.

–¿Qué quieres decir? ¿Cómo?

Él le tomó el rostro entre las manos y se pegó a ella para que pudiera sentir su sexo endureciéndose.

–Así –dijo.

Y la besó de una manera que hizo recordar a Magda el primer beso que se habían dado, de manera que el pasado y el presente se fundieron en uno. Igual que entonces, Nic la ayudó a echarse, solo que en una cama. Luego, le abrió la camisa y le bajó la copa de encaje del sujetador para desnudar sus senos. Magda se arqueó mecánicamente, rogándole en silencio que la tocara. Él la miró fijamente.

–Jamás he olvidado cómo sabías aquel día, la dulzura de tu piel, de tus senos… Podría haberme emborrachado con tu olor.

Magda hundió los dedos en su cabello y se incorporó para buscar su boca. Cada instante estaba impregnado del pasado, de la primera vez que se habían tocado.

Cuando superaron el momento en el que se habían visto forzados a detenerse, la ropa quedó en el suelo, en una pila informe. Nic se colocó entre sus piernas mientras le mordisqueaba un seno y con la otra mano le recorría el costado.

–Nic, por favor –suplicó ella, alzando las caderas.

Cambiando levemente de postura, Nic la penetró de un movimiento, y ella se quedó paralizada, mirándolo fijamente hasta que sus cuerpos quedaron unidos.

–No cierres los ojos –dijo él.

Aunque no lo hubiera dicho, Magda no habría podido separar los ojos de él mientras se movía rítmicamente, elevándolos a niveles crecientes de placer que los alejaban de la amargura del pasado.

El orgasmo en el que estalló Magda tuvo algo de sagrado, de espiritual; como si algo hubiera quedado purificado.

La mirada de Nic la quemaba, marcándose en su cuerpo a medida que el de Nic alcanzaba el éxtasis en un explosivo crescendo. Magda sintió el calor en su interior e instintivamente apretó los muslos en torno a las caderas de Nic.

Tras una prolongada suspensión, Nic se dejó caer, exhausto, sobre Magda, abrazándola con fuerza contra sí. Su último pensamiento antes de que lo atrapara el sueño fue lo maravilloso que había sido perderse en Magda sin barreras, y la fuerte presión con la que ella lo había mantenido dentro.

Magda se despertó y miró a Nic. Cuando dormía perdía la expresión de control que mantenía durante el día, y Magda anhelaba verlo alguna vez relajado, y oír su risa. Quizá lo haría con otras personas. Pero no con ella. Había habido un tiempo en el que era dulce y en su mirada había esperanza. Pero por su culpa, la dulzura y la esperanza habían sido reemplazadas por el cinismo. ¿Cómo iba a perdonarla si era la causa de esa transformación?

No quiso esperar a que se despertara y ver cómo reaccionaba Nic al encontrarla a su lado. Sabía que habían traspasado un límite. Que habían conseguido cerrar la puerta al pasado.

El contrato había retrasado lo inevitable, pero cuando se firmara, Nic la relegaría a la periferia de su vida.

Magda se sentía consumida por la culpabilidad. Se había acostado con Nic usando el contrato como excusa porque, de otra manera, él no se habría rebajado a seducirla.

Tenía que marcharse antes de olvidarlo y de empezar a desear y a anhelar que, quizá, en otro mundo, si no formaran parte de una historia familiar tan convulsa… todo podría haber sido diferente.

El hecho era que Nic había conseguido lo que más

ansiaba: la bodega Vázquez, y de paso había alcanzado una venganza personal.

Nic se despertó cuando el sol lucía en toda su plenitud y cerró los ojos de nuevo. Descubrir que estaba solo en la cama le produjo un sentimiento agridulce.

Lo último que recordaba era haber despertado durante la noche con Magda durmiendo dulcemente en sus brazos. Estaba excitado y listo, y ella había frotado su trasero contra él, pidiéndole que la tomara. La había penetrado por detrás, en una unión silenciosa e intensa.

Su mente se despertó bruscamente al recordar lo que le había contado Magda. Él había reaccionado de una manera primaria, como si haciendo el amor con ella pudiera borrar aquella sórdida historia. Cuando recordó lo que había sentido al clavar la mirada en sus ojos mientras hacían el amor, la cabeza le dio vueltas.

La revelación de Magda lo dejaba en un lugar difícil. Ya no tenía nada tras lo que ocultarse o en lo que justificar su comportamiento. Sabía que su reacción habría sido tan violenta como la de ella. Si su madre no le hubiera contado lo que le contó a ella, el encuentro en el manzanal habría sido muy distinto. Bloqueó ese pensamiento al instante al tiempo que se tensaba por entero.

Había cerrado el ciclo con Magda. Podía perdonarla y seguir adelante. Invertiría en su hacienda, la ayudaría hasta que fuera una empresa floreciente. Y eso sería todo. Plantearse cualquier otra posibilidad significaba replantearse la muralla defensiva de la que había dependido tanto tiempo para vivir. Desde que su madre volcara en él todas sus ansiedades y su padre lo maltratara. Y desde que pasara una semana con Magda y su corazón latiera por primera vez en la vida…

No había conocido el amor hasta conocer a Magda, y había terminado mezclándose con la tristeza y la humillación. Por mucho que las cosas hubieran sido de otra manera, el daño ya no podía ser reparado. Y Magda no podía formar parte de su futuro.

Magda salió de la clínica sintiéndose cansada pero contenta, hasta que vio un todoterreno detenerse en el aparcamiento. Instintivamente aceleró el paso y bajó la cabeza, pero oyó a su espalda:

–¡Magda!

Se volvió lentamente. Todavía no estaba preparada para enfrentarse a Nic, al que no veía desde dos días antes, cuando había abandonado su cama. Él no se había molestado en contactar con ella. Compuso una expresión neutra y educada, pero en cuanto lo tuvo cerca, se le contrajo el corazón.

–Hola, Nic.

–¿Cómo está María?

–La operación ha ido muy bien –dijo Magda con una forzada sonrisa–. Te está muy agradecida.

–No ha sido nada –dijo él, haciendo un amplio gesto con la mano.

–¿Querías algo más? –preguntó Magda en tensión.

Nic la miró fijamente y ella se inquietó.

–La otra noche… no usamos protección.

Magda sintió un golpe de calor seguido de frío. Ni siquiera había reparado en ello.

–Tranquilo. Me ha bajado el periodo –farfulló.

–Me alegro –dijo Nic entre dientes.

Ansiosa por marcharse, Magda comentó:

–Hernán vuelve mañana a la hacienda. En cuanto revise el contrato, lo firmaré –se sentía un fraude por retrasar lo inevitable. Ella ya lo había leído y era más que generoso.

–Iré a recogerlo –dijo Nic.

–Adiós –Magda se volvió y fue precipitadamente a su todoterreno, irritándose consigo misma por sentirse al borde de las lágrimas.

Aunque fuera absurdo, tenía el convencimiento de que aquel instante marcaba la ruptura final del vínculo que habían establecido ocho años atrás.

–Magda…

Magda se detuvo y pestañeando furiosamente, se volvió. Nic no se había movido y la observaba con expresión preocupada.

–Siento que…

Magda alzó una mano por temor a que fuera a ofrecerle algún tipo de disculpa.

–Por favor, Nic, no. No digas nada.

Dio media vuelta y salió corriendo. Nic y ella habían llevado su historia de amor a su desenlace. Haber creído que lo que había pasado entre ellos hacía unas noches tenía algún significado para el futuro, no era más que una prueba de su ingenuidad.

Pero su corazón no estaba en sintonía con su cabeza, y, conduciendo hecha un torrente de lágrimas, se preguntó por qué sentía que la herida, más que cerrarse, estaba más abierta que nunca.

Al día siguiente temprano, Magda miraba el contrato al que la noche anterior Hernán había dado su aprobación. Con la inversión de Nic podrían renovar los viñedos y la casa; Hernán y María quedaban protegidos y asegurados; y contratarían a un nuevo enólogo, además de mano de obra y nueva maquinaria para la recogida y la producción del vino.

Con el corazón en un puño, Magda tomó un bolígrafo y firmó en la línea correspondiente. Con ello, sellaba su destino, puesto que aquella firma significaba que ya no podía seguir viviendo allí y viendo a Nic a diario sabiendo que su affaire no representaba nada para él.

Le había vendido su corazón y su alma; y había usado la inversión como excusa. Lo que habían vivido no era para él más que un legajo de papeles.

Magda intentó escribir una nota a Nic, pero todas las que empezaba le resultaban ridículas o inapropiadas. Finalmente, escribió:

Nic, le dejo a Hernán plenos poderes sobre la hacienda. Es la persona más adecuada para hacer el trabajo. Tuya, Magda.

La metió en un sobre y la dejó sobre el contrato, junto con otra nota para Hernán. Y se fue.

Nic vio la luz del amanecer colorear los picos nevados de los Andes en la distancia. Le picaban los ojos y no estaba afeitado. Había pasado la noche en vela. La vista de su propiedad, que durante años lo había llenado de satisfacción, llevaba semanas dejándolo indiferente. Lo mismo le sucedía con el trabajo.

Sabía perfectamente el momento en el que aquella sensación de hastío lo había invadido: el día en que había visto a Magdalena Vázquez entrar por la puerta del hotel de Mendoza. Entonces, incluso antes de reconocerla, había sabido que su vida iba a cambiar irrevocablemente.

Y de repente, mientras el rosa iba coloreando el blanco de la nieve, Nic supo qué debía hacer si quería recuperar la alegría y la cordura. Las disputas entre sus padres, la competencia entre las bodegas, no significaban nada para él. Porque desde el instante en que se encontró con Magda Vázquez en el manzanal, esta se había convertido en la dueña de su destino. Ella le había roto el corazón, pero solo ella podía recomponerlo.

Desde que ella había vuelto, él había despertado a la vida aunque hubiera pretendido ignorarlo. El dolor de salir de su refugio interior había sido inmenso, pero ya no podía volver a él.

Ni siquiera se dio cuenta de que se ponía en marcha hasta que se encontró en el todoterreno, yendo hacia la casa de Magda. Apenas fue consciente del único vehículo con el que se cruzó, un taxi.

El silencio sepulcral que lo recibió en Vázquez solo podía significar algo que prefirió no creer. En el despacho, encontró las notas y el contrato. Leyó la suya y luego vio la firma de Magda en el contrato.

Miró a su alrededor con un brillo refulgente en los ojos.

Magda contó el dinero y comprobó que tenía suficiente. En cuanto llegara a Buenos Aires, le pediría a su tía que…

–¿Estás huyendo, Magda?

Magda se quedó paralizada. Al volverse vio a Nic, cruzado de brazos, con una aparente calma que contradecía su aspecto general: estaba desaliñado, tenía los ojos rojos y no se había afeitado.

Magda miró en otra dirección, hacia las taquillas de la estación de autobuses.

–No entiendo por qué te has molestado en venir, Nic. Y no, no estoy huyendo.

–¿De verdad quieres que crea que la hacienda no te importa?

Ella lo miró airada.

–Sabes perfectamente que eso no es verdad.

–¿Y por qué te vas?

–No hace falta que yo permanezca en Vázquez para que tú hagas la inversión.

–Es parte del acuerdo –dijo Nic, entre dientes.

–Nic, no puedes hacer nada para detenerme.

–¿Y si te dijera que no quiero que te vayas, y que no tiene nada que ver con la inversión?

Ella lo miró impasible.

–No quiero que te vayas –repitió Nic–, porque me he dado cuenta de hasta qué punto te necesito.

Magda apretó el bolso con fuerza, esforzándose por no interpretar el revoloteo de alas que sintió en el pecho.

–Hernán se ocupará de todo. No hace…

Nic prácticamente estalló.

–Me da lo mismo la inversión. Solo me ofrecí a invertir porque quise evitar que cometieras una estupidez. El contrato…. –Nic dejó escapar un exabrupto–.

El contrato solo sirvió para tenerte en mi cama porque estaba aterrorizado de que me rechazaras.

Alargó la mano y acarició la mejilla de Magda.

–Lo he estropeado todo porque no quería admitir cuánto me importabas –continuó–. Durante aquella semana me enamoré de ti tan profundamente que tu rechazo…

Magda sintió que se le nublaba la visión. Posó su mano sobre la de Nic y descansó su rostro en ella.

–Nic, siento tanto lo que sucedió: que dejara que mi madre me envenenara la mente; no poder decírtelo… Yo también me enamoré de ti. Por eso sé que nunca podrás perdonarme –dejó caer la mano de Nic y añadió–: Por eso me voy. No soy lo bastante fuerte como para verte a diario, amándote como lo hago y sabiendo que tú… sigues con tu vida.

Nic la miró sorprendido.

–¿Me sigues amando?

Magda asintió y los ojos se le llenaron de lágrimas.

–Siempre has ocupado mi pensamiento y mi corazón. Cuando volví, quise creer que te odiaba por tu altivez y por hablar del pasado despectivamente. En el fondo, creo que acepté el contrato porque era la única manera de tenerte.

Magda bajó la mirada y se secó las mejillas.

Él le hizo alzar el rostro, y cuando ella lo miró, pensó que se le había parado el corazón. Los labios de Nic se curvaban en una encantadora sonrisa que la embriagó.

–¿Has escuchado lo que te he dicho? –preguntó él con dulzura.

Magda se sentía confusa. ¿Qué le había dicho Nic?

Antes de que pudiera reaccionar, Nic hincó una

rodilla en el suelo ante ella y le tomó las manos. Mirándola fijamente, dijo con voz ronca:

–Magda Vázquez, te amo. Ya me fascinabas antes de conocerte. Luego, me enamoré de ti y nunca he dejado de amarte. Pero solo me he dado cuenta cuando volviste. Primero intenté odiarte, vengarme de ti… pero deseaba tu cuerpo y tu alma, aunque me negara a admitirlo.

Magda estaba tan atónita que se quedó muda. Debía de estar soñando. La gente que pasaba los miraba con curiosidad y se había formado un círculo a su alrededor.

–Magda Vázquez… ¿te quieres casar conmigo? No puedo seguir con mi vida si no te tengo. Quiero que tengamos hijos, y que envejezcamos juntos. Te amo.

Se oyó un suspiro de uno de los espectadores y Magda comenzó a llorar de emoción. Nic se incorporó y la abrazó, confortándola. Cuando pudo, Magda se separó de él y lo miró. En sus ojos pudo leer que todavía temía que desapareciera y lo abandonara.

Se abrazó al cuello de Nic y, besándolo, dijo:

–Claro que me casaré contigo, Nic de Rojas. ¿Cómo no iba a hacerlo si te amo con locura?

Los aplausos y vítores del círculo de curiosos hizo que ocultara el rostro en el pecho de Nic, avergonzada, y luego dejó que él la tomara en brazos y se la llevara.

Un año más tarde

–No –explicó Nic con paciencia–. Estamos casados, pero mi mujer, que tiene una bodega a su nombre, ha conservado su apellido.

Magda tuvo que contener la risa al ver marcharse a la madura pareja que desaprobaba su decisión. A la gente de Mendoza le costaba aceptar que se hubiera producido una unión entre sus dos familias. En cuanto se perdieron de vista, miró a Nic y como siempre que lo hacía, sintió que la invadía un agradable calor.

–Bien, señor De Rojas –dijo, sonriendo–. ¿Te das cuenta de que este es nuestro primer aniversario?

Nic frunció el ceño.

–Pero si solo nos casamos hace nueve meses.

Magda miró alrededor del suntuoso salón de baile y le apretó la mano.

–Me refiero al día que nos reencontramos.

Nic miró los limpios y amorosos ojos verdes de Magda y sintió una opresión casi dolorosa en el pecho. Le pasaba a menudo, y era la manifestación física de su amor. Sonriendo, le tomó la mano y se la besó. La mirada de ella se enturbió y él sintió la sangre bombearle en la ingle. Se comportaban como dos adolescentes con las hormonas descontroladas.

–Feliz aniversario, mi amor –dijo él con voz grave y sensual.

Magda suspiró y se llevó la mano al prominente vientre. Había salido de cuentas hacía dos semanas.

–¿Crees que este bebé va a nacer algún día? –bromeó ella–. Si tarda mucho más, voy a necesitar una grúa para moverme.

Él se rio y abrazándola, dijo:

–Se me ocurre una manera de animarle a salir.

Magda sintió que se derretía ante la mirada de deseo de Nic. El último año había sido un sueño. Amaba a Nic más de lo que hubiera podido imaginar.

–¿Podemos marcharnos? –preguntó.

–Podemos hacer lo que queramos –dijo él. Y le dio un beso en los labios.

–Pero… ¿Y tu discurso?

Nic intercambió una mirada de complicidad con Eduardo y luego dijo:

–Eduardo se ocupará –puso la mano en el vientre de Magda–. Tú y yo somos lo único que importa.

Al día siguiente, a las cinco de la tarde, Nic y Magda dieron la bienvenida a su hijo, Álvaro.

Magda, exhausta, pero feliz, observaba sonriente a Nic, que sostenía al bebé en brazos.

–Si pudiéramos patentar tu método para traer niños al mundo, nos haríamos ricos.

Nic, que sujetaba uno de los deditos del bebé, dijo divertido:

–La próxima vez me esforzaré más.

Magda gruñó.

–Tal y como me encuentro, va a pasar mucho tiempo hasta la próxima vez.

Nic se rio y Magda se alegró de que le hubiera vuelto el color a las mejillas después de lo mal que lo había pasado en el quirófano al sentirse tan impotente y verla sufrir tanto.

Él acercó a Álvaro a Magda, que se incorporó para darle de mamar. Nic se inclinó y le susurró al oído:

–No te preocupes, señora Vázquez. La próxima vez haré que sea tan placentero que ni te acordarás del dolor.

Magda lo miró y observó cómo miraba su seno

descubierto, del que Álvaro succionaba con fruición. Al instante sintió una presión en el vientre que no estaba relacionada ni con el dolor ni con las quince horas de parto. Sonriendo, dijo con dulzura:

–Dios mío, nadie me había advertido de que esto sería así.

Nic la besó en el cuello; luego la miró, y posando una mano sobre la cabeza de su hijo, se limitó a sonreír.

BIANCA™

ABBY GREEN

LEYENDA DE PASIÓN

El primer encuentro entre Gracie O'Brien y Rocco de Marco, multimillonario y soltero de oro, fue memorable; él la vio robando canapés. Pero el segundo fue inolvidable… La inesperada visita de Gracie a su despacho era demasiado sospechosa… Él no podía creer en su inocencia y la experiencia le había enseñado que era mejor tener a los enemigos cerca, hasta averiguar la verdad.

Sin embargo, era muy difícil seguir enojado con la fascinante pelirroja… Ella le hacía sentir emociones que Rocco creía haber enterrado para siempre.

UNA SOLA NOCHE CONTIGO

Entre los espectaculares viñedos de Argentina, Nicolás de Rojas y Magdalena Vázquez tuvieron un romance secreto… hasta que Magda descubrió un devastador secreto sobre Nic, y huyó sin tan siquiera despedirse.

N.º 508

Magda volvió al heredar una propiedad deteriorada, y se encontró a merced de Nic… precisamente donde quería tenerla. Él poseía una de las bodegas más prestigiosas de Argentina y ella necesitaba su ayuda desesperadamente. Pero no estaba segura de poder aceptar la condición que Nic le imponía: pasar una noche con él… para acabar lo que habían empezado ocho años atrás.

¡YA EN TU PUNTO DE VENTA!

JAZMÍN™

TERESA CARPENTER
NO SOLO PROMESAS

El director de instituto Alex Sullivan tenía muy claro que la nueva enfermera de la escuela estaba completamente fuera de su alcance. Pero cuando la bella rubia se presentó en su casa con aquel bebé empeñada en demostrar que él era el padre, Alex supo que tenía un problema.

Después de la muerte de su hermana, Samantha Dell se había encargado de criar a su sobrino como si fuera su propio hijo. Y aunque el pequeño necesitaba un padre, ella no había esperado que Alex quisiera serlo a tiempo completo... y menos que también quisiera casarse con ella.

LUCY GORDON
GANAR UNA ESPOSA

Rinaldo Farnese y su hermano Gino acababan de descubrir que una inglesa llamada Alexandra había heredado parte de sus propiedades. Parecía haber sólo una solución para no perder la tierra: lanzarían una moneda al aire y el ganador se casaría con Alexandra.

Gino era un hombre encantador, pero sólo salían chispas cuando Alex y Rinaldo se miraban... Él parecía odiarla, pero tampoco podía negar la atracción que había entre ellos.

N.º 591

BARBARA HANNAY
PRINCESA A LA FUGA

Isabella Martineau estaba harta de ser princesa y creía que había llegado el momento de escapar y vivir la vida a su manera. La libertad la llamaba desde el desierto australiano, donde el duro Jack Kingsley-Laird enseguida descubrió que, bajo su delicada apariencia, había una mujer salvaje y aventurera. ¿Sería suficiente una increíble pasión para salvar la enorme distancia que existía entre sus mundos?

DESEO
MICHELLE CELMER

LA PRINCESA INOCENTE

Para Garrett Sutherland, ser el terrateniente más adinerado de Thomas Isle no era suficiente. Se había pasado toda la vida amasando su inmensa fortuna… y su fama sensacionalista.

Pero quería ser recordado, sobre todo, por seducir a la princesa Louisa, conocida como la princesa virgen. Lo había planeado todo al detalle: entraría poco a poco en el corazón de Louisa y, luego, en su cama. Y, cuando se hiciera público, le propondría matrimonio. Pero el millonario de duro corazón no había previsto que arrastrar a Louisa a aquella unión podía costarle más de lo que estaba dispuesto a pagar.

N.º 572

EL CORAZÓN DE LA PRINCESA

Había bailado con ella como parte de un reto, pero Samuel Baldwin había seducido a la princesa Anne para saciar su propio deseo. Vencer la frialdad de Anne había sido puro placer… hasta que descubrió que en su noche de pasión se había quedado embarazada.

Estaba destinado a ser el próximo primer ministro, pero casarse con un miembro de la realeza pondría fin a su carrera. Sin embargo, Sam tenía un gran sentido del honor, así que la boda se celebraría. Después de que él hiciera tal sacrificio, ¿conseguiría Anne su corazón?

JULIET LANDON
La falsa amante

Humillada y traicionada por los hombres, lady Annemarie vio la oportunidad de vengarse de todos los malos maridos: descubrió unas cartas íntimas que podrían difamar el nombre del príncipe regente.

Pero lord Jacques Verne se interponía en su camino. Trabajaba para el príncipe y tenía órdenes de recuperar las cartas a cualquier precio..., aunque tuviera que seducir a Annemarie.

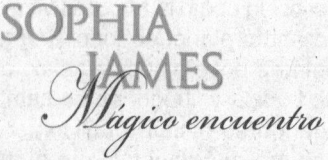

SOPHIA JAMES
Mágico encuentro

Modelo de virtudes, la señorita Lillian Davenport poseía una reputación sin igual. Entonces, ¿por qué se ofreció a pagar a Lucas Clairmont, el peligroso americano, por un simple beso?

Lucas se negaba a dejarse moldear por la sociedad y a menudo bordeaba el lado oscuro de la justicia, pero la bondad y vida impecable de Lillian lo fascinaban, e intuía que detrás de aquellos exquisitos modales se ocultaba una mujer de extraordinaria sensualidad.

No. 89

¡YA EN TU PUNTO DE VENTA!

BIANCA™

*La delgada línea entre
el odio y el deseo...*

RENDIDA A
SU PASIÓN

SHARON KENDRICK

N.° 3196

Quedarse atrapada por una tormenta en el castillo del multimillonario Romano Castelliari era una auténtica pesadilla. Cada una de las miradas que le dirigía el hermano de su mejor amiga, y objeto de su fascinación de adolescente, hacía arder su cuerpo y su alma en deseo...

Romano aprendió en su infancia a evitar cualquier cosa que amenazara su autoimpuesta disciplina. Por eso, la forma en la que Kelly lo perturbaba era inaceptable. Pero al descubrir que no era la mujer experimentada que hasta entonces había creído que era, su rechazo se convirtió en un abrasador anhelo. Y la única manera de recuperar el dominio de sí mismo pasaba por la apasionada rendición de su enemiga.

¡YA EN TU PUNTO DE VENTA!

BIANCA.

*No tenían ningún compromiso…
hasta que un bebé los unió para siempre*

UNA NOCHE
PARA SIEMPRE

JULIA JAMES

N.º 3197

Tras haber visto cómo su padre lo perdía todo por una mujer, el multimillonario italiano Vincenzo Giansante había evitado cualquier relación sentimental. Así pues, cuando Siena, con la que había tenido solo una noche de pasión, aseguró haberse quedado embarazada de él, Vincenzo insistió en que se hiciese una prueba de paternidad. Y cuando esta resultó ser positiva, se quedó de piedra con su propia reacción: ¡Pedirle a Siena que se casase con él!

Siena, que era una mujer independiente, no quería depender de un hombre que la había acusado de ser una cazafortunas, pero tampoco era capaz de olvidar la ardiente noche que había pasado con él. Y cuanto más insistía Vincenzo en casarse con ella, más difícil le resultaba resistirse a aquella atracción…

¡YA EN TU PUNTO DE VENTA!